한국 문학과 문화의 상상력

한국 문학과 문화의 상상력

한국 문학과 문화의 상상력

김외곤

머리말

　한동안 많은 사람들의 입에 '문학의 위기'라는 탄식조의 말이 유행처럼 오르내린 적이 있다. 그러다가 언제부터인지 몰라도 이 말은 우리 주변에서 좀처럼 듣기 힘든 말이 되었다. 문학이 위기를 벗어나서가 아니라, 문학의 위기가 더 이상 사람들의 관심을 끌지 못했기 때문이다. 최근에 '문학의 위기' 대신 새롭게 주목의 대상이 되고 있는 것은 '문학의 죽음'이라는 말이다.

　문학이 이러한 운명에 처하게 된 까닭에 대해, 한편에서는 문학이 처음 등장했을 때 이전의 놀이 문화가 생명력을 잃은 것처럼 이제 사이버 문화를 중심으로 하는 새로운 놀이 문화가 등장했기 때문에 문학이 그 생명력을 잃는 것은 당연하다는 진단이 나왔다. 다른 한편에서는 문학이야말로 인쇄 문화와 자본주의의 산물인데, 인쇄 문화가 모니터 중심의 화면 문화로 대체되고 과거의 전통적 자본주의도 그 생명을 다했으므로 문학도 자연스럽게 소멸될 수밖에 없다고 보기도 한다. 둘 중에서 어떤 것을 따르든, 문학의 죽음이 시대의 변화와 관련이 있다는 것은 이제 부인하기 어려울 듯하다.

　그렇다면 문학에게는 이대로 관 속에 들어가야만 하는 운명 이외에 다른 선택은 없는 것일까? 이에 대해서는 비관론이 우세하지만, 몇몇 사람들의 말처럼 위기에 처한 것은 문학 전체가 아니라 근대 문학의 주류를 형성한 개인적 서정시와 모더니즘 소설 등의 장르뿐인지도 모른다. 따지고 보면 문학은 문자 언어나 활자 매체가 생겨나기 훨씬 이전부터 인류 곁에 있어 왔다. 애초에 문학은 입에서 입으로 전해지는 노래와 이야기의 형태로 존재했던 것이다. 이와 비슷하게 오늘날에는 사람의 입 대신 사이버 세계를 기반으로 하는 새로운 구술(口述) 시대가 전개되고 있다. 이러한 시대적 성격에 맞춰, 요즘에는 문학이 처음 태어날 때부터 문자가 발명될 때까지 유지해 온 구술의 전통을 되살리려는 노력이 각광받고 있는 중이다.

이미 시대는 부지런함을 핵심 원리로 하는 노동 기반 사회를 넘어서 재미를 핵심 기반으로 하는 지식 기반 사회로 돌입한 지 오래다. 사이버 세계가 엄청난 인기를 끌고 있는 것도 다름 아닌 재미를 동반하기 때문이다. 문학 역시 재미를 바탕으로 하여 창의성을 발휘할 때만이 시대적 흐름에 동참할 수 있을 것이다. 최근에 문화 산업 등 다방면으로 시도되고 있는 문학 작품의 변용도 이런 인식을 바탕으로 한 것으로 볼 수 있다. 여기에 실린 여러 글들 역시 같은 인식적 배경 하에서 써진 것이다.

이 책에서는 먼저 우리 문학의 공간이 어떻게 확장되어 왔는가를 살펴본 글들을 실었다. 특히 식민지 시대를 배경으로 하는 문학 작품을 주된 대상으로 삼았다. 다음으로는 사이버 시대에 문학 교육이 어떤 방향을 취해야 할지를 모색하는 글들을 모았고, 마지막으로는 문학과 문화 산업이 과거부터 오늘날까지 맺어 온 관련성을 탐구한 글들을 묶었다. 이 글들이 문학의 새로운 생존 방향을 모색하는 데 미미하나마 기여하게 되기를 바랄 뿐이다. 끝으로 이 책은 문학과 문화 분야에서 신뢰와 전문성을 쌓아 온 글누림출판사의 최종숙 사장님과 이태곤 본부장의 도움으로 만들어진 것이라는 점을 특별히 표시하고 싶다.

2009년 봄에
무심천 가에서
김외곤

차 례

차 례

제2부
문학과 문학교육의 접점

제3부
문학과 문화의 교섭

제1부

한국 문학의 공간 확장

박태원의 『천변풍경』과 근대 도시 경성

1. 도시의 성장과 모더니즘 문학의 등장

근대 이래로 도시와 예술은 밀접한 관계를 맺어 왔다. 특히 모더니즘 예술은 역사상 처음으로 도시에서의 경험을 적극적으로 반영하여 도시 자체를 하나의 예술적 환경으로 수용하였다. 모더니스트들은 자본주의의 발달에 따라 성장을 거듭해 온 도시에서 자신들이 경험한 바를 예술적 창조의 원천으로 삼았던 것이다. 그 결과 이전과는 전혀 다른 감수성과 기술을 바탕으로 하여 새로운 작품들이 창작되기 시작하였다. 청각보다는 시각을 강조하고 시간보다는 공간적 구성을 강조하는 작품들이 그 대표적인 예라고 할 수 있다.

우리 근대 문학의 경우에도 모더니즘의 발전은 경성이 근대 도시로 성장한 것과 궤를 같이 한다. 경성의 발전은 일본 제국주의가 실시한 식민지 근대화 정책의 결과라고 할 수 있는데, 사실 이러한 정책은 19세기 후반 이래로 확장을 거듭해 온 일본 경제의 테두리 안에서 이루어진 것이었다. 다시 말해 일본 제국주의는 일본 본토를 중심으로 하여 새로이 획득한 한국과 대만, 요동 반도의 관동주(關東州)까지를 한데 묶는 대규모의 경제권을 형성하기 위해 식민지를 개발하는 정책을 펼쳤던 것이다. 그리하여 이들 식민지에는 단기간에 철도, 항만, 도로, 창고, 은행 등의 경제 인프라가 구축되었으며, 이와 같은 인프라의 구축은 식민지 내의 고립된 촌락들을 가로막고 있던 장벽을 제거하고 분산된 지역 경제를 보다 커다란 시장 체제 속으로 편입시키는 역할을 하였다.[1] 이 과정에서 식민지의 수도 경성은 1930년대 중반에 이르러 구역이 세 배로 넓어지고 인구도 대폭 증가하여 일본 7대 도시의 하나가 됨으로써, 한편으로는 거대한 일본 경제의 한 축이 되고 다른 한편으로는 명실상부하게 식민지 경제의 중심으로 자리잡으면서 근대 도시로서의 면모를 갖추게 된다.

도시의 급격한 성장은 농촌으로부터 이주한 사람은 물론이고 도시에서 자라난 사람에게도 일종의 경이였다. 나날이 변화하는 도시의 모습이 그들로 하여금 지금까지 경험한 것과는 전혀 다른 경험을 강요하였기 때문이다. 특히 경성의 경우 조선 왕조 오백 년의 세월 동안 서서히 변화한 것이 아니라 개항 이후 몇 십 년 동안에 급격하게 변화한 도시였기에 그 정도가 심했다. 사람들은 전통적인 것과 근대적인 것이 대비되는 가운데 후자가 우후죽순처럼 증가하는 것을 직접 자신의 눈으로 보면서 놀랄 수밖에 없었던 것이다. 이러한 놀라움은 시골에서 상경한 사람일수록 그 정도가 더욱 심했다.

---

1) Samuel Pao-San Ho, "Colonialism and Development : Korea, Taiwan, and Kwantung", Ramon H. Myers and Mark R. Peattie (Ed.), *The Japanese Colonial Empire, 1895-1945*, Princeton, N.J. : Princeton University Press, 1984, pp. 351~352.

그는 언제까지든 그것 한가지에만 마음을 주고 있을 수 없게, 이제까지 시골구석에서 단순한 모든 것에 익숙하여 온 그의 어린 눈과 또 귀는 어지럽게도 바빴다.

전차도 전차려니와, 웬 자동차며 자전거가 그렇게 쉴 새 없이 뒤를 이어서 달리느냐. 어디 「장」이 선 듯도 싶지 않건만, 사람은 또 웬 사람이 그리 거리에 넘치게 들끓르냐. 이층 삼층, 사층……… 웬 집들이 이리 높고, 또 그 우에는 무슨 간판이 그리 유난스리도 많이 걸려 있느냐. 시골서, 「영리하다」, 「똑똑하다」, 바루 별명 비슷이 불려 온 소년으로도, 어느 틈엔가, 제 풀에 딱 벌려진 제 입을 어쩌는 수 없이, 마분지 조각으로 고깔을 만들어 쓰고, 무엇인지 조이 조각을 돌리고 있는 사나이 모양에도, 그의 눈은, 쉽사리 놀라고, 수많은 깃대잡이 아이놈들의 앞장을 서서, 몽당수염 난 이가 신나게 부는 날라리 소리에도, 어린이의 마음은 것잡을 수 없게 들떴다.[2]

경성에 막 도착하여 놀랍고도 들뜬 마음으로 낯선 풍경을 바라보고 있는 소년의 마음은 우리로 하여금 마셜 버먼이 지적한 근대성의 속성을 떠올리게 한다. 마셜 버먼에 따르면, 근대화된다는 것은 모험과 쾌락, 자신과 세계의 변화를 보장해 주면서 동시에 익숙한 것들을 파괴하는 위험한 환경 속에 우리가 자리하고 있음을 발견하는 것이다.[3] 위의 인용문에 등장하는 소년 역시 한편으로는 자신이 그 동안 살고 있던 친숙한 환경으로부터 유리되고, 다른 한편으로는 이제까지와는 전혀 다른 모험적 삶을 살아가야 하는 처지에 놓인 것으로 볼 수 있다.

이 글에서 다루고자 하는 박태원의 『천변풍경』은 이처럼 근대 도시의 성장에 따라 새로운 경험을 하게 된 사람들의 이야기를 모더니즘

---

2) 박태원, 『천변풍경』, 박문출판사, 1947, 46쪽.
3) 마셜 버먼, 윤호병 · 이만식 공역, 『현대성의 경험』, 현대미학사, 1994, 12쪽.

적 시각에서 다룬 작품이다. 이 작품에 대한 지금까지의 연구는 지나치게 형식적인 측면에 치우치거나 내용을 다루더라도 세태 묘사의 측면을 밝히는 데 치중되어 있었다.[4] 이러한 기존의 연구 동향을 극복하기 위해 이 글에서는 『천변풍경』을 식민지적 근대에 대한 소설적 대응의 결과물로 보면서, 그 속에 형상화된 경성 사람들의 삶을 통해 일본 제국주의의 근대화 정책이 식민지 조선의 사회와 문화에 끼친 영향을 밝혀 보고자 한다. 그리고 도시의 성장과 더불어 변화하게 된 성적 정체성(sexual identity)을 분석해 보는 것도 이 글의 또 다른 목적이다.

2. 식민지 근대화 정책과 삶의 토대 변화

　『천변풍경』은 겉으로 보기에 단편적인 도시 풍경을 나열해 놓은 것 같지만, 좀더 자세히 들여다보면 일본 제국주의의 식민지 근대화 정책이 조선인의 삶의 토대를 근본적으로 바꾸어 놓았음을 형상화하고 있다. 식민지를 개발하기 위해서는 우선 많은 수의 노동자가 필요하였는데, 이러한 이유로 인해 조선의 농민층은 역사상 유례없는 이동을 시작하게 된다. 그들은 자신의 삶의 터전인 토지로부터 뿌리 뽑힌 채 일부는 일본과 만주의 산업 현장으로, 일부는 식민지 조선 내의 산업 현장과 도시로 이동해야만 했던 것이다.[5] 『천변풍경』에는 이처럼 삶의

---

4) 최근 들어 이 소설에 차용된 영화적 기법이나 희극적 요소가 연구되고 있기는 하지만, 그럼에도 불구하고 기존의 연구는 기본적으로 1930년대에 발표된 최재서와 임화의 논의, 즉 '리얼리즘의 확대'라고 본 형식적 차원과 '세태 소설의 대표작'으로 본 내용적 차원에서 멀리 나아가지 못한 것으로 볼 수 있다.

5) Bruce Cumings, "The Legacy of Japanese Colonialism in Korea", H. Myers and Mark R.

근거를 잃은 농민의 도시 집중화 현상이 곳곳에 묘사되어 있다. 앞서 살펴본 것처럼 막 도시에 도착하여 그 풍경에 눈이 먼 시골 소년 창수를 비롯하여, 남편의 외도와 가난 때문에 어쩔 수 없이 고향을 떠나와 남의 집 드난살이로 목숨을 부지하는 만돌네, 수년 동안을 방랑하다 결국 경성에 노동자로 정착하는 순동이 부자 등이 그 대표적인 예이다.

> 고향을 등지고 나서서 이래 삼년 동안을, 그는 순동이의 손을 이끌고, 물론 일정한 주소를 가질 수 있을 턱이 없이, 되는 대로 일거리를 구하여 남선 지방을 아무렇게나 떠돌아 다녔다.
> 그리다가 그러한 경우에 있는 사람들이 으레들 한번은 마음먹어 보는 것과 같이, 그들도 마침내 한 개의 희망을 가져, 부산까지 이르렀다. 그리고 부자는 그 곳 부두에 가 아침 저녁으로 서서 항구에 드나드는 관부연락선을 애타는 눈을 가져 바라보며, 어떻게 저 배를 좀 붓잡아 타고 저 푸른 바다를 건너서 훨씬 더 살기 좋은 땅에 일자리를 구하여 보았으면 ………… 하였다.6)

위의 인용문에서 보는 바와 같이, 고향에서 쫓겨난 식민지의 농민들이 가질 수 있는 최대의 희망 중의 하나는 식민지 본국인 일본으로 건너가는 것이었다. 순동이 부자가 밀항까지 계획한 것은 일본과 조선 사이에는 적지 않은 임금 격차가 있으므로 한 푼이라도 더 받을 수 있는 일본으로 건너가는 것이 낫다고 생각했기 때문이다. 먹고 사는 문제가 눈앞에 닥친 그들에게는 민족 차별 따위는 전혀 고려할 사항이 아니었던 것이다. 하지만 결국 그들은 희망대로 도일하기는커녕, 오히

Peattie (Ed.), *op. cit.*, p. 490.
6) 박태원, 『천변풍경』, 앞의 책, 377~378쪽.

려 사기꾼이 된 고향 사람을 만나 소지하고 있던 얼마 안 되는 돈마저 뜯긴 채 일자리를 찾아서 무작정 상경하게 된다. 이와 같은 순동이 부자의 처지는 당시 농민들이 부랑자가 되거나 노동자가 되는 과정을 압축적으로 보여주는 것이라고 할 수 있다.

조선의 근대화 과정에서 나타난 또 하나의 두드러진 현상은 여성의 사회적 진출이다. 조선 시대 후기까지 여성들은 집안에 갇혀서 외출도 함부로 하지 못한 채 가사에만 종사하였다. 하지만 경성이 자본주의 도시로서 발전하게 되자 상황이 바뀌게 된다. 우선 많은 일자리가 창출되었는데, 남성들의 노동력만으로는 그것을 충당할 수가 없었다. 또한 모든 것이 봉건적 신분 관계 대신 돈을 중심으로 이루어졌기 때문에 서민들은 남성의 수입만으로 생계를 부지할 수도 없었다. 뿐만 아니라 도시가 가진 무질서와 자유로움이 여성들에게 자유와 선택의 기회를 높여 주었다.[7] 그리하여 이제 여성들도 집안에서 가사에만 종사하지 않고 직업인으로서 새롭게 탄생하게 된다. 당시의 여성들이 가질 수 있었던 직업으로는 소비 문화의 팽창에 따라 발전한 서비스업 관련 직종이나 도시 문화의 어두운 면으로서의 음주와 매춘과 관련된 카페 여급과 기생 등이 있었다. 그리고 공장의 직공이 되는 것도 여성이 택할 수 있는 또 다른 직업의 하나였다.

> 웃고 재껄이며 열 칠팔 세씩 된 머리 따 느린 색씨가 세 명, 걸음을 맞후어 남쪽 천변을 걸어 나려온다. 흡사 학생같이 차렸으나, 손에들 들고 있는 것은 벤또 싼 보재기로, 조금 전 다섯 시에, 전매국

---

7) E. Wilson, *The Sphinx in the City*, London : Virago, 1991, p. 7. 마이크 새비지 · 알랜 와드, 김왕배 · 박세훈 공역, 『자본주의 도시와 근대성』, 한울, 1996, 152쪽에서 재인용.

의주통 공장이 파한 것이다. 모두 묘령들이라 그리 밉게는 보이지 않아도, 특히 가운데 서서 그 중 웃기 잘하는 색씨가 가히 미인이라 할 인물로, 우선, 그러한 공장 생활을 하는 여자다웁지 않게 혈색이 좋은 얼굴이 참말 탐스러웁다. 교직 국사 저고리에, 지리멩 검정 치마를 입고 납작 구두를 신은 맵씨도 썩 어울리는 그 처녀는, 수표다리께 사는 곰보 미장이의 누이로, 그가 얼굴값을 하느라고 행실이 단정하지 못하다는 소문을 들어 알고 있다.[8]

나이가 많은 여성들은 여전히 봉건적인 인습에 사로잡혀 기껏해야 가사에 종사하거나 남의 집 안잠자기 또는 드난살이를 하는 데 비해, 공장 노동자가 된 젊은 여성들은 여러 가지 면에서 새로운 면모를 보여 주었다. 무엇보다도 집안일로부터 해방되어 사회적 활동을 한다는 것 자체가 가장 커다란 변화였다. 그리고 경제적 능력을 갖추면서 행실이 단정하지 못하다는 소문이 돌 정도로 자유롭게 연애를 한다는 것도 놀라운 일이었다. 이처럼 여성들의 사회적 진출은 성적 정체성과 관련해서도 커다란 변화를 가져왔다. 이에 관해서는 뒤에서 자세히 다루기로 하고, 어쨌든 이와 같이 여성들의 사회적 지위가 급변한 것은 식민지 근대화 정책으로 인해 당시 사람들의 삶의 토대가 변화하였음을 단적으로 보여주는 또 다른 증거라고 할 수 있다.

한편 『천변풍경』에서는 경성의 정치와 경제적 상황의 변화도 포착하고 있다. 사실 정치적 자유는 식민지 시대 전 기간에 걸쳐 조선인에게는 거의 허용되지 않았다. 다만 일본 제국주의의 꼭두각시로서 작위를 받거나 부협의회(府協議會) 의원이 되는 것은 가능했지만, 식민지 시

---

8) 박태원, 『천변풍경』, 앞의 책, 41~42쪽.

대 초기에는 이런 직위로 나아간다는 것 자체가 친일과 동일한 의미로 받아들여졌다. 하지만 세월이 흐르면서 그러한 생각들도 점차 엷어지게 되는데, 이러한 상황을 작가 박태원은 부협의회의 후신인 부회(府會) 의원 선거를 둘러싼 청계천변 주민들의 반응을 통해 묘사하고 있다.9) 먼저 매부가 현역 부회 의원인 포목전 주인은 항상 그 점을 자랑스러워하면서, 제2차 선거에 재출마한 매부를 위해 매일 걸어 다니던 청계천 북쪽을 버리고 남쪽 천변을 걸으며 지역 유지인 한약국 주인에게 경의를 표하는 것도 마다하지 않는다. 한편 민주사 역시 사법서사 주제에 출마했다는 비아냥거림에 흥분하면서도 부회 의원이 되기 위해 한약국 주인에게 향응을 베풀기도 한다. 물론 이와 같은 몇몇 사람들의 행태는 투표권을 가지지 못한 서민에게는 남의 이야기일 뿐이어서 이발관의 사환 아이나 관심을 가지는 정도에 불과했지만, 그 자체로 식민지의 수도 경성 주민들의 정치적 상황에 대한 기록이라 할 만하다.

경제적 상황의 변화와 관련해서는 앞서 살펴본 농민의 노동자화나 여성들의 사회적 진출 이외에 신구 경제 주체의 교체와 새로운 직업인의 탄생을 들 수 있다. 이 시기에 조선인 자본으로 설립된 화신상회는 새로운 경제 세력의 상징적 존재였다. 화신상회는 1935년 5월에 공사를 시작하여 『천변풍경』이 책으로 출판되기 직전인 1937년 11월에 지

---

9) 1914년 부제 실시와 함께 설치된 경성부협의회는 1931년 4월 1일부터 부회로 명칭이 변경되고, 의원의 임기도 3년으로 4년으로 늘어났다. 1931년 5월의 제1회 선거에서 조선인은 총 유권자의 34.7%인 7,890명에 불과하였고, 당선된 조선인 의원의 수는 모두 18명이었다. 한편 『천변풍경』에 묘사된 1935년 5월의 의원 선거에서는 15명의 조선인 의원이 당선되었다. 유권자나 당선자의 수를 살펴보면 사실상 조선인은 들러리에 불과했음을 알 수 있다. 서울특별시의회 편, 『서울특별시의회사 : 초대~제2대』, 서울특별시의회, 2002, 133~136쪽.

하 1층 지상 6층 규모의 근대식 건물로 거듭나는데, 신상품이 넘쳐 나는 이 백화점의 등장은 구식 상인들의 몰락을 재촉하기에 충분한 것이었다. 야시장이 열렸지만, 거기서도 인기를 끄는 것은 신상품이었다.

> 그것두 다아 말허자면 시절 탓이지. 그래, 이십 년두 전에 장사를 시작해서 한 십년 잘해 먹던 것이, 그게 벌서 한 십년 될까? 고무신이 생겨 가지구 내남직 헐 것 없이 모두들 싸구 편헌 통에 그것만 신으니, 그래 징신 마른 신이 당최에 팔릴 까닭이 있어? 그걸 그 당시에 으떻게 정신을 좀 채려 가지구서 무슨 도리든지 간에 생각해 냈드라면 그래두 지금 저 지경은 안 됐을 껄, 들어오는 돈이야 있거나 없거나, 그저 한창 세월 좋을 때나 한 가지루, 그대루 살림은 떠벌린 살림이니, 그, 온전허겠우? ……… 집, 잡혔겠다, 점방두, 들앉었겠다, 남에게 빗은 빗대루 졌겠다.[10]

일본 제국주의가 건설한 경제 인프라를 바탕으로 식민지 조선에 진출한 신상품에 의해 이처럼 전통적인 상품을 취급하는 소규모의 자본은 여지없이 격파되었다. 또한 손으로 짠 옷감보다 공장에서 만든 인조견을 선호하고 결혼 예물로 에나멜 구두를 구입하는 등 일반인들의 패션 감각이 변화한 것도 이러한 경향을 재촉하였다. 그리하여 길거리 장사치들도 아이스크림이나 군밤처럼 새로운 입맛에 적응하는 상품을 판매하게 된다. 한편 경제적 상황이 이처럼 어려워지자 일확천금을 노리는 금전꾼이나 도박꾼들이 늘어나고 인신 매매범까지 등장하게 되는데, 『천변풍경』에서는 이러한 사람들의 존재도 놓치지 않고 그려내고 있다.

---

10) 박태원, 『천변풍경』, 앞의 책, 9쪽.

3. 서구 문화의 수입과 새로운 문화의 탄생

식민지 근대화 정책으로 인해 대도시로 성장한 경성에는 서구의 대도시와 마찬가지로 여러 가지 문화적 현상이 나타나게 된다. 도시 문화에서는 시각적인 것이 지배한다는 주장을 펼친 사람은 독일 사회학자 짐멜이다. 그의 뒤를 이어 많은 사람들이 도시에서는 끊임없는 소음과 풍요로운 눈요깃거리를 제공되지만, 소음에 귀를 기울일 수는 없기 때문에 시각적인 것이 감각의 중심에 자리잡게 된다는 주장을 펼쳤다. 시각적인 것과 관련하여 신흥 예술인 영화의 등장은 매우 중요한 의미를 지닌다. 영화야말로 식민지 시대 대중문화의 형성과 발전에 가장 커다란 역할을 담당하였기 때문이다. 특히 서구 영화의 소개는 육체와 성에 대한 개방적 관심을 촉발시키는 매개체 역할을 담당하였고, '모던 걸'과 '모던 보이'의 등장에 커다란 영향을 주었다.[11] 『천변풍경』에도 우미관에서 본 '후도 깁손'의 활극에 열광하는 아이나 단성사에서 상영하는 최초의 발성 영화 「춘향전」을 보러 다니는 기생이 등장하고 있다.

이와 같이 영화를 통해 일상 생활에 스며들기 시작한 시각적인 요소는 패션 감각이 변화하는 데 결정적 계기로 작용한다. 이전에는 하얀 색과 검정색의 무채색 한복을 즐겨 입던 조선인들이 그 옷을 버리고 서양식 모자에다 양복을 걸치기 시작하였던 것이다. 뿐만 아니라 이 소설 속의 민주사처럼 '니커보커스(knickerbockers)'와 같은 첨단 유행의 복장을 착용한 사람까지 등장하기도 하였다. 이러한 변화는 결국

---

11) 김진송, 『서울에 딴스홀을 許하라』, 현실문화연구, 1999, 163쪽.

서양풍의 유행을 낳아 하나의 문화적 현상으로 자리잡게 된다.

> 그러한 얼굴에다, 그 우에, 그가 애용하는 중산모를 얹고, 실내화
> 신은 발을 천천이 옮겨 걸어갈 때, 그를 대하는 모든 사람이, 마음에
> 은근한 기쁨을 갖드라도, 그것은 결코 이상한 일이 아닐 것이다. 더
> 구나 그가 남의 앞에서 질겨 꺼내 보는 그 시계는 참말 금시계지만,
> 역시 참말 십팔금인 것같이 남이 알아 주기를, 은근히 바라고 있는
> 듯싶은 그 시계줄이, 사실은 오금에 지나지 않는다는 것을, 이발소
> 안에서의 풍문으로 들어 알고 있는 소년은, 그의 태도와 걸음걸이가
> 점잖으면 점잖을수록에, 더욱이 속으로 우수웠다.
> 그 웃음에는, 그러나, 물론 악의 같은 것이 품어 있지는 않았다. 만
> 약 있다면, 오히려 호의일 것이다. 자기의 매부가 부회의원인 것을
> 다시 없는 명예로 알고, 때로, 육십 노모까지를 끼어서 왼 가족을 인
> 솔하고 백화점 식당으로 가서 점심을 먹는 취미를 가진 그를, 사실
> 이 소년이 미워한다든 비웃는다든 할 아무런 근거도 없다.[12]

여기에 등장하는 포목전 주인은 중산층들이 서민과의 계급적 구별
을 위해 동원했던 문화적 차별화의 표시 도구— 금시계와 백화점 식
당에서의 식사—를 이용하고 있다. 이밖에도 그는 해수욕이라는 서양
식 풍속을 적극 수용함으로써 자신의 계급적 우월성을 과시하기도 한
다. 이와 같이 물질을 통해 드러나는 계급 간의 차이는 가난한 공장
노동자에게 시집가는 이쁜이와 부자집 며느리로 들어가는 카페 여급
하나코의 예물을 통해서도 발견된다. 이쁜이의 경우 칠 원짜리 머릿
장, 고등문화견 금침 한 벌, 인조견 치마 저고리 두 벌, 값싼 경대, 반

---

12) 박태원, 『천변풍경』, 앞의 책, 33쪽.

짓고리가 고작인 데 비하여 하나코는 핸드백, 양산, 비단 양말, 화장품, 조그만 수트케이스, 에나멜 구두 등 백화점에서 구입한 양품(洋品)이 주류를 이룬다. 이처럼 문화적 유행은 한편으로 전통적인 문화를 급격하게 바꾸는 역할을 담당하면서, 다른 한편으로는 계급적 차이를 드러내는 표시 도구로서의 역할도 담당하였던 것이다.

서양식 문물이 도시에 사는 사람들의 풍속에 끼친 영향은 결혼 예물뿐만 아니라 결혼식 풍경 자체에서도 드러난다. 이제 사모관대를 하고 족두리를 쓴 채 과일 등이 가득한 상을 사이에 두고 벌이는 결혼식은 사라지고 조선식도 서양식도 아닌 이른바 잡종적인 결혼식이 벌어지게 된다. 물론 일부의 문화 지식인들은 서양식 양복과 웨딩드레스를 입고서 결혼식을 하였지만, 일반 대중에게 그것은 그림 속의 떡에 불과했다. 그래서 그들은 국적 불명의 결혼식을 올리게 되었던 것이다.

(가) 식은, 간단히, 또 아무 별일 없이 진행되었다. 마당에 평풍 치고 자리 깔아 놓은 그 우에, 다홍 보재기를 펴 놓은 소반 앞에서, 기러기 아범이 지휘하는 대로, 그보다는 두어 살 아래인 신랑이, 이쁜이와의 「백년해로」를 하날께 맹세하여 세 번 절한 뒤, 마루로 올라와서, 수모 대신 저의 아주머니에게 부축을 받아 안방에서 나온 신부와 독자를 하고, 그리고 임시 수모가 명색만으로 맑아준 술을, 역시 명색만으로 신랑이 받아먹고, 다음에, 가운데 다방골 요리집에서 차려 온 오원짜리 상을 큰 상이라 신랑이 받고 나자, 이제 남은 일이라고는 신부가 신랑을 따라 그의 시집으로 들어가는 것뿐이었다.[13]

(나) 경삿날, 남에게 눈물을 보이기 싫여, 부엌에 들어가서, 손을 들

---

13) 위의 책, 71~72쪽.

어 코를 풀고, 치맛자락으로 눈을 씻었을 때, 동리 아이가 뛰어 들어
오며 큰 길에 자동차가 왔다고 소리쳤다. 갑자기 또 집안이 부산하여
지며, 기다리고나 있었던 듯이 어느 틈엔가 구두를 신고 뜰로 나려서
는 신랑―, 동네 아낙네들에게 싸여 그의 뒤를 따르는 신부―. 이쁜
이 어머니는 다시 허둥지둥 부엌을 나와, 새삼스러이, 딸에게 일러줄
말이 너무 많은 것을 생각하며, 그 중의 단 한마디를 골라 내지 못한
채, 그대로 동리 마누라들에게 휩싸여, 골몰을 전차길로 향하여 나갔
다.

그 골목이 그렇게도 짧은 것을 그가 처음으로 느낄 수 있었을 때,
신랑의 몸은 벌서 차 속으로 사라지고, 자기와 차 사이에는 몰려든
군중이 몇 겹으로 길을 가로막았다.[14]

인용문 (가)와 (나)를 통해 우리는 서민들의 결혼식이 어떤 방식으
로 진행되었는가를 짐작할 수 있다. 위의 글에는 결혼 예식의 진행은
전통적인 방식을 따르면서도 집에서 차린 음식 대신 요릿집에서 돈을
주고 마련한 음식상을 차려 놓는다든가, 조랑말 대신 자동차를 타고
시집으로 향한다든가 하는 어색한 풍경이 목격된다. 이러한 풍경은 봉
건적 풍속과 서양식 풍속 사이에서 갈등하다 나름대로의 길을 모색한
결과라고 할 수 있을 것인데, 이에 대해서는 당시에도 꼴불견이라는
비판과 진보로 나아가는 과도기적 현상이라는 상반된 평가가 있었다.
하지만 한 가지 분명한 것은 경성 사람들의 사회적 정체성이 점차 근
대적인 것으로 변화하였다는 점이다.

서구로부터 들어온 근대 문화에 보다 민감하게 반영한 세대는 젊은
세대이다. 이들은 판소리나 민요를 즐겨 듣던 구세대들과 달리 서양

---

14) 위의 책, 75쪽.

악기와 음악에 심취하였다. 하모니카(씽씽이)로 「군함 행진곡」을 불어 대는 점룡이나 풍금과 만돌린, 색소폰, 바이올린 등 온갖 서양 악기를 다룰 줄 아는 신전집 둘째 아들 등을 보면 당시의 상황을 짐작할 수 있다. 한편 라디오와 축음기의 보급은 그 동안 음악을 즐길 수 없었던 가정 주부나 서민들에게도 음악을 비롯한 대중 문화를 즐길 수 있는 기회를 제공하였다. 그리하여 바람 없고 햇볕 잘 드는 따뜻한 날 한약국집 대청에서는 "시어머니와 며느리, 귀돌어멈과 할멈이, 각기 자기들의 일거리를 가지고 앉아 육십팔 원짜리 「콘써톤」으로 「쩨·오·띠·케」의 주간 방송, 고담이라든 그러한 것을 흥미 깊게 듣고 있는 풍경"15)이 벌어지기도 한다.

음악과 더불어 젊은이들을 사로잡은 새로운 문화는 스포츠였다. 신체의 움직임을 경시하던 조선의 젊은이들이 '곤투'(권투)에 관심을 가지게 되고 당구를 즐기게 된 것은 스포츠가 하나의 문화적 현상으로 자리잡았음을 의미하는 것이다. 개화기에 서양의 스포츠가 수입된 주된 이유는 계몽주의적 성격 때문이었다. 그 당시의 지식인들은 개인의 인격을 연마하기 위해 지성과 덕성, 체력을 키울 것을 주장하였던 바, 스포츠는 이처럼 개인의 인격 수양을 위한 방편으로 수용되었던 것이다.16) 하지만 『천변풍경』에 그려진 스포츠는 이미 그러한 계몽주의적 성격을 넘어선 일종의 대중 문화였다. 그래서 이 작품에서는 장난으로 권투 선수 흉내를 내는 젊은이들을 쉽게 목격할 수 있으며, 당구장의

---

15) 위의 책, 480쪽.

16) 김진송, 『서울에 딴스홀을 許하라』, 앞의 책, 158쪽. 이 책에서는 스포츠의 엄격한 규율성, 페어플레이 정신 등이 원칙과 규율을 통해 지배 방식을 재생산하는 효과적 장치로 이용되었으며, 그 속에 식민 지배자의 정책적 의도가 포함되어 있었다는 점도 지적하고 있다.

경순이가 자랑스러워하는 그녀의 아저씨처럼 권투 선수로 나서는 사람도 찾아볼 수 있다. 이와 같이 박태원은 대중 문화로서 기능하는 권투나 당구 등의 서구적 스포츠를 즐기는 젊은이들을 묘사함으로써 경성의 근대성이 지닌 한 측면을 드러내고자 하였던 것이다.

한편 이 시대에도 언제나 새로운 문화적 유행을 선도한 첨병의 하나는 대중 잡지였다. 저널리즘의 발달로 인해 널리 보급된 각종 대중 잡지는 단순한 눈요깃거리 이상의 역할을 담당하였다. 당시 사람들은 영화만큼이나 강력한 전파력을 지녔던 대중 잡지를 통해 유행에 관한 정보 등을 수집하면서 사회적 통념에 대한 회의감을 갖게 되었고, 점차 가치관의 변화까지 겪게 되었던 것이다. 특히 기성 세대에 대해 일종의 반항심을 가지고 있던 젊은이들의 경우 외국 잡지까지 탐독하였기 때문에 그 정도가 더욱 심하였다.

> 제가 어떻게 어떻게 주선을 하다싶이 하여 이 곳에 와 있는 그는, 평생 지망이, 제일이 백화점의 여점원이요, 제이가 버스껄이다.
>
> 일이 없을 때면, 동무 경순이와 손을 맞잡고 바로 지척 사이인 화신 상회로 가서 우 아래층을 한바퀴 돌아오는 것이 우습게 처버릴 수 없는 기쁜 사무였고, 그것에도 지치면 그는 곧잘 「소년구락부」니, 또는 「깅꾸」니 하는 그러한 묵은 잡지를 뒤적거렸다. 그 헌 잡지는, 보통학교를 졸업하였을 뿐인 젊은 감독이 제 자신 보기 위하여 때때로 야시장에서 오전씩에 십전씩에 사오는 것이었으나, 정작 그보다는 명숙이와 순동이가 좀더 열심히 읽었다.[17]

위의 인용문에 등장하는, 당구장에서 '게임도리'로 일하는 명숙이가

---

17) 박태원, 『천변풍경』, 앞의 책, 353~354쪽.

읽는 잡지들은 주로 문예 독물(讀物)을 소개했던 일본의 대중 잡지이다. 그녀는 이 잡지들을 읽고 화신 상회로 가서 진열장에 전시된 물건들을 구경하는 것을 취미로 즐기는 사이에 자신도 모르게 앞선 세대와 전혀 다른 가치관을 가지게 되었다. 그녀의 가치관에 따르면, 집안일 따위는 하찮은 것이어서 안중에도 들어오지 않는다. 왜냐하면 그녀는 백화점 여점원이나 버스걸과 같은 보다 근대적 직장 여성을 우러러보고 자신도 그러한 여성이 되고자 하기 때문이다. 이와 같이 새로운 가치관으로 무장한 신세대 여성의 삶은 여전히 전통적 인습에 얽매인 채 살아가고 있는 구세대 여성의 삶과 비교할 때 그 성격이 더욱 뚜렷해진다. 아래에서는 이러한 세대적 차이를 염두에 두면서 여성의 성적 정체성을 논의해 보고자 한다.

4. 가부장제의 동요와 여성의 운명

도시 문화 자체가 성적인 것(sexuality)을 전복시키는 저항적 성격을 지니고 있다는 주장은 일면의 진리만을 포함하고 있다. 확실히 도시 생활은 가부장제적 가족 질서를 무너뜨리는 성격을 지니고 있지만, 그 반대의 성격도 동시에 가지고 있기 때문이다.[18] 먼저 전자부터 살펴보면, 도시의 여성은 농촌 여성에 비해 가사 노동 대신 사회 생활에 참여할 수 있는 기회를 많이 가지게 된다. 이렇게 경제적 능력을 가지게

---

18) 마이크 새비지·알랜 와드, 김왕배·박세훈 공역, 『자본주의 도시와 근대성』, 앞의 책, 152~153쪽

된 여성들은 더 이상 가장의 권위에 종속되지 않으려는 성향을 보인다. 경성의 경우에는 이와 같은 일반적인 경향에다 식민지 조선에 실시된 저임금 정책이 더해짐으로써 서민층 여성들의 사회 진출이 강제적으로 진행되는 특징을 보였다. 그리하여 서민층 여성들 가운데 상당수가 가부장제에 대한 회의를 갖게 된다. 한편 서구 문화의 유입으로 인한 자유 연애의 사고 방식 역시 가부장제적 가족 질서를 뒤흔드는 주요 계기로 작용하게 된다.

주로 집안일에 종사하는 구식 여성들의 정보 교환처 역할을 하는 곳은 빨래터이다. 그 곳에서 주고 받는 이야기 가운데는 여성들에 관한 것이 적지 않다. 비록 그녀들은 전통적인 인습에서 벗어나지 못한 처지이지만, 젊은 여성들이 사회에 진출하는 것에 대해서는 상당히 개방적인 시각을 가지고 있다. 다시 말해 그녀들은 신세대 여성들이 가부장제적 사고 방식에 얽매여 종속적인 삶을 살아가는 것을 바라지 않는다. 이러한 생각은 동네에서 유일하게 지식인 출신의 신여성인 한약국집 며느리를 대하는 그들의 태도에서 알 수 있다.

동경 어느 사립 대학 영문과를 졸업한 한약국집 큰아들이, 현재의 안해와 결혼을 한 것은 지금부터 햇수로 삼년 전의 일이요, 그들이 서로 안 것은 그보다도 일년이 일러, 가치 어깨를 간즈런히 하여 거리를 산책하는 풍습은 이미 그 때부터 시작되었던 것이다. 동경서 갓 나온 한약국집 아들이, 역시 그 해 봄에 「이화」를 나온 「신식 여자」와 「연애」를 한다는 소문은, 우선 빨래터에서 굉장하였고, 이를테면 완고하다 할 한약국집 영감이, 이러한 젊은 사람들의 사이에 대하여, 어떠한 의견을 가질지는 의문이었으므로, 동리의 말 좋아하는 사람들은 제법 흥미를 가지고 하회를 기다렸던 것이나, 아들의 말을 들어

보고, 한번 여자의 선을 보고 한 완고 영감이, 두 말 하지 않고 그들에게 선뜻 결혼을 허락하여 준 것은, 참말, 뜻밖의 일이었다. 그것으로, 「영감」은 「개화」하였다는 칭찬을 동리에서 받았으나, 아들 내외의 행복에 대하여서는, 객쩍게, 남들은, 또 말들이 많아, 「연애를 해서 혼인했단 사람들이 더 새가 나쁘드군.」……… 그러한 말을 하는 사람도 더러 있었으나, 그들의 사랑은 참말 진실한 것인 듯싶어, 흔히 「신식 여자」라는 것에 대하여 공연히 빈정거려 보고 싶어 하는 동리의 완고 마누라쟁이로도, 이제는 방침을 고쳐, 도리어 그들 젊은 내외를 썩 무던들하다고, 그렇게 뒷공론이 돌게 된 것은 퍽으나 다행한 일이라 아니할 수 없다.[19]

소설 속에서 가장 행복한 사람으로 그려진 이 신여성에 대하여 동네의 여성들이 비난하지 않게 된 것은 그 자체로 자유연애 사상의 긍정이라고 해석할 수 있을 것이다. 작가는 이처럼 구식 여성들의 신여성에 대한 긍정적 태도를 보여줌으로써 은연중에 결혼 풍속의 변화에 대한 자신의 입장을 드러내고 있다. 하지만 이 신여성처럼 행복한 삶을 영위하는 여성은 『천변풍경』 전체를 통틀어 더 이상 찾아보기 힘들다. 그만큼 이 소설에서 다루고 있는 1930년대의 경성은 여전히 신구 도덕이 갈등을 겪고 있는 과도기의 근대 도시였던 것이다.

여성의 사회적 진출과 관련하여 사회 전반의 인식이 변화하기 시작했지만, 그렇다고 해서 세대간의 차이까지 쉽게 극복된 것은 아니다. 위에서 살펴본 대로 『천변풍경』에 등장하는 대부분의 구세대 여성들은 신세대 여성들의 자유 연애를 격렬하게 비난하지는 않지만, 그 자신들은 여전히 가부장제의 억압 아래 고통 받고 있을 따름이다. 이에

---

19) 박태원, 『천변풍경』, 앞의 책, 38~39쪽.

반해 신세대 여성들은 때로는 자의에 의해, 때로는 타의에 의해 그러한 굴레로부터 벗어나게 된다. 이러한 차이가 생기게 된 것은 구세대 여성들이 신세대 여성들과 달리 인습에서 벗어나지 못한 채 사회적 활동에 제약을 받은 데서 그 중요한 원인을 찾을 수 있다.

> 파랑 칠한 중문 하나 격하여 약국 안채에서는, 행랑에 든 지 사흘이 채 못 되는 만돌 어멈이, 새아씨가 건넌방 툇마루에 내어 놓았던 연분홍 하부다이 치마를, 그저 제 짐작으로, 다른 무명 빨래와 함께 잿물에다 막 삶았대서, 새아씨는 물론, 안방마님의 툭명스러운 꾸지람을 듣고, 또 뒤이어, 「이 댁에서 죽을 때까지 살겠다」는 안잠자기 귀돌 어멈에게까지 핀잔을 맞아, 어리둥절한 채, 이제는 태워 본대야 아무런 보람이 없는 애를, 혼자 부엌 속에서 태우고 있었다.
>
> 고생은 날 쩍부터 타고 나온 제 팔짜다. 가난한 것은, 이미 아무렇게도 하는 수 없는 것이었고, 잘못 만난 서방 탓으로, 밤낮 속을 썩히는 것에도, 이제는 완전히 익숙하였다. 그러나 그래도 「내 사내」라고 받들어 왔던 남편이, 드디어 딴 계집을 얻어 가지고, 그대로 차고, 따리며, 나가라 구박이 자심할 때, 한때는 죽어 버릴까 하고, 그렇게 모진 마음조차 먹어 보았던 것이나, 아직 철이 나기도 멀은, 만돌이, 수돌이, 두 어린 것을 생각하고는, 도저히 결심이 서지 않았다.[20]

위의 글에 등장하는 만돌 어멈은 가난과 가부장제의 억압에 시달리면서도, 그와 같은 구태의연한 인습에서 벗어날 엄두도 내지 못한다. 자식을 가진 빈곤 계층의 구세대 여성이 가부장제로부터 탈출하는 일은 자기 목숨을 스스로 끊겠다고 결심하는 것만큼 어려운 일이었기

---

20) 위의 책, 59~60쪽.

때문이다. 이런 구세대 여성들은 사회 진출을 혁명과도 같은 일로 여겼던 것이다. 한편 신세대 여성인 금순이는 결국 가부장제로부터 벗어났음에도 불구하고 역시 그 과정에서 혹독한 시련을 겪은 경우이다. 제16절에 소개된 대로 그녀는 열여섯 살에 첫 번째 결혼을 할 뻔했지만, 열입곱 살 먹은 신랑이 봉치날에 가출하여 상경함으로써 실패하였다. 이듬해 열세 살 소년과 정식으로 결혼을 했으나 이번에는 신랑이 나이가 너무 어렸다. 설상가상으로 엄마 품으로 돌아간 어린 신랑이 이 년 뒤에 죽게 되자, 금순이는 의지할 데를 잃게 된다. 시아버지의 집요한 애정 공세에 시달리던 그녀는 친정을 찾아가 보지만, 이미 아버지와 동생 순동이는 모친이 사망한 후에 어디론가 떠난 뒤였다. 할 수 없이 그녀는 무작정 가출을 시도하였다가 금전꾼의 손에 이끌려 서울로 온 뒤, 신세를 망치기 일보 직전에 극적으로 카페 여급 기미꼬의 손에 구출되었다. 이러한 금순이의 인생 역정에서 눈여겨보아야 할 것은 그 동안 많은 고초를 겪었지만, 결국 자유로운 몸이 되었다는 사실이다. 그것은 그녀가 일시적으로나마 가부장제의 굴레에서 벗어났음을 의미한다. 가부장제로부터의 탈출이라는 면에서 보면, 남편의 홀대와 혹독한 시집살이를 견디다 못해 끝내 이혼하고 친정으로 돌아온 이쁜이 역시 비슷한 길을 밟은 경우이다. 이들 신세대 여성의 운명은 끝내 그 질곡에서 벗어나지 못한 만돌 어멈이나 귀돌 어멈의 운명과 극명하게 대비되거니와, 이를 통해 우리는 여성들이 가부장제로부터 벗어나는 과정에서도 세대간의 차이를 보여 준다는 것을 알 수 있다.

세대간의 차이만큼이나 여성들의 사회적 삶의 조건을 규정하는 요소는 계급간의 차이이다. 앞서 살펴본 한약국집만 보더라도 주인인 신여성 며느리의 처지와 안잠자기인 귀돌 어멈, 드난살이를 하는 귀돌 어멈의 처지는 천양지차를 보여준다. 같은 세대인 한약국집 며느리와 금순이, 이쁜이의 사이에도 역시 그에 못지않은 차이가 있다. 이런 사정에도 불구하고 시간이 흐를수록, 여성의 사회적 지위에 대한 인식이 변화한 것은 부정할 수 없는 사실이다. 이러한 사실은 카페 여급이나 당구장 '게임도리' 등의 직업을 가진 여성들의 사회적 활동에 대해 청계천변 사람들의 시각이 점차 바뀌어가고 있다는 것을 통해 뒷받침된다.

한편 이 장의 처음에 밝혔듯이, 도시 문화에는 여성의 사회적 역할에 대한 새로운 인식을 가능하게 해주는 측면이 있는 이면에 남성 중심의 사회 구조를 공고히 하는 측면도 엄연히 존재한다. 주로 이발관과 평화 카페에서의 대화를 통해 밝혀지는 남성들의 담론들을 분석해 보면, 그들이 여성들에 비해 가부장제적 인습에 훨씬 깊이 빠져 있음을 알 수 있다. 왜냐하면 그들은 여성의 사회적 진출을 틈타 가부장제적 지위를 공고히 하려는 시도를 하고 있기 때문이다. 도시화가 진행되면서 빈곤층 여성들이 사회적 진출을 모색할 때 가장 손쉬운 길 중의 하나가 남성 위주의 성적 정체성이 재강화되는 성 관련 활동에 가담하는 것이었는데, 이와 같은 여성들의 취약점을 남성들은 적극적으로 이용하게 된다.

『언년이 말이요. 취옥이 말이야아. 개 어머니가, 개 기생으루 집어넣군 아주 막 호강허는데? ……… 언년이가 바루 이쁜이허구 한 동갑이지. 열네 살부터 소리를 배워 가지구, 작년 봄앤가, 열여덟에 머리를 얹었었는데, 인젠 아주 잘 불려 대니는데? ………』

그리고 그는 또 소리를 낮후어,

『그래, 내가 이쁜이 어미니헌테두 여러 번이나 권했지. 이쁜이두 곤반에다 느라구. 그럼 그 년 팔짜두 해롭지 않거니와 마누라두 딸의 덕을 볼 께 아니냐 말야? 헌데, 딸 기생에 넣라는 걸, 이건 무슨 큰 욕이나 되는 줄 아는군 그래, 이쁜이 어머니는 내가 그 얘기만 끄내면 아주 딱 질색이지. 그게 내 딸이 아니니까 맘대루 못 허지, 그저 내 조카딸쯤만 돼두, 꼭 우겨서 곤반에 넣구 말지. 아아무렴 그렇다마다. 모두들 인물이 잘라지 뭇해 뭇 되는 게지. 아, 이쁜이만큼만 이쁘다면야 그걸 웨 그냥 둬? ……… 그야, 양반으루, 부자루, 다 같은 집안에다 시집이래두 보낸다면, 그건 호옥 몰라두, 어려운 집 딸자식은 그저 파닥지나 추하지 않으면 별 수 없어어. 소리나 가르쳐서 기생으로 내 놓는 것밖엔……… 그래, 그렇지 않수?』

입에 침이 마를 새 없이 늘어 놓는 말을, 귀돌 어멈은 쓴 웃음을 웃으며 듣고만 있다가,

『그래두, 기생이면 다 잘 버나요? 것두 기생 나름이죠.』

『아아무렴, 그야 그렇지.』

『뭐 저어, 필안이네 안집 기생은, 지난달에 세 번 불려 갔는데, 모두 열 시간두 뭇 된다지 않어요? 그래 그걸 가주구 으떻게 살어요?』
『글세, 인물도 밉진 않은데, 이상허게두 그리 세월이 없다는군. 허지만 말야. 어디, 기생 수입이란, 놀음에 불려 댕기는 그것뿐인가? 지금 말헌 명월이만 허더래두, 아아무렴, 한달에 열 시간두 뭇 불려 댕기구, 대체, 맨밥은 먹게 되나? 그렇지만, 그 대신, 반해서 찾어 대니는 작자가 있거든. 웨, 저어, 은방 주인 말야. 그 사람이, 아, 겨우내, 양식허구, 나무허구, 대주지? 옷 해주지? 작년 동짓달엔 김장 당거 줬지? ……… 다아 그런 숙이 있거든.』[21]

위의 글에서 보듯이 계급적으로 하층에 속하는 여성일수록 돈을 벌

---

21) 위의 책, 18~19쪽.

어야 한다는 압박은 강하게 받으면서도 상대적으로 사회적 진출은 어려웠기에 기생으로 나아가는 것에 커다란 매력을 느낄 수밖에 없었다. 당시 경성의 하층 여성들은 기생이 되는 길 이외에도 민주사의 첩 안성집처럼 부유층 남성의 첩이 되거나 기미꼬처럼 카페 여급이 되는 길을 택하기도 하였다.[22] 물론 이들은 돈을 매개로 남성들에게 종속되는 길을 택하였지만, 그렇다고 해서 부정적인 역할만을 수행한 것은 아니다. 이들이야말로 한 남자만 섬겨야 한다는 가부장제적 봉건 윤리를 타파하는 첨병의 역할을 수행하고, 또 급진적인 일부는 남보다 앞서 과감한 패션 등을 수용함으로써 유행을 이끄는 근대성의 표상으로서의 기능도 담당했던 것이다. 두 말할 것도 없이 이러한 점들은 그녀들을 통해 가부장제적 성적 정체성을 강화하려 했던 남성들이 전혀 의도하지 않은 결과였다.

5. 식민지 도시 문화의 적극적 이해

『천변풍경』은 식민지 조선의 수도 경성을 남북으로 가르는 청계천 주변의 사람들을 다룬 작품이다. 그 사람들은 당시 조선에서 식민지 근대화의 영향을 가장 강하게 받은 사람들이라고 해도 과언이 아닐 것이다. 이들은 자신들의 의지와는 상관없이 근대화 정책 앞에 노출되

---

22) 이러한 현상은 경성에만 국한된 것이 아니었다. 19세기 중반의 파리에서도 노동 계급의 여성들은 결혼에 못지않게 정부(情婦)가 되는 것이 일반적인 현상이었다. 사회적으로 매춘은 하층의 댄스홀부터 상층의 오페라와 극장에 이르기까지 광범위하게 퍼졌고, 심지어 가정주부에게도 침투되어 갔다. David Harvey, *Paris, Capital of Modernity*, London & New York : Routledge, 2003, pp. 187~188.

어 있었기 때문에 그 때까지 영위하던 삶의 방식과는 전혀 다른 커다란 변화를 겪게 된다. 이와 관련하여 위에서 논의한 바를 정리해 보면, 우선 그들은 식민지 근대화 정책으로 인해 농촌으로 쫓겨나 도시의 노동자가 되는 과정을 통해 삶의 토대가 급변하는 경험을 하였다. 그리고 여성들이 사회적으로 진출하는 새로운 장면과 백화점으로 대표되는 신경제 세력에 의해 전통적 상품을 팔던 소규모 자본이 파산하는 장면을 목격하게 된다. 다음으로 영화나 잡지 등을 통해 서구 문화를 수용함으로써 스포츠나 서양 음악, 패션 등의 새로운 문화를 향유하였다. 마지막으로 세대별 계층별 차이는 있지만, 여성들의 사회적 진출로 인해 성적 정체성에 커다란 변화가 이루어지는 것을 체험하게 된다. 이러한 내용을 통해서 보면, 『천변풍경』은 식민지의 근대 도시 경성의 변화 과정을 충실하게 기록한 보고서라고 할 수 있을 것이다.

한편 이 소설에 등장하는 인물들은 피식민지인이었음에도 불구하고, 식민지 근대화 정책에 일방적으로 끌려가지만은 않았다. 그들은 급격하게 변화하는 도시 공간 속에서 나름대로의 문화를 모색하였던 것이다. 물론 그 결과는 이쁜이의 결혼식에서 보듯이 전통적인 것도 서양적인 것도 아닌 우스꽝스러운 것으로 귀착되기도 하였지만, 우리는 그러한 것조차도 그들이 고민한 결과라는 점을 인정하지 않을 수 없다. 그들은 식민지 본국을 통해 들어오는 근대 문화를 자기 방식대로 새롭게 해석하고 재창조함으로써 그러한 문화를 빚어내었던 것이다. 거듭 말하지만, 오늘날 우리가 그러한 문화를 폄하할 수 없는 이유는 그 속에 피식민지인 나름의 시각이 분명하게 들어 있기 때문이다. 그리고 때때로 그것이 작품 속에서 거드름 피우는 포목전 주인의 모자를 청계천에 빠뜨림으로써 그를 서민들의 웃음거리로 만들었던 바람과 같이, 몰려오는 식민지 본국 문화의 지배적인 권위를 비판하는 기능을 담당하였음을 알기 때문이다. 이 글에서 『천변풍경』의 분석을 통해 찾고자 했던 것 중의 하나도 바로 이러한 것이었다.

식민지 문학자의 만주 체험

— 이태준의 「만주 기행」

1. 기행문 「만주 기행」의 문제성

기행문은 서사시, 역사, 소설 등과 마찬가지로 오랜 세월에 걸쳐 발전해 왔고 인간이 최초로 구비 문학과 기록 문학을 시작한 때로부터 존재해 왔다. 그리고 그것은 셀 수 없이 많은 하위 장르를 포함하고 있다.[1] 다시 말해 기행문은 인간이 최초에 자신의 터전을 벗어나는 순간부터 시작되었고 다양한 감정의 표출에 따라 수많은 종류가 생겨났다고 볼 수 있다. 감정 표출과 관련하여 말하자면, 거의 모든 기행문에는 여행지에서 보고 들은 바와 느낀 것이 들어 있다. 여행하는 사람들은 집을 떠나 있다는 설렘 또는 두려움을 갖고 있기 때문에 약간 감정이 격앙되어 있게 마련이다. 그래서 많은 문학 개론서에서 지적하고

---

1) Percy G. Adams, *Travel Literature and the Evolution of the Novel*, Lexington, KY : University Press of Kentucky, p.38. Joshua A. Fogel, *The Literature of Travel in the Japanese Rediscovery of China 1862-1945*, Stanford, CA : Stanford University Press, 1996, p.xi에서 재인용.

있는 것처럼 일반적으로 기행문에 표출된 감정은 다른 문학 장르에 비할 때 훨씬 진솔하고 풍부하다. 이 글에서 다루고자 하는 이태준의 「만주 기행」 역시 이 점에서 예외가 아니다. 그가 상상력을 동원하여 창작한 소설에 비할 때 기행문 「만주 기행」은 훨씬 더 작가의 내면이 잘 드러난 작품이라고 할 수 있다.

이태준의 「만주 기행」은 애초에 「이민 부락 견문기」라는 제목으로 1938년 4월 8일부터 21일에 걸쳐 『조선일보』에 연재되었다. 원래의 제목만 보면 이 작품은 일본 제국주의의 국책에 부합하는 문학 작품으로서의 성격이 뚜렷하다. 하지만 「만주 기행」은 단순히 그렇게 치부할 수만은 없는 몇몇 특별한 성격을 지니고 있다. 무엇보다도 대륙으로 간다는 흥분 때문에 잠을 이루지 못했다는 진술 등에서 볼 수 있는 것처럼 작자의 내면이 잘 드러나 있으며, 비슷한 시기에 만주를 여행했던 일본 문학자들의 기행문과 구별되는 식민지 문학자 특유의 시각이 곳곳에 노출되어 있어 우리의 눈길을 끈다. 특히 후자의 측면은 만주와 관련된 식민지 문학자들의 작품 활동을 평가하는 데 매우 중요한 요소의 하나로, 최근 학계에서 논의의 초점이 되고 있다.

지금까지 이루어진 이태준에 대한 많은 연구들에서 「만주 기행」은 1939년에 발표된 소설 「농군」과의 관련성만 언급되었을 뿐이고 본격적으로 깊이 있게 연구된 바는 없다. 주지하다시피 「농군」은 이 기행문에서 언급한 바 있는 1931년의 만보산 사건을 다룬 작품인데, 최근에 발표된 일련의 논문들에서 서로 상반된 평가를 내리고 있어 주목을 받고 있다. 좀더 구체적으로 살펴보면, 우선 「농군」을 두고 이태준의 작품 경향이 비애와 애수의 세계에서 집단적 주체에 대한 관심으로 돌아서는 분기점에 해당한다는 주장이 있다.[2] 이것은 모더니즘 문학을 대표하는 구인회의 중심 멤버 이태준이 리얼리즘으로 전향하여 해방 이후 조선문학가동맹의 맹원으로 활동하게 되는 실마리를 「농군」에서 찾고자 하는 시도라고 할 수 있다. 사실 이러한 경향의 연구는 이 작품을 '일제의 정치적 야욕에 부합 또는 협조한 친일적' 작품으로 폄하했던 1980년대의 연구 성과[3]에 대한 반론으로 시작되었다고 해도 과언이 아니며, 만주에 이주한 조선 농민의 삶을 사실적으로 묘사했다는 작품의 숨은 의의를 적극적으로 재인식하고자 한 점에서 일정한 평가를 받을 수 있을 것이다.[4]

한편 「농군」에 대한 최근의 또 다른 연구에서는 이 작품이야말로 '왕도낙토'와 '오족협화'를 바탕으로 하는 '만주 이데올로기'의 문학적 구현이며,[5] 식민지 민족주의가 보이는 기묘한 이중성(집단적 가학-피학 심리)이 폭발적으로 노출된 작품이라고 평가를 내림으로써 1990년대 이래의 민족주의적 연구 시각과 사실주의적 연구 시각을 비판한 바 있다. 이러한 평가는 이태준의 역사 의식을 평가 절하했던 1980년대의 연구 성과를 보다 정교하게 발전시킨 것이라고 할 수 있는데, 무엇보

---

2) 김재용, 「친일 문학의 성격 규명을 위한 시론」, 『실천문학』, 2002년 봄, 176면. 이러한 주장은 1930년대의 평론가 임화가 이 소설 속에 나타난 생활과 이야기와 사상이 절박할 만큼 진실하지만 비애와 애수의 세계에 깊이 빠져 있다고 평가한 것을 비판한 것이다. 임화, 「현대 소설의 귀추」, 『문학의 논리』, 학예사, 1940, 430면 참조.
3) 민충환, 『이태준 연구』, 깊은샘, 1988, 156쪽.
4) 1990년대에 이루어진 장영우(『이태준 소설 연구』, 태학사, 1996), 이병렬(『이태준 소설 연구』, 평민사, 1998), 서종택(『한국현대소설사론』, 고려대학교 출판부, 1999) 등의 연구는 물론이고 최근에 이루어진 유숙자, 「만주 조선인 이민의 한 풍경」, 김재용 외, 『재일본 및 재만주 친일문학의 논리』, 역락, 2004도 이러한 연구 경향에서 크게 벗어나지 못한 것으로 보인다.
5) 김철, 「몰락하는 신생 : '만주'의 꿈과 「농군」의 오독」, 『상허학보』 9집, 2002, 145쪽.

다도 식민지 시대의 문학을 연구할 때 선험적으로 취하곤 하는 민족주의적 시각에 대해 경계하고 있는 점이 두드러져 보인다.[6]

이상에서 살펴본 기존의 연구 성과에서 쟁점이 되는 것은 「농군」에 나타난 이태준의 현실 인식을 어떻게 볼 것인가 하는 점이다. 이 글에서는 「농군」의 선행 텍스트로 자리 잡고 있는 기행문 「만주 기행」이 기존의 연구들에서 완전하게 규명하지 못한 이태준의 현실 인식 태도를 좀더 분명하게 밝혀내는 데 중요한 역할을 할 수 있을 것이라고 기대하면서, 그 속에 녹아 있는 작가의 내면을 중점적으로 분석해 보고자 한다.

2. 민족주의적 시각의 표출

구인회의 구성원 가운데 최연장자로서 1930년대 중반 이후 우리 근대 문학의 흐름을 주도한 이태준의 문학은 일반적으로 모더니즘에 기울어진 것으로 평가받고 있다. 하지만 식민지 현실과 관련하여 그의 문학이 보여준 두드러진 특징은 민족주의적 각성과 식민지 근대화에 대한 소극적 비판으로 수렴된다. 자전적 장편 『사상의 월야(月夜)』나 수필 「고완(古翫)」 등에 잘 드러나 있듯이, 그는 몰락 양반의 후손으로서 일종의 선비 의식과 도락주의(道樂主義)를 강하게 지니고 있었기에 작

---

6) 이 밖에 농민들이 생존이라는 차원에서 고투 끝에 이루어낸 성취를 묘사한 것이 「농군」임에도 불구하고, 만보산 사건이라는 것을 다룬 것 자체가 시대적 상황으로 말미암아 국책 사업에 부응한 것으로 해석된다는 평가도 있다. 박진숙, 「이태준 문학 연구」, 서울대학교 대학원 박사논문, 2003, 99쪽.

품에서도 그러한 면모를 드러낼 수 있었던 것이다. 물론 그가 첫 창작집 『달밤』에 수록한 초기 소설들의 인물들은 현실과 적극적으로 맞서는 인물들이 아니었다. 그보다는 주로 서구적 근대를 우리보다 일찍 받아들인 일본 제국주의의 자본주의화 정책 하에서 현실에 적응하지 못한 인물들이었다. 이처럼 비극적 상황에서 허우적거리는 인물들을 통해 전통적인 것의 소멸을 애처로운 시선으로 그려낸 이태준의 작품 경향은 식민지 시대라는 상황 때문에 그것 자체가 일종의 민족주의적 성격으로 해석되는 측면이 없지 않았다.

이와 같이 초기 작품에서 흔히 발견되던 전통 지향성은 「만주 기행」에서도 역시 되풀이되고 있는데, 한밤중에 기차를 타고 중국 대륙을 지나면서 세종 대왕이 한글을 만들 때 성삼문을 시켜 명나라 한림학사 황찬(黃瓚)의 요동 귀양처를 열세 번이나 왕래하게 했던 사실을 떠올리는 것에서도 드러난다. 그는 여전히 몰락한 선비 집안의 자손다운 도락주의를 벗어나지 못하고 있었던 것이다. 하지만 날이 밝는 순간 그의 시선은 일순간에 변화하고 만다. 무엇보다도 고단한 삶을 살고 있는 식민지 조선인의 모습이 눈앞에 나타났기 때문이다. 소설이라면 허구를 가미할 수 있겠지만, 진솔함을 특징으로 하는 수필 장르는 그것을 쉽게 허락하지 않았다. 그리하여 그는 다음과 같이 유례없는 사실적 묘사를 남기게 된다.

그 중에 봉천 때가 묻어 보히는 사람들은 引客꾼들인 듯, 충혈된 눈을 맥없이 껌벅거리거나, 옹송그릴 구석만 있으면 봇다리에 업듸려서라도 코를 고는 사람들은 지난 밤차나 오늘 아침차에 나려서 갈아탈 차를 기다리는 소위 자유 이민의 동포들인 듯하다. 방한모는 썼으면서도 두루매긴 입지 못한 젊은이, 입은 호물거리면서도 더벙머리 손자 녀석과 나란이 앉아 볶은 콩을 먹는 할머니, 그들의 옆에는 빛 낡은 반물 보통이, 꿰여진 홋니불 보따리들이 으레 호텔 레텔이나처럼 크고 적은 바가지쪽들을 달고 있는 것이다. 노파에게로 가 어디까지 가느냐 물으니 콩을 그저 질겅거리며 허리춤에서 꼬기꼬기한 하도롱 봉투를 꺼내 보힌다. 牧丹江 어디라고 씨인 것이다. 작은 아들이 삼년 전에 드러가 사는데 굼주리지는 않으니 도라가실 때까지 배고픈 것이나 면하시려거든 드러오시라고 해서 큰 아들의 자식까지 하나 다리고 「피안도 쉰천골」 어디서 떠나 드러온 것이라 한다.[7)]

식민지 시대에 씌어진 이태준의 단편 소설 가운데 상당수가 일본 제국주의의 식민지 근대화로 인해 자신의 터전에서 쫓겨난 조선 농민의 운명을 다루고 있는데, 이 글에 등장하는 조선의 농민 역시 강제로 뿌리가 뽑힌 존재들이다. 그들 중 대다수가 만주로 삶의 거처를 옮기게 되는 바, 특히 이주자가 급증한 것은 국권을 상실한 직후와 1930년대 만주국 성립 이후이다. 초기의 이주자들 대부분이 만주 접경 지역 출신이었던 데 반해, 1930년대의 이주자는 한반도 남부 출신이 주축을 이루었다. 이들은 조선총독부의 정책에 따른 정책 이민자로서 또는 스스로의 의사에 의한 자유 이민자로서 만주에 진출하게 된다. 물론 '자유 이민'이라는 말은 허울뿐이고 실제로 그들은 강제로 쫓겨 가는 처지였다. 식민지 당국에서 실시한 산미증식계획과 산업화로 인해 농민층이 몰락하면서 소작농의 증대와 인구 과잉에 따른 배출 압력이 존재했으며, 식민지 정책에 대한 조선인들의 불만을 무마하기 위해 인구의 가장 커다란 부분을 차지하고 있던 농민의 만주 이민이 강제적으

---

7) 이태준, 「만주 기행」, 『무서록』, 박문서관, 1941, 285~286쪽.

로 시행되었던 것이다.[8] 위의 인용문에서 볼 수 있듯이, 이태준은 이와 같은 조선 농민의 운명을 생명 부지를 위해 북만주의 아들을 찾아가는 노파의 처지를 통해 날카롭게 포착하고 있다. 이러한 현실 인식은 농사를 지을 수 있는 드넓은 땅을 대할 때 더욱 심화되는 양상을 보인다.

> (가) 이 차창에 앉아 저 변두리 없는 흙을 내다보며 순전히 흙으로써 감격하는 사람은 흙을 주지 않는 고향을 버린 우리 이민들일 것이다. 처음엔
> 「땅도 흔하다!」
> 하고 놀랄 것이요 다음엔 밭머리마다 연장을 들고 반기는 표정이라고는 조금도 없이 지나가는 차를 힐끔힐끔 쳐다보고 섰는 푸른 옷 입은 사람들을 볼 때에는
> 「그래도 모다 임자 있는 밭들이 아닌가!」
> 하고 피곤한 머리 속엔 메마른 생활의 꿈이 어지러웠을 것이다.[9]

> (나) 금주로 가는 길가의 자연 풍경은 우리에게 커다란 기쁨을 주었다. 길을 따라 늘어선 개울가 버드나무 사이로 보이는 푸른 들판 앞의 금주 성벽과 그 너머로 보이는 멋있는 전망대는 마치 용궁의 그림처럼 나타났다. 햇볕에 그을린 갖가지 모양의 중국 마차들이 길을 따라 서로 교차했다. 그들이 일으키는 하얀 먼지 구름 사이로 우리 역시 마차에 탄 채 이리저리 부대끼며 가는 여행은 이 외국 땅에서 느낄 수 있는 매혹적인 경험이었다.[10]

---

8) 김경일 외, 『동아시아의 민족 이산과 도시』, 역사비평사, 2004, 337쪽.
9) 이태준, 「만주 기행」, 앞의 글, 284쪽.
10) Yosano Akiko, trans. and ed. by Joshua A Fogel, *Travels in Manchuria and Mongolia*, New York : Columbia University Press, 2001, p.12.

비슷한 시기에 일본의 저명한 문학자들도 대부분 만주를 많이 여행하였다. 그들은 거의가 만주에 진출한 자국 기업들의 후원을 받으면서 다녔기 때문에 이태준처럼 일어서면 머리가 부딪치는 삼등 침대에서 잠을 청하지 않아도 되었다. 그리고 그들은 (나)에서 보듯 지배자로서 유유자적하며 만주의 대지를 즐길 수 있었다. 하지만 식민지의 문학자 이태준은 그렇지 못했다. (가)에서처럼 그는 땅을 잃고 이국 타향 만주 땅을 떠도는 조선 농민의 처지가 먼저 눈에 밟히는 것을 느끼지 않을 수 없었던 것이다. 한때 만주는 조선 농민에게 기회의 땅으로 인식되었기 때문에 자발적으로 만주 이민을 떠난 사람들도 적지 않았다. 하지만 이태준이 여행하던 1930년대 후반에는 특히 경상도 등에서 자연재해로 생활 터전을 잃은 사람들이 하릴없이 만주로 이주한 사람들이 많았다.[11] 이태준이 만보산 사건의 현장 쟝자워후로 가는 도중에 만난 사람들도 다른 곳이 아니라 경상남도 동래의 기장 사람들이었다. 이처럼 보따리를 싸매고 만주 벌판을 떠도는 조선 농민의 처지를 외면하지 못하고 기행문 속에 기록해야만 하는 식민지 문학자의 처지, 즉 식민지인으로서의 자신에 대한 뼈아픈 확인이야말로 이태준의 「만주 기행」에서 놓쳐서는 안 될 가장 핵심적인 요소라고 할 수 있다.

한편 이와 같은 요소는 농민뿐만 아니라 타관으로 팔려가는 식민지 조선 여자들을 만나는 장면에서도 발견된다. 이태준은 어린 나이에 북경 등의 요리집 같은 데로 팔려가는 조선 여자들을 보면서 남의 일처

---

11) 영남 일대의 수해는 1933년과 1934년에 이어 1936년에도 발생하였다. 특히 1936년에는 경상남도의 사상자, 행방불명자가 1,600명에 달하는 초대형 수재가 일어났다. 이 때 이후 만주 이민이 수해 지역에 대한 '항구적인 복구책'으로 평가되어, 조선총독부는 1936년에 선만척식회사를 설립한 뒤 정책 이민을 실시했다. 한석정, 「지역 체계의 허실」, 『한국사회학』, 제37집 5호, 2003, 68~70쪽.

럼 여기지 않는다. 그리하여 그는 나라를 잃은 조선인들이 여기 저기 떠돌지 않으면 안 되는 운명에 처해 있음을 슬퍼하면서 "눈섭을 그리며 미루꾸를 씨부며 무심하게 즐거히 험한 타국에 끌리어가는 젊은 계집들, 나는 그들의 비린내 끼치는 살에나마 여기에선 새삼스런 骨肉感을 느끼지 않을 수 없었다."12)는 감정을 표출하기에 이른다. 물론 이태준의 초기 소설들이 그러하듯이, 이 글에서도 그와 같은 식민지 민중에 대한 동정심이나 안타까움은 더 이상 다른 방향으로 발전되지 못한다. 이것은 이태준 문학의 한계로 지적되었던 방관자적 입장과 관련된 것으로, 이 글 전체를 통해 소극적인 자세가 일관되게 유지되고 있을 따름이다. 말하자면 「만주 기행」에서는 작가 특유의 소박한 민족주의적 시각이 주조를 이루는 가운데, 군데군데에서 뿌리 뽑힌 조선 사람들(자신을 포함한)에 대하여 식민지 문학자인 이태준이 가졌던 내면 의식이 표출되어 있는 것으로 볼 수 있다.

3. 만주에서의 근대성 체험

한편 작가가 의도한 것은 아니지만, 「만주 기행」에는 근대적인 것에 대한 작가의 반응도 드러나 있다. 주지하다시피 만주국은 한편으로는 국가 건립 이후 '민족협화'라는 명목 아래 그 동안 중국인에게 홀대받았던 소수 민족을 위한 여러 가지 정책을 실시하고 그를 위해 비적 소탕에 무엇보다도 심혈을 기울이기도 하였으며, 다른 한편으로는

---

12) 이태준, 「만주 기행」, 앞의 글, 288쪽.

근대 국가로서의 면모를 갖추기 위해 노력하였다.[13] 이러한 정책을 뒷받침한 것은 관동군이라는 일본 제국주의 최강의 군대와 남만주철도회사(만철)로 대표되는 일본의 자본이다. 특히 만철은 만주국 건국 초기인 1932년부터 1936년에 이르는 기간 동안 만주국 전체 자본 투자의 59%에 달하는 자본을 투여할 만큼 만주국의 산업화에 힘썼다. 물을 것도 없이 대부분의 자본 투자는 철도 확장과 관련되어 있었는데, 만철이 만주사변 발발부터 태평양 전쟁이 끝나기까지 14년에 걸쳐 확장한 철도의 총연장은 5,300km에 달할 정도였다. 철도 건설과 더불어 만주국은 철도선을 따라 도시 건설 계획을 착수하였는데, 그 중의 하나가 창춘(長春)을 신징(新京)으로 개명한 뒤에 105동의 새로운 건물을 건축함으로써 거대한 도시로 만드는 것이었다. 이와 같은 철도 건설과 도시 계획은 만주국의 근대성을 대표하는 두 개의 상징으로 자리 잡게 된다.[14] 이태준 역시 이러한 근대성의 상징을 모두 경험하게 되는데, 그의 도락주의적 성향이 잘 나타난 것은 역시 철도와 관련된 부분이다.

> 東洋一의 쾌속차라는 大連 哈爾 간의 특급 「아세아」 深綠色의 탄환과 같은 유선형이다. 얼마 쉬일 새 없이 곧 봉천을 떠난다. 이내 속력이 난다. 별로 진동이 없이 줄곳 등속력으로 가볍게 달린다. 새 이발 기계로 머리를 깎는 때 같은 감촉이다.[15]

---

13) 만주국의 근대 국가적 성격에 관해서는 한석정, 『만주국 건국의 재해석』, 동아대학교 출판부, 1999 참조.
14) Louise Young, *Japan's Tatal Empire*, Berkeley and LA., CA & Londen : University of California Press, 1998, p.243~244.
15) 이태준, 「만주 기행」, 앞의 글, 293쪽.

여기에 등장하는 아시아란 무엇인가? 그것은 만주의 따리엔(大連)-신징 구간을 최고 속력 110km로 달리던 최신형의 기관차이다. 일본 본토의 기차보다 훨씬 빠르고 미국과 유럽의 기차와 맞먹는 속력을 내었던 이 기관차는 말 그대로 '문명화와 진보의 엔진'이었고 초근대(ultramodern) 제국의 상징이었다.[16) 이태준이 이 열차를 타보고 '새 이발기계로 머리를 깎는' 듯이 시원한 속도감을 느꼈다는 것은 감수성을 앞세운 모더니스트다운 비유법이라고 할 만하다. 이와 같은 근대적 교통 수단에 대한 그의 예찬은 말을 타고 하루에 고작 칠십 리를 갔던 조선 시대의 사람들과 기차에 누워 야행천리(夜行千里)하는 자신을 비교하는 대목에서도 뚜렷하게 드러난다.

한편 이태준은 만주에서 근대 교통 기관이 어떤 역할을 했는지에 대해서는 깊이 있게 인식하지 못하였다. 철도야말로 일본 제국주의의 만주 침략을 뒷받침하는 제일 중요한 물질적 기반이었는데, 적어도 「만주 기행」만 놓고 본다면 그는 이 점에 대해서는 의식적이지 않았던 것으로 볼 수 있다. 하지만 이태준은 기차를 타고 가면서 철로를 따라 퍼뜨려진 일본 자본주의의 확산 현상만큼은 뚜렷하게 목격하게 된다. 차창 밖으로 철도 연변의 풍경을 내다보면서 가졌던 아래와 같은 감상이 그 좋은 예이다.

> 사래 긴 밭들이 무수한 직선으로 연달아 부채살같이 열리고 접히고 한다. 마을 뒤이나 밭사래 끝에는 막힌 것이 아모것도 없다. 산은 물론 언덕 하나 보히지 않는다. 밭이 지나가고 밭이 연다라 오고 그리고 지리할 만하면 백양목 대여섯 주가 모혀 선 숲이 지나가고 그

---

16) Louise Young, *op. cit.*, p.246.

50 한국 문학과 문화의 상상력

> 리다가는 칼로 똑 똑 짤라 놓은 것 같은 단조스런 농가 한 부락이 지
> 나가고, 차츰 藍衣의 토민들이 한둘씩 길 우에 나서기 시작하고 그리
> 고 여기서도 차창 안에 앉아 읽을 수 있는 것은 「仁丹」이나 「味之素」
> 따위, 萬里同風이다.[17]

주인공으로 하여금 기차를 타게 하는 것은 최명익을 비롯한 모더니
스트들이 흔히 사용하던 수법이다. 걷거나 달릴 때보다 차를 타고 있
을 때 인간은 훨씬 정신이 행위에 집중되지 않기 때문에 의식의 흐름
을 위한 마음의 상태에 도달할 수 있다.[18] 다시 말해 달리는 차 안에
서 목적지 도달을 위해 자신이 해야 할 일, 즉 육체를 움직이는 일에
서 해방됨으로써 승차의 속도감 자체를 즐기면서 자유로운 회상에 빠
질 수 있게 된다. 이태준 역시 기차를 타고 움직이는 동안 사래 긴 밭
들이 부챗살처럼 열리고 접히는 것을 즐기면서 회상에 빠지기 직전의
상태에까지 도달한다. 그러나 결정적인 순간에 그는 회상에 빠지는 대
신 남루한 옷차림의 토민을 발견하고, 그들의 배후를 장식하고 있는
'仁丹'과 '味之素'의 광고를 접하게 된다.

이태준의 「만주 기행」이 연재되던 1938년 4월에도 어김없이 조선
에서 발행된 여러 잡지의 뒷면 광고를 장식한 仁丹이나 味之素는 조
선을 비롯한 일본 제국주의 식민지의 음식 문화를 근대화시키는 일본
자본의 첨병이었다.[19] 그 전에 된장이나 고추장을 즐겨 먹던 조선 사

---

17) 이태준, 「만주 기행」, 앞의 글, 283쪽.
18) 최혜실, 「1930년대 한국 모더니즘 소설 연구」, 서울대학교 박사논문, 1991, 169쪽.
19) 1938년 4월의 『조광』 뒤표지의 아지노모토(味の素) 광고에서는 이 조미료를 이왕
　　가(李王家)에서도 사용하고 있다고 선전하고 있으며, 양복을 걸친 남자 모델과 코
　　트에 스카프를 두른 여성 모델 옆에 "이 조미(調味)면 식사는 봄과 같이 질겁게
　　할 수 있읍니다!"라는 광고 문구를 표나게 내세워 현대인이면 모름지기 이 조미료

람들은 일본으로부터 수입된 이와 같은 물건들을 통해 근대적인 입맛을 갖게 되었으며, 그 과정에서 우리 고유의 것을 열등한 것으로 폄하하고 근대적인 식민지 본국의 것을 높이 평가하는 일종의 '오리엔탈리즘'적 의식이 성립되었던 것이다. 비록 이태준은 의식적으로 그러한 측면을 지적하지는 않았지만, '萬里同風'이라는 말로 일본 자본에 의해 길들여지는 식민지 조선과 일본의 위성 국가 만주의 처지를 동일시하고 있다.

한편 근대성의 또 다른 양태로서 도시에 대한 체험도 이 글에서 빈번하게 발견되는 요소이다. 앞에서 밝혔듯이 새로 만들어진 역을 중심으로 건설된 신흥 도시는 만주국의 근대성을 상징하는 요소의 하나이다. 대체로 만주국의 대도시는 청나라 이전부터 사람이 살고 있던 구도시와 1895년부터 1905년까지 러시아 사람들이 건설한 신도시, 그 이후에 일본인들이 철길을 닦고 역사(驛舍)를 거창하게 지으면서 그것을 중심으로 만든 또 다른 신도시로 나누어진다. 이 가운데 우리 근대 문인들이 감탄해 마지않은 것은 물론 뒤의 두 신도시이다.

> (가) 나는 이 삼층의 전망을 즐겨해서 방에 머무르고 있는 대부분의 시간을 창ㅅ가 의자에서 지내기로 했다. 아츰 비슴듬이 해가 드는 거리에 사람들의 왕래가 차츰차츰 느러가랴 할 때와 저녁 후 등불 켜진 거리에 막 밤이 시작되랴 할 때가 가장 아름다운 때이다. 조각돌을 깔아 놓은 두툴두툴한 길바닥을 지나는 마차와 자동차와 발소리의 뚜벅뚜벅 거츠른 속에 신선한 기운이 넘쳐 들리고 여자들의 화장한 용모가 선명하게 눈을 끄으는 것도 이런 때이다. 그러나 반다시

를 사용해야만 하는 듯이 강조하고 있다.

또렷한 주의와 목적이 없이 다만 하염없이 그 어질업게 음즉이는 그
림을 바라보는 것이었다. 바라보는 동안에 번번히 슬퍼져 감을 느낀
다. 이유를 똑똑히 가르킬 수 없는 근심이 눈시울에 서리워진다. 인
간 생활은 또 공연히 근심스러운 것인지도 모른다.20)

   (나) 저녁 여섯 시가 지나서 新京에 다었다. 역을 나서니 바람이 씽
씽 귀를 치는데 광장에서 방사선으로 뻗어나간 길들은 끝이 모다 어
스럼한 저녁 속으로 사라졌다. 헌 것이고 새 것이고 삘딩들은 비인
것처럼 꺼시시하다. 외투깃을 올리고 한참이나 기다려서 소형 택시
하나를 주었다. 永昌路에 있다는 만선일보사로 가자 하였다. 정면으
로 제일 큰 길을 달려가는데 모다 애스팔트, 언덕이 진 데는 두부모
같은 돌로 파문을 그려 깔았다. 시가지가 그냥 수평면이 아니요 군데
군데 고저가 있어 동경 생각이 나게 한다.21)

   (가)는 또 다른 모더니스트 이효석이 1939년 늦여름에 하얼빈을 방
문한 이후 쓴 소설의 일부분이다. 그는 러시아인들이 동청 철도를 부
설하면서 세운 하얼빈에 머물렀던 경험을 토대로 기행문 「대륙의 껍
질」(『경성일보, 1939. 9. 15-19)과 단편 「하얼빈(哈爾濱)」을 창작한 바 있는
데, 특히 후자에서 심미적 색채를 짙게 드러내었다. '일종의 센티멘탈
리즘'22)이라고 부를 수 있는 애수의 감정이 짙게 배인 이효석의 글은
모더니스트의 감각을 여과없이 바로 드러낸 것으로 평가할 수 있을
것이다.
   하지만 이에 비할 때 이효석과 함께 구인회 멤버로 활동했던 모더

---

20) 이효석, 「哈爾濱」, 『문장』, 1940. 10, 2~3쪽.
21) 이태준, 「만주 기행」, 앞의 글, 294쪽.
22) 김윤식, 『일제 말기 한국 작가의 일본어 글쓰기론』, 서울대학교 출판부, 2003, 272쪽.

니스트 이태준의 도시 체험은 사뭇 다르다. 물론 도시의 차이를 무시할 수는 없겠지만, 위의 인용문을 토대로 할 때 이효석에 비해 이태준의 눈이 훨씬 사실적이라는 점은 부인하기 어렵다. 이태준에게 있어 일본 제국주의자들이 공들여 건설한 만주국의 수도는 아스팔트로 덮인 길들이 방사선으로 뻗어 있는 근대 도시였다. 그럼에도 불구하고 그는 그 속에서 애수나 비애 대신 사람이 살지 않는 듯한 '꺼시시'함을 느낄 따름이다. 물론 이러한 감정은 장소가 봉천으로 바뀌더라도 크게 변화하지 않는다. 이 지점에서 우리는 만주로 접어들 때 기차 속에서 한껏 부풀었던 그의 도락주의가 시간이 흐를수록 점차 엷어져 간다는 것을 느낄 수 있다. 말하자면 모더니스트 이태준은 시간이 흐를수록 만주국의 현실을 사실적으로 인식하는 리얼리스트로 변모하고 있었던 것이다.

위에서 논의한 철도나 도시와 더불어 만주국에서의 근대적 국가 권력을 대표하는 것은 제복이다. 근대 국가가 자신의 존재를 국민에게 알리는 효과적인 방법의 하나로 채택한 것은 상비군과 경찰 제도를 설치한 뒤 군인과 경찰에게 통일된 제복을 입히는 것이었다. 신생 국가인 만주국 역시 이 점에서 예외가 아니었다. 이태준은 국경을 통과할 때나 목적지의 역에 도착할 때마다 언제나 '누루퉁퉁한 제복'을 입은 역원과 경관들을 만나게 되는데, 이러한 것은 근대 국가로서의 만주국이 자국의 국민들에게 국가의 존재를 확인시켜 주는 정책의 결과라고 할 수 있을 것이다. 한편 이와 같이 국가 권력을 몸소 체험했음에도 불구하고, 이태준은 적극적으로 국가 권력을 비판하는 단계로 나아가거나 국가를 상실한 조선 민족의 처지를 다시 한 번 생각하는 데까지는 나아간 것은 아니었다.

지금까지 살펴본 것처럼 이태준은 만주에서 드넓은 대지를 가로지르는 쾌속 기차와 그 기찻길을 따라 형성된 대도시, 군인과 경찰력을 통해 드러나는 국가 권력 등을 통해 다양한 근대성을 경험하였다. 처음에는 도락주의적 취미와 결합된 예민한 감수성으로 근대성을 경험하던 그였지만, 시간이 흐르면서 점차 일본 제국주의의 자본이 침투된 만주와 조선의 처지가 다르지 않다는 것을 인식하기에 이른다. 그리고 곳곳에 국가 권력이 스며들어 있다는 것을 깨닫기도 하였다.

4. 기행문의 소설적 변용

이 글의 맨 앞부분에서 밝혔듯이 「농군」은 「만주 기행」이라는 기행문을 토대로 창작된 소설이라는 점에서 주목할 만하다. 구체적으로 「농군」은 기행문인 「만주 기행」의 뒷부분에서 작가가 언급한 바 있는 만보산 사건을 작품화한 것이다. 기행문에서는 주로 조선 농민의 증언만 소개되었지만, 소설에서는 그것이 보다 구체적인 인물의 행동을 통해 그려진다. 「농군」이 등장한 1939년 전후의 시기는 한국 근대 문학사에서 만주 개척 문제를 다룬 소설이 본격적으로 등장한 시기이다. 중일전쟁 발발 이후 조선에서는 내선일체의 이념이 노골화되고 만주에서는 신동아 건설의 기치가 높이 오르게 된다. 이에 따라 문학인들도 국가의 정책에 부합하는 작품을 창작하도록 강요받게 되는데, 특히 "동양 신질서에 있어서의 민족협화의 문제, 만주 개척민의 문제, 조선의 산업적 사명, 더욱히 국방에 대한 신성한 의무 등 모도 다 새로운 문학의 재료로서 호개(好個)의 문제"23)로 떠오르게 된다.

이러한 시기에 문학의 위기를 타개하기 위해 제출된 것이 이른바 '생산 소설론'이다. 비평가 임화는 작가들의 정신 능력이 쇠퇴하고 시국의 흐름에 동조하는 국책(國策) 소설과 현실의 세속적인 면만을 그리는 시정(市井) 소설이 난무하는 상황을 타개하기 위해 생산 소설을 일종의 대안으로 제안하게 된다. 말하자면 임화는 농촌이나 어장이나 광산 혹은 공장과 같은 생산의 현장을 그려냄으로써 사회적 관계의 총체를 파악할 수 있을 것으로 판단했던 것이다.24) 이와 같은 배경 아래 창작된 생산 소설 가운데는 여전히 국가의 시책에 맞추어 적극적으로 만주 이민을 선전하고 국내 산업 현장의 생산 독려 등을 노골적으로 강조하는 작품이 다수 있었지만, 이와는 달리 소극적으로나마 생산 현장의 역동성을 담아냄으로써 문학의 침체를 벗어나려 한 작품도 있었다. 「농군」역시 다른 생산 소설과 마찬가지로 노동 현장을 다루고 있는데, 이태준이 창작한 이전의 소설에 비할 때 조선 농민의 삶을 핍진하게 그려내는 등 새로운 변화를 꾀하고 있다는 점에서 후자의 경향에 속하는 것으로 볼 수 있을 것이다.

이 소설을 분석하기에 앞서 먼저 그 선행 텍스트인 「만주 기행」을 살펴보면, 작가는 벼농사를 둘러싼 조선 이농민과 현지 주민 사이의 갈등을 만보산 사건25)이라는 역사적 사실과는 관계없이 담담하게 증

---

23) 「국책과 문학」, 『인문평론』, 1940. 4, 6쪽.
24) 임화, 「생산 소설론」, 『인문평론』, 1940. 4, 10~11쪽.
25) 만보산 사건에 대해서는 민두기, 「만보산 사건(1931)과 한국 언론의 대응」, 『동양사학연구』 65, 1999 ; 박사청, 「불상사를 일으키게 한 만보산 사건의 진상」, 『별건곤』 42, 1931. 8 ; 박영석, 『만보산 사건 연구』, 아세아문화사, 1978 ; 송진우, 「만

언의 형태로 기록하고 있다. 그렇기 때문에 실제로 사건 당시 일본 제국주의에 매수되어 중국인 지주와 조선 이농민 사이에서 활동했던 중국인 하오융더와 조선 농민의 대표인 이승훈은 등장하지 않고, 그 사건으로 인해 인천과 평양 등 조선 국내에서 일어났던 중국인 배척 운동도 전혀 나타나지 않는다. 그리고 만보산 사건을 이용하여 중국인과 조선인 사이의 갈등을 증폭시킴으로써 만주 점령을 유리하게 하려고 했던 일본 제국주의의 흉계도 언급되지 않는다. 다만 벼농사를 짓기 위해 필사적으로 물길을 개척한 이농민의 집념이 당시의 사건 현장인 '쟝자워후'에 살고 있는 농민의 입을 통해 중점적으로 전달되고 있다.[26]

이와 같은 「만주 기행」에 비할 때 「농군」은 몇 가지 뚜렷한 특징을 지니고 있다. 우선 소설의 형태를 취하고 있기 때문에 허구가 많이 가미되었고 갈등이 좀더 첨예한 형태로 여실하게 그려졌다. 하지만 무엇보다도 중요한 특징은 황채심이라는 문제적 인물이 설정되어 있다는 점이다.[27] 주지하다시피 만보산 사건은 벼농사를 짓기 위해 '이통허'로부터 20여 리에 걸친 물길을 내려고 했던 조선 이농민과 그 물길이 자신들의 밭농사에 피해를 주기 때문에 한사코 물길 내는 것을 막으려 했던 중국 토착민 사이의 갈등으로 빚어진 사건이다. 작가는 이 사건을 소설로 형상화하는 과정에서 교사 출신인 황채심을 가공해 내어

보산 사건에 대하여」, 『동아일보』, 1931. 7. 5 등 참조.

26) 이와 관련하여 김철이 식민적 의식과 식민지적 무의식에 근거하여 「농군」을 대일 협력적인 면모를 지닌 작품으로 평가한 것에 대해 작품 자체의 내용보다 작품을 둘러싼 외적 요소에 근거를 둔 것이라고 비판하는 의견도 있음에 유념할 필요가 있다. 박진숙, 앞의 글, 97쪽.

27) 문제적 인물에 대해서는 김윤식, 「문제적 인물의 설정과 그 매개적 의미」, 『한국 근대 문학 사상 비판』, 일지사, 1981 참조.

벼농사를 위해 수로를 개척하는 조선 농민을 이끌도록 만들었으며, 현지 주민 및 경찰과의 싸움을 승리로 이끌도록 하였다. 「만주 기행」에 등장하지 않은 이러한 인물을 설정한 것은 1920년대 이후 프롤레타리아 문학 진영의 리얼리즘 소설들이 취하고 있는 일반적인 구도를 따른 것이다. 특히 1927년에 단행된 카프(KAPF) 제1차 방향전환론(목적의식론) 이후의 작품에서 농민의 투쟁을 지도하는 문제적 인물은 작가의 계급 의식을 대변하는 역할을 담당하였는데, 황채심은 그 연장선상에 서있는 인물로 보아도 크게 무리가 없을 것이다. 이를 통해서 보면, 작가 이태준은 이 작품을 통해 과거의 모더니즘적 경향에서 리얼리즘적 경향으로 일종의 '전향'을 시도하였던 것으로 볼 수 있다.

한편 황채심과 같이 작가의 의식을 드러내는 문제적 인물의 역할이 과도하게 설정될 경우 소설은 현실성을 잃고 관념성을 띠게 되는데, 이 작품은 황채심의 역할을 극대화하지 않아 그러한 위험에서 어느 정도 벗어나 있다. 그의 역할은 벼농사를 짓고자 하는 조선 농민의 희망을 수렴하고, 그 희망의 굳건함을 보여주는 데 머무르고 있을 뿐이다. 말하자면 작가는 현지 주민과의 갈등을 더욱 부각시키고 벼농사에 대한 조선 농민의 굳은 의지를 형상화하기 위해 문제적 개인을 설정하였지만, 그의 역할을 상당히 제한하였던 것이다. 그렇기 때문에 이 소설의 실제 주인공은 조선 이농민 전체라고 할 수 있는데, 이런 점에서 「농군」은 집단적 주인공이 등장하는 소설 계보에 속한다.

이미 서두에서 밝힌 것처럼 기존의 연구에서는 「농군」이 리얼리즘 문학에 속한다는 평가도 있었고 노골적인 국책 문학에 속한다는 평가도 있었다. 그러나 이 문제는 좀 더 다른 시각에서 바라볼 필요가 있는 것으로 보인다. 우선 리얼리즘 문학이라는 평가와 관련하여, 만보산 사건 자체를 형상화하지 않고 수로 개척을 둘러싼 조선 이농민과 현지 주민 사이의 갈등만을 직접적으로 다룬 것은 이 작품을 현실의 모순을 총체적으로 그려내는 리얼리즘 소설로 볼 수 없도록 만든다. 그리고 이 작품에도 카프 소설처럼 집단적 주인공이 등장하지만, 조선인 이농민들은 프롤레타리아 소설의 주인공처럼 계급 의식으로 무장되어 있거나 계급적 각성을 성취하지는 않고 민족주의적 의식을 갖고 있다. 물론 리얼리즘 소설이 되려면 반드시 계급 의식을 형상화하여야 한다는 주장을 펼치고자 하는 것은 아니지만, 적어도 리얼리즘 소설이라면 사회 구조를 전체적으로 묘사하는 일이 필요하다. 하지만 「농군」에서는 조선 이농민으로 하여금 정든 고향을 버린 채 만주로 떠나오게 하고 그 곳에서 중국 토착민과 싸움을 벌이지 않을 수 없도록 만든 운명을 총체적 바라보는 관점이 아니라 '조선 농민의 끈질긴 생명력'을 강조하는 관점이 전면에 부각되어 있을 따름이다.

다음으로 친일 문학으로 보는 관점과 관련하여, 결과적으로 만보산 사건이 초래한 역사적 파장이나 1930년대 말의 문단 상황 등을 고려한다면 이 소설이 일본 제국주의의 국책에서 자유롭지 못하다는 점은 인정하지 않을 수 없다. 하지만 실제 역사적 사실에서 중요한 역할을 담당했던 일본 경찰의 도움이 소설 속에서 전혀 나타나지 않았고, 사건 이후에 세워진 만주국의 오족협화 등의 이념을 전혀 도외시한 채 주민 간의 갈등만을 집중적으로 취급하였기 때문에 노골적인 국책 문학으로 보기 힘든 측면이 있다. 그래서 임화의 지적처럼 조선 이농민의 생활과 감정을 절박하고 진실하게 묘사한 작품으로 보는 것이 옳을 듯하다. 다시 말해 이 작품은 리얼리즘 소설이나 친일 문학이 아니라 카프 시대 이래의 리얼리즘적 수법을 대폭적으로 차용한 생산 소설의 일종으로 보아야 할 것이다. 특히 시국 담론이 유행하고 아무런 의식 없이 일상사를 묘사한 시정 소설이 유행하던 시기에 미온적이나마 농촌 현실의 상황을 사실적으로 그려내고자 한 점은 다시 한 번 주목할 필요가 있다.

5. 결론을 대신하여

이상에서는 만주국이 세워진 이후 본격적으로 조선 이농민이 만주에 정착하던 시기에 씌어진 이태준의 「만주 기행」을 살펴보았다. 이태준은 식민지 조선의 민중들이 만주로 떠밀려오는 데 대한 연민을 민족주의적 시각에서 드러내었으며, 그와 동시에 식민지인으로서의 내면 의식도 표출하였다. 이러한 것은 같은 시대에 만주를 여행했던 일본 문학자들의 기록에서는 찾아볼 수 없는 독특한 것이라고 할 수 있는 바, 일본인 문학자들이 중국을 여행하면서 중국인에 대한 자기 우월성을 확보한 데 비해 이태준은 식민지인의 입장에서 뿌리 뽑힌 조선인의 처지, 나아가 자신의 처지를 돌아보지 않을 수 없었다.

또한 「만주 기행」에는 작가가 체험한 근대성의 여러 측면이 은연중에 기록되어 있다. 기차와 도시로 대표되는 근대성을 체험하는 과정에서 분명하게 드러난 것은 일본 제국주의에 의해 식민지 조선과 만주의 처지가 동일한 수준에 놓여 있다는 이태준의 인식이다. 이와 함께 국가 권력이라는 근대성에 대한 경험도 함께 표출되었다. 이러한 측면은 이 글을 바탕으로 창작된 소설 「농군」에서도 찾아볼 수 없는 것으로, 작가의 날카로운 관찰력과 수필 장르가 지닌 솔직함이 빚어낸 산물이라고 할 수 있을 것이다. 물론 우리는 수필 「만주 기행」 전편에 깔려 있는 이태준의 소극적이고 방관자적 입장을 지적할 수도 있다. 그럼에도 불구하고 만주 기행에서 볼 수 있는 식민지 지식인의 민족과 자기의 현실에 대한 인식이라는 성과는 폄하될 수는 없을 것이다.

한편 식민지 문학자 이태준의 「만주 기행」은 나쓰메 소세키(夏目漱石), 후타바테이 시메이(二葉亭四迷), 가와히가시 헤키고토(河東碧梧桐), 오마치 게이게쓰(大町桂月), 다야마 가타이(田山花袋), 아쿠다가와 류노스케(芥川龍之介), 다니자키 준이치로(谷崎潤一郎), 사토 하루오(佐藤春夫), 요사노 뎃칸(與謝野鐵幹)과 요사노 아키코(與謝野晶子) 부부 등 일본인 문학자들이 남긴 기행문 및 이효석, 이기영, 정인택 등 같은 시대의 동료 문학자들이 남긴 기행문과 더불어 연구될 필요가 있다. 왜냐 하면 식민지 종주국인 일본 문학자와 피식민지 문학자의 만주국 인식이 지닌 공통점과 차이점을 밝히고, 또 식민지 문학자들의 다양한 만주 인식 태도를 규명할 때 만주국 기행문으로서 「만주 기행」의 성격을 보다 분명하게 밝힐 수 있기 때문이다.

이병주 문학과 학병 세대의 의식 구조

1. 지리산 자락에서 나고 자란 늦깎이 소설가

한국의 발자크라 불렸을 정도로 이병주는 방대한 양의 작품을 통해 한국 현대사를 형상화한 작가이다. 특이하게도 감옥 체험 이후에 소설가의 길로 접어들었지만, 사실 그는 소설가 이전에 언론인이었다. 그것도 보통 언론인이 아니라 1955년에 부산『국제신보』에 입사한 이래 주필 겸 편집국장을 역임하면서 '조국이 없다. 산하가 있을 뿐이다. 조국은 또한 향수에도 없다'는 문제적인 구절이 들어있는 글1)을 발표할 정도로 자기 입장이 뚜렷한 언론이었다. 또한 상임논설위원 변노섭 등과 함께 한반도의 영세 중립국화를 주장하는 책2)을 펴내면서 「통일에 민족 역량을 총집결하자」는 제목의 서론을 대신한 글을 써서 필화 사건을 일으키기도 한 언론인이었다. 그는 이러한 글들 때문에 반공을 기치로 새로 등장한 군사 쿠데타 세력에게 미운 털이 박혔고 급기야

---

1) 이병주, 「조국의 부재(不在)」, 『새벽』 1960년 12월호.
2) 국제신보사 논설위원회 편, 『중립의 이론』, 국제신보사, 1961.

1960년 5월 20일에 구속되기에 이른다. 장석주가 쓴 「한국문단비사」에서는 교원노조 고문이라는 것이 구속의 표면적인 이유였다고 밝힌 바 있다.

소위 군사 정권의 혁명재판소에서 10년형을 선고받고 2년 7개월을 복역한 후에 풀려난 이병주는 1954년 『부산일보』에 「내일 없는 그날」을 연재했던 경험을 살려 소설 창작을 시도함으로써 새로운 인생 항로로 나아가게 된다. 감옥에서 구상한 작품을 아주 짧은 기간 동안에 원고지 5백여 장 분량의 중편으로 창작한 뒤에 「소설·알렉산드리아」라는 제목을 붙여 신동문이 편집위원으로 있던 『세대』지에 발표함으로써 비로소 작가 대열에 정식으로 합류하였던 것이다. 신동문은 문제의 글 「조국의 부재」가 실린 흥사단 계열 『새벽』의 편집장 출신이어서 이병주에게 마음의 빚이 있었던 터라 『세대』지의 편집장에게 강하게 추천하지 않을 수 없었다. 이처럼 신춘문예나 문학지의 추천을 받지도 않고 작가로서 출발한 것이 그의 나이 44세 때였으니 늦어도 한참이나 늦은 문단 데뷔였다. 하지만 늦깎이 작가였음에도 불구하고 이병주는 1992년에 세상을 떠날 때까지 27년간 무려 80권이 넘는 창작집을 남길 정도로 정열적인 다작(多作)의 작가였다.

작가 이병주가 살아온 흔적을 추적하다 보면 지리산 자락에서 나고 자랐다는 사실에 시선이 머물게 된다. 그가 태어난 곳은 경남 하동군 북천면 옥정리 남포 마을이다. 산이 많은 하동군 중에서도 사방이 산으로 둘러싸인 북천면이지만 이 동네는 앞쪽에 제법 너른 들을 끼고 있으며, 인근에서는 제법 큰 동네에 속한다. 동쪽으로 산 하나를 넘으면 세종대왕과 단종대왕의 태실이 있는 사천시 곤명면 은사리가 있으며, 북쪽으로 고령토 광산이 있던 백토재라는 고개를 넘으면 천왕봉이 보일 정도로 지리산에서 가까운 곳이다. 이병주의 고향은 북천면에서 옥종면으로 넘어가는 지방도 1005호 길가에 있는데, 그는 옆 동네에서 술도가를 운영하기도 했다. 그래서 먹고 사는 데는 큰 어려움이 없었고 동네에서 제법 이름을 날리기도 했던 것으로 보인다. 물론 모두 낙선했지만 그가 국회의원 선거에 두 번인가 출마할 수 있었던 것은 이와 같은 사정 때문이라고 할 수 있을 것이다.

이처럼 태어나면서부터 맺게 된 지리산과의 인연은 고향의 북천공립보통학교(현재의 북천초등학교)와 황토재 너머 양보면의 양보공립보통학교(현재의 양보초등학교)를 졸업한 뒤 1936년에 진주공립농업학교를 졸업할 때까지 계속 이어졌다. 이후 일본 유학과 학병 시절에 지리산과의 인연은 잠시 끊어졌지만, 해방 이후 학병에서 풀려나 귀국하면서 이병주는 다시 지리산 자락에 머물게 된다. 그는 1946년 3월 상해에서 미군 LST를 타고 귀국하여 고향에 머물다가 곧바로 모교인 진주농림중학교의 교사직 제의를 수락했으며, 1948년에 초급진주농과대학 강사가 되었고 1952년에는 해인대학의 교수가 되었던 것이다.[3] 나중에

---

3) 이병주가 다녔던 진주공립농업학교는 1910년에 진주공립실업학교로 개교하였다가 이듬해 진주공립농업학교로 개칭하였고, 1946년에 진주공립농림학교로 바뀌었다가 같은 해에 진주농림중학교로 바뀌었다. 다시 1951년에 진주농림고등학교, 1965년에 진주농림고등전문학교, 1973년에 진주농림전문학교, 1979년에 진주농림전문대학으로 변경되었고 1993년에 현재의 진주산업대학교로 이름이 확정되었다. 한편 그가 강의를 했던 초급진주농과대학은 1948년에 경남 도립 초급진주농과대학으로 출발한 이래 1953년에 진주농과대학, 1972년에 경상대학으로 개칭하였고 1980년에 종합대학인 경상대학교가 되었다. 그리고 해인대학의 경우 1946년 서울에서 국민대학관으로 인가를 받아 출범한 뒤 1948년에 국민대학으로 이름을 바꾸었으며, 한국전쟁 때 부산으로 피난왔다가 1952년 3월에 재단법인 해인사(뒤에 재단법인 해인학원)가 운영권을 인수하면서 '해인대학'으로 이름도 변경하고 캠퍼스도 잠시 해인사에 두었다가 그 해 8월에 진주로 옮겼다. 그러다가 1956년에 다시 캠퍼스를 마산으로 옮긴 뒤

64 한국 문학과 문화의 상상력

이병주가 지리산 자락을 완전히 떠난 것은 1955년 『국제신보』에 입사하여 부산으로 이사를 했을 때이다. 하지만 몸은 비록 지리산 자락을 떠났지만, 마음만은 여전히 떠나지 못해 결국 그는 1972년부터 대하실록 소설 『지리산』을 연재하게 된다. 이처럼 오래 지속된 이병주와 지리산의 오랜 인연을 의식하기라도 한 듯, 그의 기념관 부지도 노고단에서 천왕봉까지의 지리산 주능선이 한눈에 들어오는 이명산 고개 마루 바로 아래쪽인 북천면 직전리 이명 마을에 자리하고 있다. 진교면으로 넘어가는 이 고개 마루는 이병주 이외에 우리 문학사의 또 다른 거장과도 관련을 맺고 있다. 그 작가는 바로 이 고개 동쪽의 봉명산 중턱에 위치한 다솔사에서 오랫동안 머물렀던 「등신불」의 작가 김동리이다. 두 작가의 작품 경향은 판이하지만, 서로가 비슷한 시기에 멀지 않은 곳에 머무르고 있었다는 것만은 분명한 사실이다.

한편 지리산과의 인연은 비단 작가인 이병주 개인에만 국한되지 않는다. 그의 대표작으로 꼽히는 『지리산』을 비롯하여 『남로당』, 『관부연락선』 등에 등장하는 공간적 배경은 거의 지리산과 그 일대로 되어 있다. 또 등장인물도 함양 출신의 하준수(『지리산』 하준규의 모델, 일명 남도부), 산청 출신의 박갑동, 사천 출신의 이우적, 하동 출신의 하필원 등 지리산 자락에서 나고 자란 사람들이 적지 않다. 이러한 사실을 통해서 보면, 작가 이병주는 자신이 가장 잘 알고 있는 지리산과 그 주변인 진주 등 서부 경남 일대를 배경으로 삼고 그 곳에 태를 묻은 사람들을 중심인물로 등장시켜 자신의 작품을 창작하였음을 알 수 있다. 그런데 그가 그려낸 이들 인물은 모두가 우리 현대사를 파행으로 이

1961년에 마산대학으로 개칭하였고, 1971년에 경남대학으로 바꾼 뒤 1982년에 종합대학인 경남대학교가 되었다.

끈 이데올로기 투쟁과 관련되어 있거니와, 그의 작가적 자질이 가장 잘 드러나는 부분도 바로 이와 같은 이데올로기 투쟁을 중심으로 한 한국 현대사의 충실한 형상화라고 할 수 있다. 그래서 이병주 문학에 대한 기존의 연구도 대부분 이와 관련된 것이 압도적으로 많다.4) 이 글에서는 그가 이데올로기 문제와 관련된 현대사의 질곡을 다루는 데 익숙한 이유를 분석하기 위해 학병 세대의 정신세계를 집중적으로 분석해 보고자 한다. 그리고 학병 체험을 가장 잘 묘사한 『관부연락선』을 중심 대상으로 하여 작품 분석을 시도해 봄으로써 그와 같은 정신세계가 실제 창작에서는 어떻게 드러나는지도 살펴볼 것이다.

2. 식민지 시대 학병 세대의 세계관적 기반

지리산과 더불어 이병주의 이력에서 주목되는 것은 일본 유학과 학병 체험이다. 주지하다시피 일본 유학은 개화기 이래로 계속되어 온 것이지만, 이병주처럼 1930년대 말에 유학을 간 세대는 앞선 세대와 적지 않은 차별성을 가진다. 첫 유학 세대인 개화기의 유학생과 이광수, 김동인 등의 식민지 시대 초기 유학생들은 근대 문물의 수입을 통

---

4) 이병주 문학에 대한 대표적 연구 성과로는 다음과 같은 논문들이 있다. 김윤식, 「지리산의 사상」, 『한국 문학의 근대성과 이데올로기 비판』, 서울대학교 출판부, 1987. ; 김윤식, 「작가 이병주의 작품 세계」, 『문학사상』 1992년 5월호. ; 임헌영, 「빨치산 문학의 세계」, 『분단시대의 문학』, 태학사, 1992. ; 정호웅, 「지리산론」, 『1970년대 문학 연구』, 예하, 1994. ; 김종회, 「근대사의 격랑을 읽는 문학의 시각」, 『위기의 시대와 문학』, 세계사, 1996. ; 강심호, 「이병주 소설 연구」, 『관악어문연구』 제21집, 서울대학교 국어국문학과, 2002. 이 가운데 김윤식과 강심호의 글은 학병 세대의 내면 의식을 비교적 깊이 있게 다룬 글이어서 주목된다.

해 조선을 근대화시키겠다는 사명감을 가지고 유학을 가서 일본의 근대 교육 제도를 통해 합리적 사고방식을 배워온 세대에 속한다. 이들은 이광수의 『무정』이나 염상섭의 『만세전』에 잘 묘사된 것처럼 조선을 침략하는 일본을 적대시하면서도 다른 한편으로 우리보다 이른 시기에 근대 국가의 틀을 갖춘 일본을 부러워하는 양면적 반응을 보였다. 다음 세대인 1920년대와 1930년대 초반의 유학생들도 양면적 반응을 보이기는 마찬가지였다. 하지만 이들은 다이쇼(大正) 데모크라시와 그 여파로 인하여 마르크스주의를 비롯한 보다 다양하고 급진적인 사상을 섭렵하고 관동대지진 등의 사건을 겪으면서 식민지인으로서의 주체 의식을 더욱 뚜렷하게 가진 세대라고 할 수 있다. 특히 마르크스주의는 근대적 사상의 일종이기는 하지만 러시아 혁명 등을 통해 피압박 민족의 해방 운동에 일종의 희망을 던져주었기 때문에 많은 유학생들이 적극적으로 수용하였고, 이들은 국내에 돌아온 뒤에도 공산주의 운동이나 프롤레타리아 문예 운동 등을 이끌게 된다. 1925년부터 약 10여 년간 조선 문단을 주도한 카프(KAPF)의 멤버들도 이러한 부류에 속한다고 하겠다.

1930년대 후반부터 해방에 이르는 기간 동안 유학 생활을 했던 이병주 세대는 마르크스주의와 같은 근대 서구의 진보적 사상으로부터 세례를 받았던 앞선 세대들이 치안유지법 등에 의해 극심한 탄압을 받은 나머지 그 사상을 포기하기 시작한 전향의 계절에 유학을 떠났다. 이 시기는 일본 제국주의가 만주사변을 일으켜 마침내 1932년에 청나라의 마지막 황제였던 부의를 황제로 내세워 만주국을 설립하고 중국 대륙에 대한 침략 의도를 노골화하던 시기이다. 일본 국내에서는

1933년 6월 8일에 일본 공산당 최고 지도자였던 위원장 사노 마나부(佐野學)와 중앙위원 나베야마 사다치카(鍋山貞親)가 옥중에서 「공동 피고 동지에게 알리는 글」을 발표하여 전향 선언을 하면서 만주 침략을 지지하고 천황제를 긍정하였다. 이 사건 이후 전향자가 대거 속출하여 마르크스주의 운동은 사실상 붕괴되고 만다. 문학 부문에 국한해서 보자면, 1934년 2월 24일에 있었던 일본프롤레타리아작가동맹(ナルプ)의 조직 해체 성명서 발표는 마르크스주의 종말의 공식적 선언이라고 할 수 있다.

하지만 역설적이게도 전쟁 준비가 한창이던 이 살벌한 시기에 일본에서는 문예부흥이라는 현상이 벌어지게 된다. 1933년 10월에 창간된 『문학계』는 이러한 움직임을 알리는 신호와도 같은 것이었다. 문예부흥을 낳은 당시 일본 사상계의 흐름을 이해하기 위해서는 출간되자마자 일본 지성계에 커다란 충격을 던진 셰스토프의 『비극의 철학』을 살펴보지 않을 수 없다. 1934년 벽두에 가와카미 데쓰타로(河上徹太郎)와 아베 로쿠로(阿部六郎)에 의해 공동 번역된 이 책은 "이상주의와 합리주의에 대한 끝없는 조소이며, 이런 조소를 할 때까지 내몰렸던 도스토예프스키와 니체에 대한 예리한 분석"[5]로 평가되고 있다. 그러므로 이와 같은 셰스토프의 철학이 유행했다는 것은 메이지(明治) 유신 이래로 지속되어 온 서구적 근대의 합리주의를 포기하고 일본적인 것으로 회귀했다는 것을 의미한다고 볼 수 있다.[6] 즉, 혁명이나 진보와

---

5) 히라노 겐, 고재석·김환기 공역, 『일본 쇼와 문학사』, 동국대학교출판부, 2001, 182쪽.

6) 가라타니 코오진은 이러한 현상을 가리켜 '다이쇼적(大正的)인 것'으로의 회귀라고 불렀다. 그것은 가와바타 야스나리(川端康成)의 『설국(雪國)』처럼 대가의 부활뿐만 아니라 마르크스주의적 '주제의 적극성'에 대한 그 역의 반동을 의미한다. 가라타니

같은 개념이 포기되고 비합리주의가 부각되었음을 반영하는 것이다.

이병주가 일본 유학에 나아간 시기는 위에서 설명한 셰스토프 열기와 더불어 문예부흥의 기운이 차츰 쇠퇴하기 시작한 무렵이었던 것으로 보인다. 진주공립농업학교를 졸업한 해가 1936년이고 일본 메이지 대학(明治大學) 문예과를 졸업한 해가 1941년이므로 적어도 1937년에 발발한 중일 전쟁을 전후한 시기에 일본 유학에 나아간 것으로 상정해 볼 수 있기 때문이다. 비록 퇴조기였음에도 불구하고 1930년대 후반에 일본 유학을 한 이병주로서는 문예부흥기의 사상적 흐름에 영향을 받지 않을 수 없었을 것이다. 사실 전향이라는 개념을 사상적 전환이라는 식으로 폭넓게 해석하거나 마르크스주의로부터의 이탈이라고 해석하게 되면 일본 공산당 간부의 전향 선언뿐만 아니라 문예부흥도 전향 현상의 일종이라고 할 수 있을 것이다. 이 시기 거의 모든 전향 현상의 최대 모티프는 '혁명 운동의 현실적 비판'이었다.[7] 다시 말해 농민의 생활과 같은 현실을 토대로 마르크스주의 혁명 운동의 관념성을 비판하는 일이 전향의 계절에 가장 중심적인 과제로 대두되었던 것이다. 이러한 사상적 동향이 일본에 유학 가서 근대적 고등 교육을 받고 있던 식민지 조선의 지식 청년들에게 실로 지대한 영향을 끼쳤을 것은 쉽게 추측해 볼 수 있는데, 그 지식 청년의 부류에 이병주가 속해 있었음은 두 말할 나위가 없다고 하겠다. 이 점은 그의 소설들이 마르크스주의의 허망함을 비판하는 데 많은 지면을 할애하고 있고, 또 그 논리가 매우 정치(精緻)한 것을 이해할 수 있는 실마리를 제공한다.[8]

코오진 외, 송태욱 역, 『현대 일본의 비평』, 소명출판, 2002, 48쪽.

7) 히라노 겐, 고재석·김환기 공역, 『일본 쇼와 문학사』, 앞의 책, 217쪽.

1937년 말부터 1938년 초에는 전쟁 수행을 위해 보도 검열과 창작 제한이 한층 강화되어 이후에는 대체로 히노 아시헤이(火野葦平)의 『보리와 병사』와 같은 전쟁 문학이나 와다 덴(和田伝)의 『옥토』와 같은 농민문학이 유행하게 된다. 군부가 중심이 된 전쟁 수행을 부정하지 않고 긍정적으로 보는 작품을 쓰게 하고 정부가 추진한 농촌 문화 진흥책을 반영한 작품을 창작하게 하는 소위 국책 문학이 다양한 형태를 통해 강요되었던 것이다. 이런 가운데 국책 문학에 대한 저항도 나타나게 되는데, 그 대표적인 것이 과거부터 유행하던 사소설을 비롯하여 역사소설과 연대기적 풍속소설의 창작이다.9) 일반적으로 객관적 상황이 열악한 시대에 나오는 역사소설이란 현재에 대한 형상화가 불가능한 상황에서 과거의 사실에 의탁하여 작가의 주관적 의도를 표현하는 갈래이다. 이런 점에서 보면 역사소설은 소극적이나마 저항적 성격을 가질 수 있는 셈이다. 한편 연대기적 풍속소설은 계보소설로도 불렸는데, 말 그대로 현실의 모순을 드러내는 대신에 눈에 보이는 풍속적 현상을 여러 세대를 통해 그려내는 소설이다. 식민지 조선에서도 비슷한 시기에 소설의 위기를 타개할 목적 하에 김남천에 의해 풍속 개념의 재인식과 가족사 연대기가 논의되었으며,10) 『대하』와 같은 작품이 창작되기도 하였다.

1941년 말에 태평양전쟁이 발발하고 채 1년도 지나지 않은 1942년

---

8) 제5공화국 시절에 이병주가 공산주의를 비판하는 『공산주의의 허상과 실상』, 신기원사, 1982와 『사상의 빛과 그늘』, 신기원사, 1986이라는 두 권의 책을 펴낸 것도 같은 맥락에서 이해할 수 있다.
9) 히라노 겐, 고재석·김환기 공역, 『일본 쇼와 문학사』, 앞의 책, 235~239쪽.
10) 김남천의 논의가 가지는 의미에 대해서는 김외곤, 『한국 근대 리얼리즘 문학 비판』, 태학사, 1995, 90~92쪽 참조.

70 한국 문학과 문화의 상상력

7월에는 메이지 유신으로부터 태평양전쟁에 이르는 일본의 근대를 사상적으로 정리하는 '근대의 초극' 좌담회가 개최된다. 『문학계』 1942년 9월호와 10월호에 나누어 실린 좌담회의 기록은 「지적협력회의 ― 근대의 초극」이라는 제목을 달고 있었고, 이듬해 창원사(創元社)에서 단행본으로 출간되었다. 니시다 기타로(西田幾多郎)를 계승하는 교토(京都) 학파와 『문학계』 동인, 일본 낭만파 등이 모여 "근대고 서구적인 악옥(惡玉)으로 규정하여 일본주의를 외친"11) 이 좌담회는 문명개화 논리의 종말을 선언하고, 일본적인 것에 기대어 서구적 근대를 극복함으로써 아시아를 해방시키자는 명제로 수렴된다. 이러한 명제에 대해서는 이미 "전쟁에 이르게 된 서구와의 지적 대결과 아시아에 대한 식민지적 팽창을 구별할 능력이 없었다"12)는 지적이 나와 있거니와, 이에 대해서는 태평양전쟁 종전 후에 일본 학자들 사이에서도 당시 일본은 근대 사상을 극복하는 것은 물론이고 그것을 성취하지도 못했다는 반성이 나오기도 했다.

이상과 같은 문학과 사상계의 흐름은 1941년 메이지 대학 문예과를 졸업한 후 와세다대학(早稻田大學) 불문과에 진학하는 등 문학을 지속적으로 공부한 이병주에게 적지 않은 영향을 미친 것으로 생각된다. 특히 그가 창작한 소설의 대부분이 역사소설이거나 대중적 풍속소설이었음을 고려할 때 당시 일본에서 하나의 흐름을 형성하였던 역사소설과 풍속소설의 유행은 알게 모르게 그의 문학 수업 과정에 스며든 것으로 볼 수 있다. 그리고 '근대의 초극' 좌담회가 벌어지고 채 2년이

---

11) 김윤식, 『한국 근대 문예 비평사 연구』, 일지사, 1976, 418쪽.
12) 하루투니언 · 마사오 미요시 편, 하동훈 외 역, 『포스트모더니즘과 일본』, 시각과 언어, 1996, 104쪽.

지나지 않아 학병으로 끌려갔기 때문에 그 좌담회의 정신적 기초를 제공한 니시다(西田) 철학의 양면성, 즉 '일본 문화의 내부에서 고유의 것을 발굴하여 세계적 보편으로 현양하려는 당당함과 서구 제국과 동아시아 국가 사이에서 생존하고 확장하기 위해 천황제를 주장하는 중간자의 모습'13)을 몸소 체험했을 것이다.

한편 유학생 신분으로 대학을 졸업하기 전에 이루어진 학병 체험은 이병주와 같은 시기에 유학한 세대를 학병 세대로 부르게 된 근본 이유이자 그들의 정신세계를 뒤흔든 결정적 계기로 작용한다. 태평양전쟁에서 연합군에 밀리게 되자 일제는 1942년에 조선인 징집병제를 결의하였고, 이어서 1943년 10월 20일에는 '조선인학도육군특별지원병제도(朝鮮人學徒陸軍特別志願兵制度)'를 공포함으로써 학병제를 본격적으로 실시하게 된다. 이를 독려하기 위해 일제는 이광수, 최남선, 유진오, 김성수, 여운형 등으로 하여금 학병 지원을 권유하는 글을 쓰고 강연을 하도록 하였다. 그리하여 법문계(法文系)를 중심으로 대학과 전문학교 학생 등에 대한 징집영장이 발부되고 1944년 1월 19일과 20일에 걸쳐 학병 적격자 7,200여 명 가운데 총 4,385명이 강제로 입대하게 된다. 그 중에는 귀국 중인 일본 유학생 1,431명(적격자 1,529명), 일본에 남아 있는 유학생 719명(적격자 약 1,400명)이 포함되었는데, 이병주도 거기에 속해 있었다. 학병 가운데 일부는 대한민국 임시정부나 연안 등지로 탈출했지만,14) 대부분은 일본군에 배속되어 있다가 해방을 맞이하게 된다. 이병주는 중국 쑤저우(蘇州)에 주둔한 부대에서 근무하다가

---

13) 허우성, 『근대 일본의 두 얼굴 : 니시다 철학』, 문학과 지성사, 2000, 533쪽.
14) 탈출 학병의 학병 체험 기록에 대해서는 김윤식, 「역사형식으로서의 학병」, 『일제 말기 한국 작가의 일본어 글쓰기론』, 서울대학교출판부, 2003 참조.

해방 이후 상해를 거쳐 귀국한 예에 해당된다. 전쟁터에서 살아남은 학병들이 귀국하여 1945년 9월 1일을 기해 조직한 것이 소위 학병동맹이다. 왕익권, 이춘영, 이형채 등이 중심이 된 이 단체는 11월 23일 학병동맹은 귀환 학병 보고대회를 개최하기도 하였다. 이후 남로당의 외곽 단체로 자리를 잡은 이 단체는 기관지인 『학병』을 두 차례 발간하기도 하였고, 소위 학병사건을 통해 세 사람의 희생자를 내기도 하였다.

이와 같은 우여곡절을 겪은 학병 세대들은 해방된 조국에 돌아온 뒤에 과연 어떤 생각들을 하였을까. 이 물음과 관련해서는 전선에서 탈출하지 못한 채 일본군 군복을 입고 있다가 해방을 맞은 학병들의 의식이 특히 문제적이다. 물론 학병동맹의 맹원처럼 사회주의 국가 건설에 매진한 사람도 있지만, 대개 이중적인 의식을 가지고 있었을 것으로 보인다. 우선 그들 대부분이 일본에서 근대적 교육을 받은 엘리트 중의 엘리트였던 만큼 그들만의 독특한 자부심을 가질 수 있었을 것이다. 겨우 수 천 명에 불과할 정도로 소수인 그들은 근대 교육제도를 통해 서구의 합리주의를 배운 선택받은 사람들이다. 더구나 일본에서 마르크스주의의 몰락을 경험하고 온 그들은 앞선 세대처럼 사상에 대해 열광하지 않고 객관적 태도를 가질 수 있었다. 다른 한편으로 그들은 침략자인 황군(皇軍)의 일원이었기에 해방된 조국에서 말할 수 없는 부끄러움을 가질 수밖에 없었다. 이 부끄러움 때문에 그들은 선뜻 민족 국가 건설에 쉽사리 나아갈 용기를 가지는 것이 불가능했다. 자부심과 수치심의 공존, 이것이야말로 이병주를 포함한 학병 세대의 내면을 결정한 기본적 의식 구조라고 할 수 있을 것이다.15) 아래에서는

이병주의 초기 대표작인 『관부연락선』을 분석해 봄으로써 이러한 학
병 세대의 의식 구조가 소설에 어떻게 형상화되었는지를 살펴보고자
한다.

3. 양면적 의식의 표현물로서의 『관부연락선』

이병주의 첫 장편소설인 『관부연락선』의 가장 커다란 특징은 친일
과 이데올로기 투쟁으로 점철된 암흑과 격랑의 시대를 다룬 데 있다.
1940년대 초에 우리 민족은 창씨개명, 한글 사용 금지, 징병제 실시
등으로 인해 우리 민족은 그야말로 암흑 속에 살고 있었다. 시대적 상
황 자체가 숨기고 싶은 과거여서 그런지는 모르겠으나, 이 시기의 국
내를 다룬 작품은 당대나 그 이후에도 거의 없었다. 이에 비할 때 새
로운 개척지로 인식되었던 만주 지역을 취급한 작품은 한설야의 『대
륙』과 이기영의 『처녀지』 등 의외로 풍성한 편이었다. 한편 1940년대
후반은 남북 분단과 좌우익의 이데올로기 투쟁으로 인해 그 당시 상
황을 소설로 형상화할 여유가 있을 수 없었다. 그래서 해방 직후에 씌
어진 몇 편의 단편 소설과 이병주의 『남로당』 등 극히 적은 수의 작품
만이 치열했던 분열 상황을 다루고 있을 뿐이다.

이와 같은 사정을 감안할 때 우리에게 해방 전후의 사정을 알려주
는 『관부연락선』의 존재는 문학이라는 범주를 뛰어넘어 역사적 자료

---

15) 김윤식은 학병 세대의 이와 같은 모순적 내면 풍경을 가치 체계의 내부 혼란으로
    설명한다. 김윤식, 「작가 이병주의 작품 세계」, 앞의 글, 326쪽.

로서도 중요한 가치를 지닌다고 할 수 있다. 특히 학병 세대 출신으로서 자전적 체험을 녹여서 묘사한 식민지 시대 말기의 학병 체험은 다른 작품들에서 결코 찾아볼 수 없는 귀중한 요소이다. 학병 세대의 글쓰기에 대해서는 김윤식 교수의 연구 성과가 이미 나온 바 있거니와, 김준엽의 『장정』이 논픽션 쪽에서 학병을 다룬 걸작이라면 『관부연락선』은 허구적 서사 쪽에서 학병을 다룬 또 하나의 걸작이라 할 만하다. 1943년에 학병제가 실시된 이래 이듬해 1월에 첫 번째 입대자가 나온 학병은 수천 명에 달하는 규모였다. 김준엽 역시 이병주와 같은 해인 1944년에 학병으로 징집 당했으나, 일본군 부대를 탈출한 뒤에 6천리에 걸친 장정을 거쳐 중경의 임시정부를 찾아가 광복군이 된다. 그리고 일본의 패망 직전에 한반도에 침투하려다 그 뜻을 이루지 못하였다. 이러한 이력은 일본이 패망할 때까지 일본군으로 남아 있었던 이병주의 이력과는 매우 다른 것이었다. 이들 학병 중 일부가 해방 이후 학병동맹을 결성하고 여러 가지 활동을 펼친 것은 앞서 언급한 바와 같거니와, 『관부연락선』에 묘사된 학병의 모습을 추적하다 보면 다음과 같은 구절이 등장한다.

(가) 날이 밝았을 땐 열차는 만주의 광야를 달리고 있었다. 어디선지 일기 시작한 노랫소리가 폭풍처럼 열차를 휩쓸었다. '진도아리랑', '양산도', '강강수월래', '육자배기', 민요란 민요는 죄다 등장하는 대합창이 그칠 새 없이 되풀이되었다. 어디 갖다 놓아도 젊음은 젊음이다. 한숨도 뭉쳐진 젊음을 통하면 노래가 된다. 그러나 그런 노래는 통곡보다도 더욱 슬프다. 그 슬픔을 모르는 척하려는 것이 또한 젊음이다.[16)]

(나) 4월에 들어 사단 연습이 있었다. 대전차(對戰車) 훈련과 대공(對空) 훈련에 중점을 둔 연습이었다. 그러나 이 연습은 정보전에 대한 배려가 조금이라도 있었더라면 하지 않는 것만 못한 연습이었다. 사단 전체를 통해 대포라는 것이 보병포 3문밖에 없다는 사실, 전차라는 것이 3톤짜리 전차, 소위 마메(豆) 탱크가 두 대밖엔 없다는 사실을 폭로한 셈이 되고 말았기 때문이었다.

이 전차라는 것이 1미터 높이도 채 못 되는 개울에 빠져 대전차 연습은 고사하고 그 전차를 끌어올리는 데 연습시간의 태반을 먹힌 유머러스한 광경조차 있었다. 그 위의 대전차 연습은 병정 하나가 TNT를 한 박스씩 등에 메고 손수레 밑으로 기어들고 기어나가는 동작이 되어 버렸다. "이거 장난인가" 하는 익살이 터져 나올 수밖에 없는 노릇이었다.17)

인용문 (가)는 전쟁터로 끌려가는 학병들이 기차를 타고 가면서 벌어지는 일을 묘사한 대목이고, (나)는 패망 직전의 일본 군대가 어떠했는가를 묘사한 대목이다. 전자를 통해 우리는 자신의 앞에 펼쳐진 운명을 전혀 짐작조차 하지 못하고 머나먼 중국 대륙으로 떠나가던 학병들이 자신의 막막한 처지를 노래로나마 달래려고 노력하는 모습을 발견할 수 있다. 물론 입으로는 노래를 부르고 있으면서도 그들의 마음은 슬픔으로 가득 차 있었다. 이와 같은 묘사가 가능했던 것은 작가 자신이 학병으로 끌려가 중국 소주에서 일본 군대의 말을 관리하는 임무를 맡았던 경험이 있었기 때문이다. (나) 역시 동일한 경험을 바탕으로 씌어진 것인데, 이를 통해 우리는 제국주의 일본의 말로를 눈으로 직접 보는 듯이 생생하게 접할 수 있다. (가)와 (나) 이외에도 이 작

---

16) 이병주, 『관부연락선』, 동아출판사, 1995, 71쪽.
17) 위의 책, 110쪽.

품에는 일본의 패망 선언 이후 무정부 상태의 중국에 잔류한 학병들이 겪은 여러 가지 일과 같이 학병을 체험한 작가만이 쓸 수 있는 대목이 여러 군데 있어 읽는 사람들의 눈길을 끈다.

하지만 이 작품에서 다른 어떤 부분보다도 작가가 체험을 바탕으로 작품을 쓰고 있다는 사실을 확실하게 보여주는 것은 작품의 곳곳에 삽입된 작가의 주(註)일 것이다. 특이하게도 이 주들은 주로 허구적 장면이 아니라 실제로 벌어졌던 일을 밝힐 때 주로 사용되고 있다. 픽션인 소설 한가운데에다 뜬금없이 논픽션인 주를 집어넣고 설명할 수 있는 것은 『지리산』이나 『산하』 등 대부분의 역사소설을 사실에 근거하여 창작했던 이병주만의 득의의 영역이다. 오죽 했으면 지리산 앞에서 '실록소설'이라는 단어까지 붙였을까. 이런 작가적 태도는 이병주 역사소설의 기점이자 원점이라고 할 수 있는 『관부연락선』에서부터 비롯되었다고 해도 큰 무리는 아닐 것이다.

> 주 : 이만갑(李萬甲)은 본명이다. 일제 말기 관부연락선을 이용한 사람은 이 이름을 들으면 대강 기억할 것이다. 이만갑은 한국이 독립하기 직전, 고향인 경남 창원군 진동면에서 살 수가 없어 밀선을 타고 일본으로 건너갔다고 들었다. 지금 버젓한 교포 노릇을 하고 있을는지 모른다. 소설에 본명을 기입하는 것은 사도(邪道)인 줄 알지만 그 자에게 화를 입은 많은 동포를 위해서 관부연락선의 필자로선 그렇게 하지 않을 수 없는 심정이 된 것이다.[18]

위의 내용은 작중 인물인 이선생과 유태림이 일본 고등계 형사로서

---

18) 위의 책, 404쪽.

악질의 정도를 넘어 독사와 같다는 평판을 받던 이만갑을 술집에서 만나 린치를 가하는 장면 뒤에 붙은 주이다. 작가의 육성이 그대로 드러난 이 장면을 통해 이 소설이 얼마나 자전적 경험에 바탕을 두고 있는지 짐작할 수 있거니와, 이 육성이야말로 이 소설의 강점이자 약점이다. 여기서 약점이라 하는 까닭은 작가의 목소리가 강하면 강할수록 독자의 상상력이 위축될 뿐만 아니라 사실이 잘못될 경우 치명적 상처를 입을 수도 있기 때문이다. 어찌되었든 『관부연락선』은 학병 출신인 작가의 자전적 경험을 바탕으로 그 동안 우리 소설이 쉽게 다룰 수 없었던 부끄럽고 어두운 시기를 다루고 있다는 사실만으로도 충분히 그 가치를 인정받을 수 있는 소설이라고 할 수 있다.

한편 이병주는 식민지 청년들의 탈출구 역할을 했던 부산과 시모노세키 간의 관부연락선에 대해서도 자세하게 형상화하고 있다. 그는 이 연락선의 노선이 영광과 굴욕의 노선이었다고 규정한다. 이러한 규정은 작가 자신을 포함한 학병 세대에게도 그대로 적용되는 표현이다. 이병주에게 있어 관부연락선은 일본에게는 영광이요 조선 민족에게는 굴욕으로 표현되는 단순한 길은 아니었다. 조선 민족의 변절자와 같은 사람들에게는 영광이지만 일본 사람이라도 어쩔 수 없이 고향을 떠나 그 배를 타야 했던 사람에게는 굴욕이었다고 말하고 있기 때문이다.

이 작품에서 이병주가 관심을 기울여 묘사하는 부분은 관부연락선을 매개로 하여 이루어진 우리 민족의 불구적인 근대화와 그 아래에 놓인 어두운 측면이다. 그는 일본 유학 중에 근대적 합리주의를 배운 학병 세대였기 때문에 이 부분을 누구보다 냉정하게 그려낼 수 있었던 것이다. 관부연락선은 러일전쟁 무렵부터 취항했는데, 그가 다루고 있는 여러 인물 중에는 을사오적에 포함되는 송병준과 이완용이 있고, 그들이 의지했던 일본군과 맞서 싸웠던 의병장 이인영도 있다. 사실 이들이 어떤 경로를 통해 친일파가 되었는지에 대해서는 문학에서 다룬 바가 거의 없다. 작가 홍성원이 『그러나』에서 송병준 등이 활동하던 시기를 배경으로 하여 우리가 비난해 마지않는 민족 반역자들의 내면을 묘사한 것은 훨씬 뒤의 일이다. 그만큼 숨겨진 역사적 사실을 찾아내는 이병주의 감각은 타의 추종을 불허할 만큼 예민했던 것이다.

> 송병준은 야마구치현(山口縣) 하기(萩)라는 곳에서 노다헤치로(野田平治郎)란 이름으로 잠업(蠶業) 등에 종사하다가 노일전쟁이 터지자 일본군 통역으로 종군하기 위해서 1904년 한국으로 돌아온 것으로 되어 있다. 그런데 뜻밖에도 관부연락선이 취항할 무렵 그 곳에 있은 흔적이 나타난 것이다.
>
> 조사를 해본 결과 송병준은 시모노세키에 소가를 두고 있음을 알았다. 거기다 소가를 두곤 신변의 일이 자기에 불리하게 돌아가는 듯 싶으면 그 곳에 가서 드러누워 있다가 호전된 듯하면 국내로 돌아오곤 했던 모양이다.
>
> 송병준의 소가는 청일전쟁의 강화조약을 맺은 춘범루(春帆樓) 가까운 고대(高臺) 위에 있었다. 건너편 모지(門司)와 세토나이카이(瀨戶內海)가 환히 바라뵈는 경치 좋은 곳에 쓰다야(津田屋)라는 간판을 걸고 여관업을 하고 있는 집이 바로 그 집이었다.[19]

골수 친일파인 송병준이 머물렀던 하기라는 도시는 이토 히로부미의 스승 요시다 쇼인의 근거지가 된 곳이다. 동경으로 진출한 이토 히

---

19) 위의 책, 135쪽.

로부미의 이후 행적을 감안할 때 그 곳이 우리에게 갖는 의미는 남다르다고 할 수 있다. 말하자면 송병준은 요시다 쇼인이나 이토 히로부미에 대한 정신적 지향을 그들의 연고지에 머무르는 것으로 표현했던 것이다. 그와 같은 도시에 머무르던 송병준이 청일전쟁에서 일본이 승리한 후 강화조약을 맺은 곳에 작은 집을 두고 있었다는 것은 그가 얼마나 철저하게 친일적인 인물이었는지를 웅변하는 대목이라고 하겠다.

앞서 말한 대로 이 작품에는 송병준뿐만 아니라 이완용도 등장하고 이인영도 등장한다. 이완용과 이인영에 대한 작가의 평가는 우리가 흔히 역사책을 통해 배운 지식과 다르다. 이완용이 같은 친일파라도 별다른 고민 없이 무작정 일본에 경도된 송병준과 달리 미국에서 받은 천대와 업신여김 때문에 일본에 기울어졌다고 보는 것이나, 이길 수 없는 적(敵) 일본에 맞서 싸운 이인영을 시대착오적이었다고 보는 것은 '좌와 우', '보수와 진보' 어느 쪽에도 서지 않고 회색인으로서의 입장을 견지했던 이병주만의 시각이다. 그것은 또한 마르크스주의의 몰락을 목격했기에 특정 이념을 쉽사리 편들지 못하는 식민지 말기 유학 세대의 시각이기도 하다. 이러한 것을 두고 현실 변혁에 동참하는 행위를 망설이게 하는 학병 세대의 양면적 의식 구조가 만들어낸 역사적 허무주의라 쉽게 비판할 수도 있을 것이다. 하지만 바로 이 시각 덕분에 좌우 우에 대해 어느 쪽도 편들지 않고 양쪽의 치부까지도 묘사하는 것이 가능했다는 점도 부정할 수 없다. 한편 이 소설에서 그와 같은 능력이 더욱 빛을 발하는 것은 해방 직후의 이데올로기 대립을 다루는 부분에서이다.

    말 같지도 않은 말은 이제 작작 하고 내 얘기를 들어 봐. 미국은
어때. 미국은 민주주의의 나라라고 하지 않는가. 그럼 우리 인민대중
다수의 의사를 무시하고 그 의사에 충실하게 봉사하려는 일꾼들을
탄압하고 잡아넣는 것이 민주주의인가? 또 미국은 자유의 나라라고
하더라. 정당, 사회단체의 활동을 봉쇄하고 구속하는 것이 자윤가?
아까 넌 인민의 의사를 횡령한 인민정권의 가장이란 말을 했지. 우리
먼 곳까지 갈 필요 없이 우리의 현실을 구체적으로 살펴보자구. 조선
인민의 의사를 횡령한 건 누구지? 미 군정청 아냐? 한 줌도 안 되는
친일파, 민족반역자, 시대착오를 일으키고 있는 소수 망명객, 매판자
본가, 지주, 이따위들을 둘레에 모르고 그들의 말만을 듣고 전체 인
민의 의사를 무시하고 과도정분지 뭔지를 만들고 있는 것이 그들 아
닌가.[20]

    최인훈의 「그레이구락부 전말기」나 「회색인」의 인물들을 연상시키
는 위의 발언은 작중에서 미국을 비판하는 좌익 인사가 내뱉는 말이
다. 도대체 어떤 힘이 작가로 이처럼 도도하게 미국의 정책을 비판하
도록 하는 것일까. 이에 대한 대답은 그가 살아온 행적에서 실마리를
찾아볼 수 있다. 그는 4·19 직후 한국을 영구 중립국으로 만들어야
한다는 주장을 펼칠 정도로 유학과 학병 체험을 통해 이데올로기의
허상을 잘 알고 있었다. 그런 그였기에 자유의 나라 미국이 지닌 이
중성을 이처럼 통렬하게 비판할 수 있었던 것이다. 그렇다고 해서 그
가 자유주의를 비판하고 진보적 성향에 경도되었느냐 하면 그런 것도
아니다. 흑백 논리가 난무하는 사회에서 회색분자임을 내세운 사실만
으로도 그가 이분법에 휩쓸리지 않고 중간자적 입장에 서 있었다는
것을 짐작할 수 있다.

---

20) 위의 책, 413쪽.

말이 그렇게 나왔으니 나는 반대의 증거를 대보지요. 「자본론」이 나온 지 80년 가까운 세월이 되었는데 그 사이 줄곧 성장한 것이 자본주의 아뇨? 제국주의는 타파되어야 한다고 레닌은 말했는데 그 후 30년 가까운 동안 늘어나기만 하지 않았소? 스탈린에 의해서 공산국가로서의 번영을 이룩했다고 하지만 그 번영을 인정하더라도 그 길 이외엔 길이 없었다고 말할 순 없는 것 아뇨? 그리고 나라 전체를 감옥으로 만들어 백성을 탄압하지 않았소? 스탈린이 증명한 것은 나라 전체를 감옥으로 만들고 백성의 자유를 죄다 뺏지 않고는 공산국가를 만들 수 없다는 바로 그 사실 아니겠어요?[21]

유학 시절 일본에서 마르크스주의의 관념성에 대해 배운 작가는 공산주의의 그 허망함을 비판하는 데 조금의 주저도 보이지 않는다. 물론 이 정도의 비판을 감행할 수 있기 위해서는 주인공이 지식인이어야만 한다. 오늘날의 위치에서 보면 그의 공산주의 비판의 수준이 결코 높다고 할 수 없으나, 작품이 창작되던 당시의 시대적 분위기로 미루어보면 남다른 바 있었다고 할 수 있다. 지식인의 특권이란 무엇인가. 그들의 특권이라면 지금 현재 아무도 알아주지 않더라도 옳다고 생각되는 바를 목숨을 걸고 밀고 나가는 태도일 것이다. 그들이 그렇게 할 수 있는 이유는, 작가가 말처럼 언젠가 누군가가 그 진리를 다시 들여다보고 논의하게 될 것을 믿기 때문이다. 얼핏 보기에 『관부연락선』은 현실에 적응하지 못하는 지식인의 허무주의나 데카당스를 다루고 있는 듯이 보일 수도 있다. 그러나 현실에 안주하지 못하는 지식인의 태도야말로 이 책의 중심 내용인 이데올로기 비판을 가능하게 해준 원동력이라고 할 것이다.

---

21) 위의 책, 80-81쪽.

4. 학병 세대의 콤플렉스에 대한 변명

작가는 이 작품에서 관부연락선과 영국과 프랑스 사이의 도버 해협을 오가는 배를 비교하면서, 도버 칼레 간의 배나 르아브르와 사우샘프턴 간의 배는 자유가 넘치는 배인 데 비해 관부연락선은 영락없는 수인선(囚人船)이라고 해도 과언이 아니라고 하였다. 그러면서 관부연락선이 식민지 조선 사람을 수인처럼 취급한다는 것은 일본인이 조선 사람을 수인 취급을 하고 있다는 것의 집약적 표현일 따름이라고 말했다. 일찍이 염상섭이 『만세전』에서 묘사한 것처럼 관부연락선은 가난한 한국인에게 좀처럼 1등실을 허락하지 않았고 차별을 통해 모멸감을 안겨 주었다. 일본인들은 대놓고 조선으로 사람 장사 하러 떠난다고 떠벌려도 괜찮았지만, 조선 사람은 하다못해 학생의 숙제 나부랭이를 가지고도 시비를 붙어 조선으로 귀환시키려고 하였다. 이런 과정을 통해 식민지 조선인은 이미 소위 일본 '내지(內地)'에 도착하기도 전에 벌써 내면적인 열등감을 가질 수밖에 없었다.

그럼에도 불구하고 조선인은 일본에 대한 희망을 버릴 수도 없는 처지였다. 일본이 아니고서는 새로운 문물을 받아들일 마땅한 창구가 없었기 때문이다. 이와 관련하여 『관부연락선』의 중간쯤에서 이완용을 언급하는 부분은 우리로 하여금 여러 가지를 생각하게 한다. 작가에 따르면, 이완용은 미국으로 건너가는 배 위에서 그리고 미국에 도착해서도 자신을 돼지라고 비웃는 모욕을 받게 된다. 그런 모욕을 받으면서 4년의 세월을 보내게 된 이완용은 열성적으로 세계의 열등 민족을 연구하였다. 그런데 놀랍게도 그는 한국인보다 열등한 인종을 발견하지 못하였고, 급기야 한민족의 역량을 가지고서는 독립 국가의 체면을 유지하고 행복을 누릴 수 없다는 결론에 도달하게 된다. 다시 말해 이완용은 합방이냐 망국이냐를 결정해야 하는 기로에 처했던 것이다. 망할 수는 없는 노릇이므로 합방을 택하지 않을 수 없는데, 그가 보기에 그 상대국은 일본 이외에는 없었다. 그들은 같은 아시아 국가로서 우리 민족을 돼지보다 못한 족속으로 여기지 않을 뿐더러, 진취적이고 총명하여 우리 민족을 세계 선진 문명으로 이끌어 줄 것으로 기대했기 때문이다. 이완용처럼 한편으로는 우리보다 앞선 일본에 대해 열등감을 느끼면서 다른 한편으로는 일본을 배우지 않으면 안 된다는 식민지인의 이중적이고 착종적인 인식을 '현해탄 콤플렉스'라 하거니와, 이 콤플렉스는 이병주 이전에 일본에 유학을 다녀온 세대는 물론이고 그를 비롯한 학병 세대의 무의식에도 깊이 박혀 있었다. 하지만 이러한 콤플렉스는 우리만 가진 것은 아니었다. 조선을 식민지로 만들었던 일본 역시 자기들보다 앞선 서구를 보면서 그들보다 못하다는 열등감에 시달렸고, 그들을 넘어서기 위해 서구로 유학을 가서 닥치는 대로 선진 문물을 받아들였던 것이다. 물론 그들에게는 자신들의 열등감을 극복하기 위한 희생양이 필요했는데, 그 대상으로 선택된 것은 대내적으로는 아이누였고 대외적으로는 대만과 조선이었다. 그들을 열등하고 미개한 존재로 전락시킴으로써 자신의 우월감을 높일 수 있었던 것이다.

그런데 일본처럼 식민지를 갖지 못한 조선은 사정이 그렇지 못했다. 일본에서 배운 것으로 일본을 물리쳐야 하는 모순이 도사리고 있을 뿐이었다. 학병 세대의 경우 당시 엘리트 집단임에도 불구하고 우리를 지배한 일본을 위해 군인으로서 복무했기에 열등감은 더욱 클 수밖에 없었다. 설상가상으로 학병 세대는 해방된 조국에 대해서도 해방을 위해 한 일이 없다는 이유로 수치심을 느껴야 했던 세대이다. 그래서 그들은 좌우익의 갈등이 격렬했을 때 방관자나 허무주의자의 태도를 취하는 경우가 많았다. 오늘날의 입장에서 보면 그들의 양면적 의식은 한국 현대사의 불행이 집약적으로 표현된 것이라 할 수 있다. 우리가 학병 세대에 관심을 기울이는 것은 바로 이런 이유 때문이 아닐까 한다.

제 2 부

문학과 문학교육의 접점

사이버 문학과 국어 교육

교실 바깥에서의 고전 읽기 현상

독서력 향상을 위한 학교 교육의 방향

대학생들의 독서 능력 향상을 위한 방안

사이버 문학과 국어 교육

1. 인터넷과 사이버 문학의 양면성

처음에 군사적 목적으로 시작된 인터넷이 전 세계를 새로운 시대로 접어들게 만든 것은 하나의 경이라 할 만하다. 그 과정에서 컴퓨터를 이용한 저항 문화의 역할은 실로 지대한 것이었다. 영화나 라디오가 처음 등장했을 때 기존 체계의 전복을 꿈꾸던 특정 집단에 의해 애호되었듯이, 저항 세력은 컴퓨터라는 새로운 매체를 통해 체제의 횡포와 독단에 항거하면서 인간으로서 자신들이 지닌 능력을 해방시키고자 노력해 왔던 것이다.[1] 이들의 뒤를 이어 이제 온라인 상에서는 수많은 네티즌들이 정치나 환경 등 공적 영역의 문제를 자유롭게 논의함으로써 민주주의를 새로운 방향으로 이끌고 있다. 또한 특정한 인종이나

---

[1] 1960년대 이래로 발전한 컴퓨터 네트워크 기술을 바라보는 관점으로는 크게 두 가지가 있다. 하나는 싸고 강력한 기계가 민중의 손에 놓임으로써 민주주의의 진보를 가져왔다고 하는 실제적 내용을 중시하는 관점이고, 다른 하나는 컴퓨터 자체가 일종의 미디어 환경으로서 사회 문화에 끼치는 영향을 중시하는 관점이다. Richard Wise & Jeanette Steemers, *Multimedia : A Critical Introduction*, London & New York : Routledge, 2000, pp.38~39.

게이, 레즈비언처럼 소수 집단을 공공연하게 내세우는 수많은 가상 집단(cybercommunity)과 동호회가 중앙집권적 사회 체제를 무너뜨리려는 시도를 하고 있기도 하다. 한 마디로 말해 인터넷은 세상을 바꾸는 역할을 담당하고 있는 것이다.

그런데 문제는 이와 같은 진보적 측면의 다른 편에 섹티즌(sextizen)으로 불리는 감각적이고 외설적 성향의 인간을 양성하는 온라인 상의 '하위' 문화가 존재하고 있다는 점이다. 이것은 라디오가 한편으로는 저항 문화의 가능성을 한껏 높여 주었지만, 다른 한편으로는 미성년자들의 취향에 영합하는 매체적 성격을 가졌던 것과 비슷한 양상을 띠면서도 상황이 좀더 악화된 것이라고 할 수 있다. 오늘날에는 과거의 권위주의 국가가 행했던 것처럼 성 본능을 통제하는 일이 생각처럼 쉽게 이루어지지 않는다. 설사 국가가 효과적으로 성 본능을 관리한다 하더라도 그 부작용 또한 만만치 않다. 성 본능을 오랜 기간 동안 억압할 경우 사회 전체가 보수적이고 반동적인 성격을 띨 것이기 때문이다. 그런데 현재의 인터넷은 이와는 정반대로 거의 통제가 불가능한 수준에 도달해 있다. 인터넷에서 발견되는 포르노 사이트는 더 이상 예전처럼 표현의 자유를 위한 저항의 표현이거나 정상적인 것을 강조하는 사회 규범으로부터의 일탈이 아니라, 스스로의 정화 기능을 상실함으로써 인터넷이라는 바다를 죽음에 이르게 만드는 적조(赤潮)일 따름이다.[2] 포르노 사이트 이외에 자살 사이트나 폭탄 제조 사이트 등도 기본적 성격 면에서 크게 다르지 않은 경우라고 할 수 있을 것이다.

이상에서 살펴본 것처럼 인터넷이라는 새로운 매체는 그보다 앞서

---

2) 라도삼, 『블랙 인터넷』, 자우ON&OFF, 2001, 93쪽.

등장한 매체들과 마찬가지로 진보적 성격과 부정적 성격을 동시에 가진 야누스적 존재라고 할 수 있다. 이 글에서 다루고자 하는 사이버 문학은 이처럼 이중적 성격을 지닌 인터넷을 매개로 이루어지고 있기에 그 매체와 마찬가지로 긍정적 측면과 부정적 측면을 동시에 가지고 있을 것이라는 짐작이 가능하다. 사이버 문학은 기존의 문학 생산과 유통 과정을 완전히 전복시킨 혁명적 측면이 있는 반면에 엽기적이고 저질적인 내용을 양산해 냄으로써 때로는 범죄를 부추기는 온상처럼 보이는 측면도 있기 때문이다. 이러한 사이버 문학을 국어 교육의 차원에서 논의할 때에는 여러 가지를 고려하지 않을 수 없다. 주지하다시피 사이버 문학이 '문학'의 일종이라는 사실을 부정하기는 힘들다. 그렇기 때문에 다른 문학과 마찬가지로 특정한 사회적, 역사적 맥락에서 생겨난 것이라고 볼 수 있다. 이것은 사이버 문학이 공동체의 형성과 발전에 일정한 역할을 담당해야 할 사회적 공유물이라는 것을 의미한다.3) 이런 까닭에 만약 국어 교육이나 문학 교육에서 사이버 문학을 무시하거나 배제한다면, 그것은 일종의 임무 방기가 될 수밖에 없을 것이다.

이와 같은 문제 의식 아래 이 글은 가볍게 읽을 수 있는 에피소드 수준에서 사회적 물의를 빚을 수 있는 무정부주의적 수준에 이르기까지 다양한 스펙트럼을 보이고 있는 사이버 문학을 국어 교육적 관점에서 분석하는 것을 중요한 목적으로 삼는다. 특히 최근에『그놈은 멋있었다』처럼 오프라인에서 책으로 출판되어 수십만 부가 팔림으로써 새로운 베스트셀러로 자리잡거나『엽기적인 그녀』,『동갑내기 과외하

---

3) 문학 교육과 공동체의 관련성에 대해서는 김대행 외,『문학 교육 원론』, 서울대학교 출판부, 2000의 제3부에서 논의한 것을 참조할 수 있다.

기』나 『옥탑방 고양이』 등과 같이 영화나 텔레비전 드라마로 각색되어 인기를 끌었던 소위 '인터넷 소설'을 집중적으로 살펴보고자 한다. 이를 위해 먼저 이들 소설의 서사적 구조와 특징을 분석한 뒤, 그 진보적 측면과 문제되는 측면을 규명해 볼 작정이다. 그리고 국어 교육에서 과연 사이버 문학을 어떤 방식으로 다루어야 할 것인지를 국어 교육의 미래와 관련하여 논의해 보려고 한다. 한편 이러한 연구는 아직 많은 연구 성과가 축적되어 있지 않아 이제 막 걸음마 단계에서 벗어나려는 정도에 머무르고 있다. 그렇기 때문에 이 글은 시론(試論)으로서의 성격을 크게 벗어나지 못할 것으로 생각된다.

2. 청소년에 의한, 청소년을 위한, 청소년의 문학

2003년 상반기 최대의 베스트셀러는 놀랍게도 18살 짜리 아마추어 작가 귀여니가 쓴 『그놈은 멋있었다』였다. 이 작품은 3월초에 출간된 이래 불과 몇 달만에 수십만 권의 판매 부수를 기록하였다. 『그놈은 멋있었다』의 성공에 자극 받아 최근 출판계에서는 10대나 20대 초반의 작가들이 창작한 수많은 인터넷 소설들이 봇물처럼 오프라인에서 출간되고 있다. 이러한 사정은 비단 문학판에만 국한된 것이 아니다. 관객의 대다수를 차지하는 10대와 20대 관객들의 이목을 끌기 위하여 영화판에서도 인터넷 소설을 영화로 만드는 데 사활을 걸고 있기 때문이다. 물론 『그놈은 멋있었다』도 이미 영화로 만들기 위해 계약을 완료한 상태이다. 이를 통해서 보면, 우리 문화 전반이 인터넷 소설의

영향권 아래 놓여 있다고 해도 과언이 아닐 것이다.4)

이처럼 막강한 영향력을 발휘하는 인터넷 소설은 과거의 인터넷 소설과 비교해 볼 때 공통점과 차이점을 동시에 지니고 있는 것으로 보인다. 우선 공통점을 살펴보면 사이버 스페이스라는 영토를 점령하여 새로운 구술 문화적 형태의 문학을 발전시켰다거나, 기존의 소설 언어를 낯선 방향으로 발전시켰다거나, 독자와 끊임없는 논쟁을 통해 소통 양식을 변화시켰다거나 하는 긍정적 측면을 지적할 수 있다. 동시에 부정적 측면으로 키보드적 조어법을 퍼뜨림으로써 기존 언어 체계를 교란시켰다거나, 지나친 에로티즘 내지 엽기, 폭력 등의 내용을 통해 사회적으로 문제를 제기하는 차원에까지 나아갔다는 점 등을 지적할 수 있을 것이다.5)

그러나 우리가 최근의 인터넷 소설에 주목하는 이유는 아무래도 과거의 인터넷 소설과 구별되는 특징 때문이다. 그것을 구체적으로 고찰해 보면 무엇보다도 먼저 창작자가 수용자인 독자층과 동일한 10대나 20대 초반의 아마추어 작가라는 점이 주목된다. 사실 10대들이 소설에 탐닉한 것은 어제오늘의 일이 아니다. 이미 1970년대에 얄개 시리즈와 같은 학원 소설들이 있었고, 1980년대에는 하이틴 로맨스가 크게 유행한 바 있다. 하지만 이들 작품은 10대들이 주인공으로 등장하고 있음에도 불구하고 그 작가들은 이미 어른이 되어 버린 기성 세대였다. 그래서 청소년을 교화하거나 상업적으로 성공하는 것을 목적으로 씌어

---

4) 이처럼 하나의 히트 상품을 여러 가지 파생 상품으로 변화시켜 시장에 내어놓는 것을 원 소스 멀티 유즈(one source multi-use) 기법이라 하는데, 이 기법은 최근에 이르러 문화 산업의 주요 마케팅 기법으로 자리잡아 가고 있다.

5) 김외곤, 『한국 현대 소설 탐구』, 도서출판 역락, 2002, 60~65쪽.

진 작품이 대부분을 차지하고 있었다. 이에 비할 때 최근의 인터넷 소설은 문단에 등단한 직업적 작가가 아닐 뿐더러 아직 어른이 되지 못한 청소년에 의해 창작되고 있다는 점에서 주목된다. 『그놈의 멋있었다』의 작가 귀여니의 경우를 살펴보더라도, 그녀는 평범하기 이를 데 없는 10대 소녀일 뿐이다.

이름 : 이윤세

혈액형 : AB형

장래 희망 : 현모양처

취미 : 잠자기, 노래하기, 공상하기

단점 : 게으르다. 변덕이 심하고 하기 싫으면 도망가는 경향이 있
　　　다..... ^^

장점 : 화가 나면 빨리 가라앉고 부탁은 거절 못하는 편...

이상형 : 남자다운 외모에 뚝뚝한 성격.. 존경할 수 있는 사람

사는 곳 : 충청북도 제천

스트레스 해소법 : 종이에 되는 대로 휘갈겨 버린다...

소원 : 한달 전으로 되돌아갈 수 있다면...

키 : 163㎝

가장 아끼는 것 : 친구들이 준 편지

감명깊게 본 영화 or 드라마 : 네멋대로 해라..

존경하는 사람 : 아빠. 인정옥 작가님

지금 행복한가 : 불행하다...

좋아하는 노래 : 동경소녀, 습관, 사랑해 누나..

젤 좋아하는 소설 속 캐릭터 : 은성이

앞으로 쓰고 싶은 소설은 : 말 한마디에 뼈가 있는 의미있는 소설..

소설을 쓰며 얻은 것은: 많은 분들과의 인연, 완결된 소설, 메일들,
　　　　　　　　　뜻깊었던 시간...

> 마지막으로 하고 싶은 말 : 홈페이지 예쁘게 지키겠습니다.. 지켜봐
> 주세요....　^*^ 6)

위에서 인용한 그의 이력에서 특별한 것을 찾아보기는 힘들다고 할 수 있다. 그야말로 대한민국에서 정상적으로 고등학교를 졸업한 스무 살 짜리 여학생이라면 누구나 이러한 이력 정도는 가지고 있을 만큼 평범하다고 할 만하다. 그런데 이처럼 평범한 여학생에 의해 창작된 사이버 소설이 온라인은 물론이고 오프 라인에서도 수십만 부를 훌쩍 넘기는 놀라운 실적을 올릴 수 있었던 이유는 무엇일까? 이 물음에 대한 해답은 귀여니의 소설 중 어느 하나의 일부라도 읽어보면 비교적 쉽게 찾을 수 있다. 대표적인 예로『그놈은 멋있었다』를 살펴보면 10대들이 일반적으로 가지고 있는 세대적 특성이라고 할 수 있는 기성세대에 대한 반항, 이성에 대한 호기심, 변화하는 외모에 대한 관심, 자율학습 등의 학교 생활로부터 일탈하고 싶은 마음, 계산적이지 않은 치기(稚氣)와 건방진 태도, 거칠고 껄렁껄렁한 행동에 대한 숭배 등이 어른의 눈이라는 거름종이로 여과하지 않은 채 그대로 묘사되어 있음을 목격하게 된다. 이처럼 최근의 인터넷 소설은 독자와 작가가 동일한 세대이고 그들의 세대적 특징이 작품의 내용으로 자리잡고 있기에, 다시 말해 청소년에 의한 청소년의 이야기이기에 새로운 소설로서 각광을 받고 있다고 볼 수 있다. 국어 교육에서는 이전에는 찾아볼 수 없었던 이와 같은 새로운 현상에 마땅히 주목해야 할 것이다.

　인터넷 소설의 두 번째 특징으로 전통적인 관점에서 볼 때 인과성이 부족하고 우연성이 남발되고 있는 등 서사 양식으로서 갖추어야

---

6) http://www.guiyeoni.com/docu/about01.html?type=intro

할 여러 가지 요소들을 제대로 갖추지 못한 점을 들 수 있다. 귀여니 류의 소설을 두고 "아마추어적이고 일상적인 문학적 행위"[7]의 일종이 라고 보는 것도 이런 특징 때문이라고 할 수 있을 것이다. 20~30년 전의 만화를 보면서 경험하였던 황당무계함이 작품의 곳곳에 위치하 고 있는데, 실상 그것은 청소년기의 특징인 주변인의 속성에서 비롯된 것이 대부분이다. 대체로 사춘기를 겪으면서 청소년들은 타자와의 교 섭을 통해 주체성을 형성해 가는데, 이 과정에서 또래 집단의 역할은 결코 무시하지 못할 정도로 크다. 이 시기에는 자신을 둘러싼 주변의 세계에 대한 부정적 인식이 강해져서 부모님이나 선생님의 간섭을 싫 어하며 때로는 극단적인 반항의 자세를 취하기도 한다.

애꿎은 후배에게 오리걸음을 시키는 한승표를 뒤로 하고 후다닥 교실로 들어왔다. 그렇다, 저 놈이 내 친구다. 엄마들끼리 친한 사이 에다가 아홉 살 때부터 볼 거 못 볼 거 다 보고 친구로 커 온 사이. 승표 동생 예원이랑 내 동생 정민이 또한 유치원 시절부터 친구로 지내왔다. 한 가지 문제가 있다면…… 키가 조금씩 자라면서 저 놈이 남자로 보이기 시작했다는 것. 그것도 너무 많이. ㅜ^ㅜ

"어얼~ 이정은~. 무사히 도착했네~~."

"=_= 말 마라. 김밥만 안 싸왔어도 오늘도 오리걸음 할 뻔했어."

"왜? 교문에 학주 있냐?"

"학주가 뭐냐! 한승표가 떡하니 버티고 있더라!"

"야, 맞다. 공고에 있는 내 친구가 저번 단합식 때 승표 보구서 소 개시켜 달라구 그러는데 니가 말 좀 해주라. ㅜ^ㅜ"

"니가 ㅎㅐ~!!"

---

7) 신동흔, 「사이버 세상과 문학적 소통」, 『문학과 교육』 15호, 문학과 교육연구회, 2001, 29쪽.

    "그 새끼 여자라곤 너랑 서인아밖에 모르잖아! 내가 말 붙이면 퍽이나 대답하겠다. -.,-"

    인아. 승표가 고 1때부터 지금껏 좋아하는 여자 아이. 우리와는 다른 부류의 아이로 공부도 상위권, 얼굴도 상위권, 집안도 상위권이다. =_= 얼굴은 인형같이 예쁘고, 피부는 눈부시게 희고, 부잣집 딸에다가 피아노도 잘 치구, 바이올린도 켜구, 게다가 공부까지 잘 하니, 넨장.8)

위의 인용문에는 10대들이 일반적으로 보여주는 몇 가지 요소들을 발견할 수 있다. 우선 한동안 대중 가요의 가사에서 되풀이되었던 바, 친구가 이성으로 보이기 시작한다는 내용은 첫사랑을 주변의 이성으로부터 느끼는 청소년기의 일반적인 특징 중의 하나이다. 또 실업계 학교에 다니는 학생과 인문계 학교에 다니는 학생을 분명히 구분하여 실업계 다니는 학생을 언급할 때에는 반드시 공고나 상고와 같이 학교의 종류를 함께 말하는 경향이나 같은 반이나 학년의 조건 좋은 학생을 질투하는 경향도 찾아볼 수 있다. 그런데 이처럼 학교를 구분하고 또래를 부러워하는 것은 자기 자신이 어떤 사람인가를 규정하는 주체의 상대화 과정에서 나타나는 일반적 현상이다. 한편 청소년은 정서와 감정이 불안정하기 때문에 거친 말도 곧잘 사용하고 까닭 모를 슬픔이나 논리가 맞지 않는 공상에 잠기기도 한다. 이런 특징에 부합하기라도 하듯이 인터넷 소설들은 이성간의 우연히 첫 키스를 한다든가, 자신을 따르는 사람들은 거들떠보지도 않고 오직 자기가 좋아하는 사람을 짝사랑한다든가, 좋아하는 사람이 자신의 사랑은 몰라주면서

---

8) 귀여니, 『그놈은 멋있었다』 2, 도서출판 황매, 2003, 158쪽.

자기가 싫어하는 다른 사람과 사랑을 나눈다든가, 정상적인 사람보다 어딘지 까닭 모를 슬픔을 지닌 사람에게 이끌린다든가, 갑자기 이성 친구가 불치의 병에 걸린다든가, 행위는 괘씸하지만 너무나 멋있고 잘 생겨서 용서한다든가 하는 치기 어린 내용들로 채워져 있다.

이상에서 살펴본 바 우연성과 삼각 관계, 행복한 결말 등으로 이루어진 서사 구조는 대중 문학에서 흔히 사용하는 구조이다. 그런데 문제는 이와 같은 통속적 구조가 독자인 청소년층에 별다른 거부감 없이 쉽게 수용된다는 데 있다. 인터넷 소설이 등장하기 이전의 세대들도 청소년기에는 자기 시대의 통속 소설을 탐독하지 않은 것은 아니다. 1980년대의 청소년들을 예로 들어보면, 그들 역시『어둠의 자식들』과『꼬방동네 사람들』등 영화로까지 만들어진 당대의 통속 소설들을 열심히 읽었던 것이다. 이처럼 통속 소설에 빠졌던 그들이 점차 그로부터 거리를 두게 된 것은 보다 좋은 작품들을 접하게 되면서부터라고 할 수 있다. 그 과정에서 국어 교육 내지 문학 교육이 지대한 역할을 담당했음은 물을 필요조차 없을 것이다. 하지만 1990년대 이후의 인터넷 세대들은 대학에 진학하거나 성인이 된 이후에도 여전히 통속 소설을 탐닉하고 있다. 이러한 사실은 학교에서 이루어지는 국어 교육이 목표로 하는 바람직한 독서와 실제 현실에서 이루어지는 독서 행위 사이에 괴리가 있다는 것을 보여 주는 좋은 증거이다. 이 간격을 메우는 일이 국어 교육의 당면 과제에 속한다는 것은 굳이 언급할 필요조차 없을 것이다.

3. 멀티미디어적 성격과 상호 작용적 성격

인터넷 소설의 형식이 지닌 새로운 면에 대하여는 이미 많은 연구자들이 지적한 바 있다. 그 가운데 두드러진 것으로는 표현 방식에 있어서 이모티콘 등을 적극적으로 활용하고 문법을 파괴하는 조어(造語) 방식, 멀티미디어를 이용하여 다양하게 화면을 구성하는 방식 등을 사용함으로써 의사 전달 및 자판 두드리기의 편리함과 멀티미디어로서의 흡인성(吸引性)을 극대화하고 있다는 점을 들 수 있다.9) 인터넷 소설의 작가와 독자인 청소년층에게 있어 이제 통신에서 쓰는 이모티콘(+_+, ㅜ.ㅜ, 0_0)의 사용은 이미 보편화된 지 오래이다. 뿐만 아니라 자음과 모음 사이를 띄어 쓰는 방식(ㅅㅏㄹㅏ앙ㅎㅐ, ㄴㅓ, 니가 ㅎㅐ)과 긴말을 짧게 줄여서 쓰는 방식(셤[시험], 걍그냥, 안냐세여[안녕하세요])도 이제 별다른 거부감 없이 사용되고 있다.

한편 인터넷 소설은 컴퓨터의 모니터를 통해 독자들과 첫 번째 대면을 하므로 한 화면상에 많은 글자를 띄울 수가 없다. 컴퓨터가 가진 멀티미디어적 성격을 이용하지 않고 텍스트만 빽빽하게 화면상에 제시하게 되면 이용자가 당장 다른 사이트로 이동하고 말 것이기 때문이다. 그래서 최근의 인터넷 소설들은 [화면 1]처럼 앞서 말한 이모티

---

9) 이용욱, 「디지털 서사체의 미학적 구조(2)」, 『한국 문학과 토포필리아』, 한국문학이론과 비평학회 제8회 전국학술발표대회 요지집, 2003에서는 최근의 인터넷 소설을 문자 중심의 통신 환경이 만들어낸 『퇴마록』 등의 제1세대 사이버 문학과 문자 언어와 전자 언어의 경계에 서 있는 『드라곤 라자』 등의 제2세대 사이버 문학, 『엽기적인 그녀』나 『동갑내기 과외하기』 등의 유머 소설로 대표되는 제3세대 사이버 문학의 뒤를 잇는 제4세대 사이버 문학으로 규정한다. 이용욱은 제4세대 사이버 문학의 특징으로 작가가 개인 홈페이지를 직접 개설하여 독자들과 만난다는 점, 청소년 세대에 친숙한 문체와 상상력을 바탕으로 하고 있는 점, 전자 언어식 표현을 그대로 사용한다는 점, 게시판이라는 새로운 문학 환경을 사용한다는 점 등을 꼽았다.

콘, 자모 간격 벌이기, 줄임말 등을 이용하는 것은 물론이고 텍스트를 제시하는 과정에서 행과 행 사이를 넓게 하고 단락 사이의 공간을 아예 여러 줄씩 비우기도 한다.

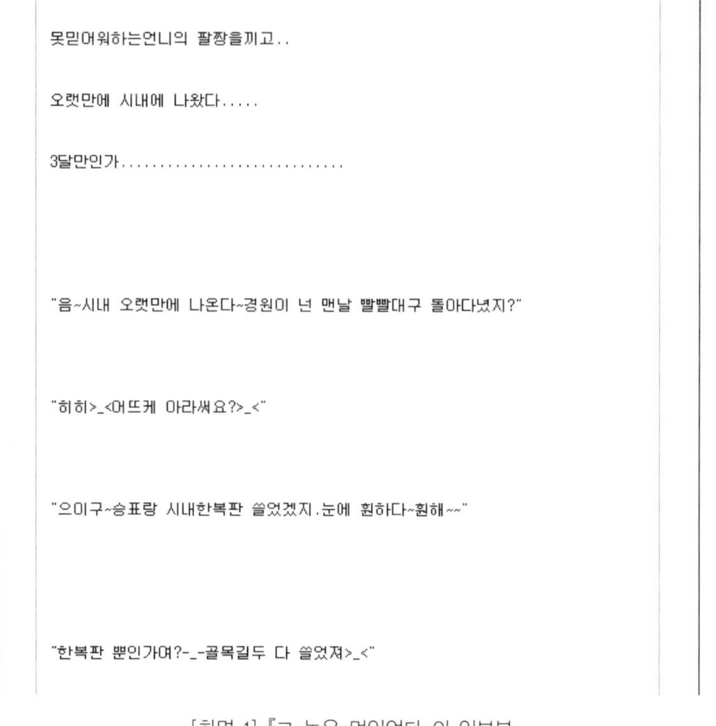

[화면 1] 『그 놈은 멋있었다』의 일부분

그들이 공부하고 있는 학습 참고서류나 그들이 성장하면서 읽어 왔던 동화책들이 페이지를 구성하는 방식에서 시원시원하게 여백을 많이 넣는 편집 방식을 택한 지 오래되었기 때문에 사실 청소년들은 이런 방식에 이미 익숙해져 있는지도 모른다. 두 말할 나위도 없이 이와 같은 편집 방식은 읽는 행위만큼 보는 행위가 중요한 위치를 차지하는 인터넷의 속성에서 말미암은 것이라고 할 수 있다. 즉, 인터넷에서는 마우스로 화면 오른쪽의 스크롤 바를 위아래로 움직이며 읽기 때문에 한 행에 많은 글자를 넣지 않고 다음 행으로 넘어갈 수 있도록 해야 하는 것이다. 똑같은 내용이라도 오프라인에서 종이 책으로 출판될 때 다음과 같이 변화할 수밖에 없는 것은 마우스를 이용해 위아래로 화면을 읽지 않고 손으로 넘기면서 글자를 읽는 데 집중하기 때문이다.

> "ㅇ_ㅇ 아니 몰라. 우리 따라오는 거 맞지."
> "응. 쟤 1학년 같은데 쟤 뭐야?"
> "ㅇ_ㅇ 너 좋아하는 애 아니야?"
> "=_= 나 쟤 처음 봐. ㅇ_ㅇ"
> "이상하다. 요새 뭔가 이상해. 야, 빨랑 와. 빨리 가자."
> "응 응. >_<"
> 나와 경원이는 전봇대 뒤에 숨은 수상쩍은 놈을 따돌리기 위해 필사적으로 뛰었다. 이상해. 준세도 그렇고 쟨 또 뭐야? -.,- 이상해. ㅜ_ㅜ[10)]

물론 화면에 텍스트를 배치하는 편집 기술이 인터넷 소설의 멀티미디어적 성격의 전부는 아니다. 일반적으로 모니터에 뜨는 인터넷 소설의 화면에는 음악이 함께 따라 나온다. 화면 구성자가 게시판 소스에서 태그를 작성할 때 음악이 자동으로 연주되도록 명령어를 첨가했기 때문이다. 또 다양한 그림이나 동영상으로 이루어진 스킨(skin)을 이용

---

10) 귀여니, 『그놈은 멋있었다』 2, 앞의 책, 26쪽.

하여 화면을 아름답게 꾸밀 수도 있다. 이와 같이 인터넷 소설은 다양한 화면 구성 방법을 동원하여 독자들의 온갖 감각을 즐겁게 해줌으로써 그들을 끌어들일 수 있는 방책을 구비하고 있는 것이다.[11]

작가 개인의 홈페이지 운영과 게시판의 적극적 사용도 인터넷 소설의 또 다른 형식적 특징이다. [화면 2]에서 볼 수 있는 것처럼 최근의 인터넷 소설 작가들은 직접 운영하거나 전문 회사를 대리인으로 하여 작가 자신의 이름을 붙인 홈페이지를 운영하고 있다. 그 홈페이지에서 가장 중요한 부분을 차지하는 것은 [화면 2]의 '귀여니 연재'처럼 작품을 연재하는 게시판이다.

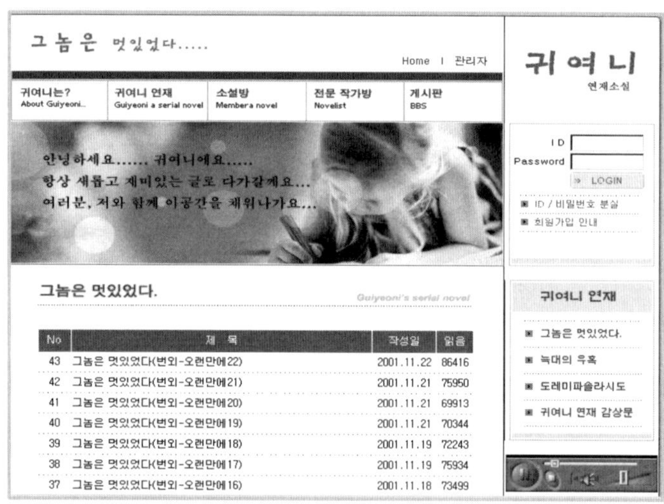

No	제 목	작성일	읽음
43	그놈은 멋있었다(번외-오랜만에22)	2001.11.22	86416
42	그놈은 멋있었다(번외-오랜만에21)	2001.11.21	75950
41	그놈은 멋있었다(번외-오랜만에20)	2001.11.21	69913
40	그놈은 멋있었다(번외-오랜만에19)	2001.11.21	70344
39	그놈은 멋있었다(번외-오랜만에18)	2001.11.19	72243
38	그놈은 멋있었다(번외-오랜만에17)	2001.11.19	75934
37	그놈은 멋있었다(번외-오랜만에16)	2001.11.18	73499

[화면 2] 『그 놈은 멋있었다』의 게시판 첫 화면

---

11) 어떤 프로그래머들은 사용자와 소통이 이루어지는 인터페이스의 설계를 사용자에게 한 편의 연극 공연을 보여주는 것과 같이 종합적으로 수행하기도 하는데, 이 역시 컴퓨터의 유희적 기능에 기초를 두고 있는 것이다. Brenda Laurel, "Computer as Theatre", David Trend (Ed.), *Reading Digital Culture*, Malden, MA & Oxford : Blackwell, 2001, pp.109~110.

이처럼 인터넷상에 팬 사이트나 안티 사이트가 아니라 작가의 개인 홈페이지가 존재한다는 것은 작가가 처음부터 인터넷의 상호 작용적 (interactive) 성격을 이용하여 창작을 시도했다는 것을 의미한다. 이 점은 확실히 과거의 인터넷 소설가들과 구별되는 최근의 인터넷 소설 작가들의 특징이라고 할 수 있다. 그리고 개인 홈페이지에 마련된 게시판을 이용할 때의 장점은 무엇보다도 작가가 언제든지 자신의 작품을 고쳐 쓸 수 있다는 점이다. 앞서 인용한 귀여니의 이력에서는 소설 쓰면서 얻은 것으로 많은 사람들과의 인연, 완결된 소설, 메일들을 들고 있는데, 이런 것들은 게시판을 소설 발표의 장으로 이용하면서 얻은 것들이라고 할 수 있다. 게시판에는 독자들이 자신의 작품에 대해 어떻게 생각하는지를 금방 알 수 있도록 조회수, 코멘트, 리플라이 등이 함께 달려 있다. 작가는 이들을 통해 독자의 반응을 파악한 후 '수정' 버튼을 눌러 작품의 플롯이나 길이를 수정할 수도 있고 완전히 일부분을 지워 버릴 수도 있다.

[화면 3] 『그 놈은 멋있었다』에 대한 독자의 감상문

　　이처럼 수정이나 삭제가 가능하다는 것은 현실 공간의 작가들처럼 무거운 책임감을 느끼지 않아도 된다는 것을 의미하며, 작가로 하여금 글쓰기를 놀이이자 게임이지 유희로 받아들이게 한다.12) 이러한 변화는 문학에 대한 기존의 인식을 뒤흔들 수 있는 폭발력을 지닌 것으로, 장차 문학의 창작과 유통의 변화에 결정적 계기를 제공할 수 있을 것으로 생각된다.

4. 사이버 문학과 국어 교육의 방향

　　위에서 살펴본 인터넷 소설의 유행은 우리에게 풀기 어려운 과제 하나를 던져 주었다. 그것은 인터넷 소설의 성격 규정과 관련된다. 물론 이러한 문제는 인터넷 소설에만 국한되는 것이 아니라 인터넷 문화 전반에 걸친 문제라고 할 수 있다.『딴지일보』의 김어진 같은 사람은 인터넷은 공적인 담론이 오가는 담론이 아니라 재미만을 추구하는 유희의 공간이라고 하였지만, 사이버 문화가 과연 재미만으로 그토록 많은 사람들로부터 인기를 얻을 수 있을까 하는 의문을 가지지 않을 수 없다. 널리 알려진 바처럼 인터넷은 새로운 영성(靈性)의 창조와 관련하여 인간에게 신의 위치에 다가갈 수 있는 기회를 제공해 주었다.13) 그래서 인터넷이 수동적이라는 비판은 옳지 않을 수도 있다. 하지만 동시에 이 글의 맨 처음에 말한 것처럼 인터넷에서 쉽게 만날 수

---

12) 이용욱, 「디지털 서사체의 미학적 구조(2)」, 앞의 글, 126쪽.
13) 황상민, 「디지털 시대의 사이버 인간 : 창조와 영성의 체험」,『인문과학』6집, 서울시립대학교 인문과학연구소, 1999.

있는 공포 사이트나 자살 사이트, 폭탄 제조 사이트 등의 존재는 많은 사람들로 하여금 인터넷을 부정적으로 인식하도록 만드는 측면을 강하게 지니고 있다. 이처럼 인터넷 문화 전반은 긍정적인 면과 부정적인 면을 동시에 가지고 있는데, 인터넷 소설 역시 예외는 아니라고 할 것이다.

이 문제를 보다 구체적으로 살펴보면, 최근의 인터넷 소설은 오랜 세월에 걸쳐 형성된 서사 문학의 기본적 문법들을 따르지 않고 있다. 즉 인과성이 부족하고 우연성이 남발되고 있는 등 전통적인 관점에서 보면 '키취(Kitsch)'라고 규정해야 마땅한 통속성을 갖추고 있는데, 문제는 작가층이자 독자층인 청소년들이 이에 열광하고 있다는 점이다. 이러한 현상은 부정적인 관점에서 아직 성숙하지 못한 청소년기의 일반 현상으로 치부할 수도 있고, 긍정적인 관점에서 합목적적이고 지속적으로 기존 문학에 대해 저항하는 문화 운동의 하나로 이해할 수도 있을 것이다.14) 국어 교육에서는 두 가지 관점 중 전자를 강조하고자 한다면 기성 세대의 문학관을 교육시켜야 할 것이고, 후자를 강조하고자 한다면 지금까지와는 다른 국어 교육의 방법을 모색해야 할 것이다.

그런데 둘 중 어떤 것을 강조하기 이전에 분명히 해 두어야 할 것은 청소년들이 사물을 인식하는 방법에 있어 인터넷이라는 매체를 이

---

14) 귀여니 현상을 새로운 문학적 현상으로 보자는 주장은 이미 언론 매체에도 발표된 바 있다. "조금 신랄하게 말해서 오불관언(吾不關焉)한 엄숙주의적 태도나 우리 문학의 미래들이 보여주고 있는 발랄한 사유와 창조력을 억압하는, 판에 박힌 '훈시 비평'은 담론으로서의 이니셔티브를 상실한 채 새로운 사회적 이슈를 생산해내지 못하는 등 침체의 늪에 빠져 있는 우리의 문학적 현실을 극복하는 데 전혀 보탬이 되지 않는다. 요즘 10대들 사이에서 일고 있는 귀여니 열풍은 그러한 우리의 현실 인식과 문학적 태도를 가늠해볼 수 있는 하나의 '분기'가 될 것이다", 「엄숙주의 제도권 문학에 대한 도전」, 『문화일보』, 2003. 4. 28.

용함으로써 기성 세대와 커다란 차이를 보이고 있다는 사실에 대한 인식이다. 주지하다시피 청소년들은 인터넷을 통한 웹 생활 양식이 익숙해 있다. 그들은 문자 그대로 인터넷을 통해 자신들의 미래를 준비하고 인생을 관리한다. 다른 말로 하면 청소년층은 새로운 기술과 더불어 성장하며 그 기술을 자연스럽게 받아들이는 젊은 세대인 것이다. 그래서 기성 세대에 비해 무한한 가능성을 지니고 있다고 볼 수 있다.15) 이런 그들이 즐기는 사이버 문학을 전통적인 관점에서만 판단할 때 제대로 이해할 수 없다는 것은 새삼스럽게 말할 필요도 없을 것이다. 기성 세대가 종이로 만든 책을 읽고 즐긴 데 반하여 청소년들은 인터넷의 게시판에 올라 있는 상호 작용적 성격의 인터넷 소설을 즐기며, 그 책이 오프 라인에서 종이로 출간되면 좋아하는 가수의 CD를 사 모으듯이 그 책들을 온라인으로 주문해서 책장에 꽂아둔다. 또 그 소설과 관련된 팬시 상품이 나오면 그것 역시 인터넷 쇼핑을 통해 수집한다. 이런 과정을 통해 자기 나름의 표현 방식을 익히고 드러내면서 때로는 작가로서 때로는 독자로서 문학을 즐긴다. 물론 그들은 사회적이고 공적인 것에 그다지 커다란 관심을 기울이지 않는다. 말하자면 그들은 문학을 통해 개인적인 재미와 유희를 추구하기 때문에 완결되고 통합적인 작가 / 독자의 이분법 대신에 작가와 독자의 개념이 해체된 새로운 문학적 현상을 만들어내고 있는 것이다. 이런 점에서 인터넷 소설은 문학 고유의 기능으로서의 사회적 금기와 관행을 허물어뜨리는 역할을 어느 정도 담당하고 있다고 평가할 수 있을 것이다. 개인적으로 국어 교육은 이와 같이 '우리'보다 '나'를 중심으로 분절적

---

15) Bill Gates, 안진환 역, 『빌 게이츠@생각의 속도』, 청림출판, 1999, 152쪽.

으로 이루어지는 인터넷 세대의 세계 인식 방법을 인정하고 받아들이는 것으로부터 출발해야 할 것으로 생각한다. 이 지점에서 우리는 어떤 미디어가 가져오는 변화가 그것의 실제 내용보다 훨씬 중요하다는 마셜 맥루한의 지적을 떠올릴 필요가 있다. 인터넷은 이제 일종의 환경으로서 청소년들로 하여금 세계 내에서 자신을 규정하고 되돌아보도록 하는 데 결정적 영향을 끼치고 있기 때문이다.

한편 인터넷을 통해 이루어지는 청소년들의 세계 인식 방법을 인정한다 하더라도, 국어 교육은 여전히 그들이 즐기는 인터넷 소설의 한계에 대해서도 지적해야 할 의무를 가진다. 반성과 성찰이 뒤따르지 않는 통속 문학에의 중독은 블랙 인터넷을 타고 전파되는 저질 문화와 그 본질에서 크게 다를 바가 없을 것이다. 그런 점에서 무엇보다도 인터넷 소설의 기반인 통신망을 관리하는 주체가 누구인지, 또 인터넷 소설을 오프라인으로 인쇄하여 상업적 이익을 노리는 출판 자본의 음모가 도사리고 있는 것은 아닌지 경계해야 할 필요가 있다.[16] 이를 위해서는 인터넷 소설의 장점인 상호 작용적 힘을 이용하여 사이버 문학 공동체를 활성화함으로써 거대한 체계에 대항하는 개인들의 잠재력을 극대화시켜야 할 것이다. 이런 과정에서 인터넷 문화가 지닌 비집중화나 다른 사람과 구별되는 자기 존재를 인정해 주기를 원하는 청소년층의 욕구는 유용하게 활용할 수 있을 것으로 생각된다.

끝으로 국어 교육의 목표가 사회 구성원간의 민주적인 의사 소통과

---

16) 이와 관련하여 인터넷을 이용하기 위해 기본으로 필요한 개인 컴퓨터(PC)의 발전이 한편으로는 모든 사람이 미디어를 가질 수 있게 해주었지만, 다른 한편으로는 강력한 자본주의 미디어와 정보 통신 회사 등의 계획에 지배되고 있다는 지적에 주목할 필요가 있다. Richard Wise & Jeanette Steemers, *Multimedia : A Critical Introduction, op. cit.*, p.56.

상호 존중을 바탕으로 사회 전반의 자율적인 움직임에 동참하는 인간 양성에 있다는 점도 다시 한번 강조되어야 할 것이다. 이러한 목표는 문학의 기본적 임무, 즉 참된 인간이란 무엇이며 어떻게 살아야 인간답게 사는 것인가를 고민하는 것과 동떨어진 것이 아니다. 이미 인터넷 소설을 즐기고 있는 청소년들은 개인의 삶을 규율하는 사회 체계에 대항하여 개인들이 권력을 가지는 것을 옹호하고 있으며, 능동적인 글쓰기를 통해 자신의 잠재력을 해방시키려는 움직임을 보여 왔다. 이러한 운동의 활성화는 인터넷 통신망을 확충하거나 멀티미디어 기술을 발전시키는 것만으로는 불가능하다. 사이버 문학의 작자층과 독자층인 10대에서 20대 초반에 걸치는 세대가 수동적이고 방관적인 자세가 아니라 진정한 참여자로서 자신을 인식할 때 비로소 이룩될 수 있다. 이런 이유 때문에 앞으로의 국어 교육은 사이버 문학을 통해 본래의 목표인 민주적 의사 소통과 그것을 바탕으로 한 사회의 변화에 적극 참여할 수 있는 네티즌을 육성하는 데 적극적인 노력을 경주해야 할 것이다.

5. 맺음말

이제까지 우리는 거칠게나마 사이버 문학을 국어 교육의 관점에서 어떻게 다룰 것인가를 논의해 보았다. 인터넷 소설의 특징으로는 창작자와 수용자가 공통적으로 10대나 20대 초반의 아마추어이며 그들의 이야기가 주된 내용으로 자리잡고 있다는 점, 그리고 전통적인 기준에서 볼 때 서사 양식으로서 구비해야 할 여러 가지 요소들이 약화된 채 통속적 측면이 강하다는 점 등이 있었다. 또 인터넷 소설은 표현 방식에서 이모티콘 등의 전자 언어식 표기법을 대폭적으로 수용하고 멀티미디어를 이용하여 다양하게 화면을 구성하는 방식도 적극 활용하며, 작가 개인 명의의 홈페이지가 개설되고 게시판이 작품 발표의 장으로 주로 사용되는 것도 또 다른 특징이었다.

최근의 상황을 보면, 인터넷이라는 매체를 통해 작가와 독자 사이의 상호 작용을 과거의 어떤 장르보다도 역동적으로 이루어내고 있는 인터넷 소설은 매체의 유희적 속성을 제대로 살려 대중적인 인기 몰이에 성공하였다. 그리고 종이 책으로 출간되거나 영화나 드라마로 각색되어 오프라인에서 일정한 상업적 성공도 거두었다. 결과적으로 문화 산업에 종사하는 많은 사람들이 알게 모르게 인터넷 소설과 관련을 맺고 있다. 그래서 혹자는 우리의 문화 전체가 인터넷 소설에 의해 주도되고 있다는 주장을 제기하기도 한다.

하지만 이처럼 인터넷 소설이 전성기를 맞이한 시점에서 1960년대부터 인터넷 이전의 라디오나 텔레비전, 지하 출판, 지역 방송 운동 등을 통해 이루어지던 서구 사회의 저항 운동이 왜 애초의 의도대로 성장하지 못한 채 대규모 자본에 여지없이 패배했는가를 꼼꼼히 분석하지 않으면 안 될 것이다. 이와 관련하여 사이버 문학과 국어 교육의 바람직한 관계를 고민할 때 우리는 인터넷을 단지 문학적 내용을 실어 나르는 매체로만 인식하면서 멀티미디어 기술의 발전이 모든 것을 해결해 줄 것이라고 믿는 기술 결정주의를 경계하지 않으면 안 된다. 또한 인터넷 소설을 기존의 사회 질서를 전복시키는 목적을 가진 저항 문화의 일종으로만 생각하는 급진주의적 관점에도 주의해야 한다. 뿐만 아니라 인터넷 소설이 오프라인의 종이 책을 도태시키고 주도권을 행사하면서 어마어마한 경제적 부를 가져다 줄 것이라고 믿는 신자유주의적 경제 논리도 배제해야 한다. 그리고 이러한 전제가 확립된 바탕 위에서 국어 교육은 인터넷 소설이 작가이자 독자인 청소년의 정신적, 지적, 육체적 잠재력이 완전히 발휘될 수 있는 방향으로 나아가도록 이끌어가야 한다. 그렇게 될 때 개인의 해방과 사회의 해방은 비로소 하나가 될 수 있을 것이다.

교실 바깥에서의 고전 읽기 현상

─ 문화산업의 콘텐츠로서 고전 읽기 현상

1. 오늘날의 문화산업에서 고전이 문제되는 이유

우리 역사상 오늘날처럼 '문화'라는 말이 사람들의 입에 많이 오르
내린 적이 있을까 싶을 정도로 여러 분야에서 문화가 중심 화두로 떠
오르고 있다. 물론 이렇게 된 근본적인 이유는 사회의 근본적 토대가
변하고 있기 때문일 것이다. 흔히 1980년대가 노동력과 가격 중심의
제조업 기반 사회였고 1990년대가 기술과 품질 중심의 지식 기반 사
회였다면, 2000년대에 접어들어서는 '기술, 감성, 이미지, 체험'을 중심

으로 하는 문화 기반 사회로 이동하는 추세에 있다고 한다. 드디어 머릿속에 들어 있는 지식을 기반으로 하는 창조성이 노동력의 핵심 요소로 받아들여지기 시작한 것이다. 이러한 변화에 발맞추어 정부에서는 2005년 7월에 콘텐츠(Contents), 창의성(Creativity), 문화(Culture)의 3C를 바탕으로 하는 문화·관광·레포츠 산업을 차세대 성장 동력으로 삼아 전략적으로 육성하겠다는 '문화강국(C-KOREA) 2010'을 발표하였다.[1] 또한 한국문화예술위원회(Arts Council Korea)에서도 "예술과 문화야말로 경제 정치 사회 과학 모두를 선도하는 창조적 가치"[2]라며, '활기찬 예술 현장, 삶을 채우는 예술, 미래를 여는 예술'을 핵심 가치로 하는 '아르코 비전 2010' 선포한 바 있다. 바야흐로 창의성에 바탕을 둔 문화 예술과 이익 창출을 목적으로 하는 산업을 접목시킨 문화산업이 지속 가능한 발전(sustainable development)을 이룩하려는 국가 정책의 중심에 자리 잡게 된 것이다.

미국에서는 오락 산업(Entertainment Industry)이라고 부르고 영국에서는 창조 산업(Creative Industry)로 일컫는 문화산업의 발전에 근본적인 동력을 제공한 것은 디지털이라는 새로운 기술의 발전이라고 할 수 있다. 주지하다시피 디지털이란 비트(bit)와 불연속성을 가장 중요한 특징으로 하는 기술이다.[3] 정보의 기본 요소라 할 수 있는 비트들을 문자 그대로 불연속적으로 조합하다 보면 부호, 문자, 음성, 음향, 영상이 자유

---

1) 정부는 특히 문화산업과 관련하여 1999년에 문화산업진흥기본법을 제정하고 제1차 문화산업진흥 5개년 계획을 수립하였으며, 2001년에는 문화상품의 육성과 발전을 위해 한국문화콘텐츠진흥원(KOCCA)을 설립하였다.
2) 한국문화예술위원회, 『예술로 아름다운 세상』, 한국문화예술위원회, 2006, 8쪽.
3) Nicholas Negroponte, *Being Digital*(1996), 백욱인 역, 『디지털이다』, 커뮤니케이션북스, 2003, 15~17쪽.

롭게 결합된다. 이와 같은 디지털 기술을 바탕으로 하는 상품 생산은 기획, 생산, 소비 등 거의 모든 과정에 정보 관련 기기를 사용함으로써 과거에는 상상도 못했던 제품들을 마구 쏟아내고 있다.[4] 이 가운데 영화, 방송, 애니메이션, 게임, 음반, 캐릭터, 전자책 등 영상미디어나 디지털미디어와 같은 뉴미디어를 이용하여 저장, 유통되는 문화예술의 내용물을 문화콘텐츠라고 부른다. 이 개념은 저장이나 유통 방식뿐만 아니라 내용물의 특성까지 아우른 것으로, 인터넷과 같은 새로운 미디어를 통해 유통되는 문화 생산물을 일컫는 개념이라고 할 수 있다.[5] 세계 각국이 문화콘텐츠에 주목하는 이유는 무엇보다도 정보통신 기술(IT)을 바탕으로 막대한 이윤을 창출하는 경제적 가치 때문이다. 컨버전스(convergence)를 중요한 특징으로 하는 오늘날의 정보통신 기술은 생산자와 유통자 모두에게 시너지 효과를 가져다 줄 뿐만 아니라 '원소스 멀티 유즈(OSMU)'로 대표되는 무궁무진한 매체의 확장을 가능하게 해주는 것이다.

그런데 서로 다른 매체의 체계나 경쟁 관계에 놓인 매체, 심지어 국가의 경계까지를 가로지르는 문화콘텐츠의 유통, 즉 컨버전스는 소비자의 능동적인 참여에 강하게 의존한다. 그런 의미에서 컨버전스는 각각의 소비자가 다른 소비자와 맺는 사회적, 상호 작용적(interactive) 관계를 통해 그들의 머릿속에서 일어난다고 할 수 있다.[6] 이제 정보통신

---

4) 김영순, 「문화자본과 콘텐츠의 만남」, 미디어문화교육연구회, 『문화콘텐츠학의 탄생』, 다홀미디어, 2005, 27~28쪽.
5) 박상천, 「왜 문화콘텐츠인가」, 우정권 편저, 『한국문학콘텐츠』, 청동거울, 2005, 31~32쪽.
6) 일반적으로 컨버전스는 다양한 매체를 오가는 콘텐츠의 흐름, 매체 산업들 사이의 협력, 옛날 매체와 뉴미디어 사이에서 새로운 매체 이윤을 창출하는 구조의 탐색, 원하는 즐거움을 찾아 어디든지 옮겨갈 수 있는 소비자의 이동 등을 의미하였다. 하지

을 기반으로 하여 새로운 정보를 탐색하고 정보와 정보를 연결하여 새로운 정보를 만들어내는 기술이 일반화되고 대중화되면서 네티즌들은 단순한 문화상품의 소비자가 아니라 생산자이자 소비자인 생비자(prosumer)로 변화하게 된 것이다. 새로운 계층으로서의 생비자들은 서로 직접적으로 얼굴과 얼굴을 맞대지 않고 별처럼 산재해 있어서 고립된 것처럼 보이지만, 뉴미디어를 이용하여 자신의 분신인 에이전트(agent)를 내세우는 과정을 통해 가상공간에서의 만남을 계속하며 새로운 '공동체'를 형성한다. 이 때 급격하게 현실과 가상(허구), 작품 속 캐릭터와 관객(독자), 창조(자)와 수용(자), 일(꾼)과 놀이(꾼), 고급문화(인)와 대중문화(인) 사이의 경계를 허물어뜨리는 상호 작용적 활동을 하거니와, 이런 점에서 상호 작용적 활동이란 참여자가 되는 것을 의미하고 뭔가를 행하는 능동적 경험을 하는 것을 의미하는 것이다.[7] 그 과정에서 문제가 되는 것이 바로 디지털 스토리텔링이다. 스토리텔링은 사건을 몸소 겪은 사람의 경험을 심리적 분석 없이 전달하기 때문에 그 자체로 흥미를 유발하는 행위이다.[8] 이 점은 오늘날처럼 사건의 실체만 전달되는 정보가 홍수처럼 쏟아지는 현실 속에서 더욱 절실하다. 이처럼 흥미를 돋우는 스토리텔링이 디지털 기술과 만나 상호 작용성 등의 특징이 더해지면 디지털 스토리텔링이 된다. 위에서 언급한 것처럼 디

만 보다 넓은 의미에서 컨버전스는 다양한 매체 시스템의 공존과 그들 사이를 자유롭게 오가는 콘텐츠의 흐름을 뜻한다. 말하자면 컨버전스는 서로 다른 매체의 시스템을 오가는 고정되지 않은 횡단으로서 기술적, 산업적, 문화적, 사회적 변화를 포괄하는 개념이다. Henry Jenkins, *Convergence culture : where old and new media collide*, New york & London : New York University Press, 2006, p.3, p.282.

7) Carolyn H. Miller, *Digital storytelling : A creator's guide to interactive entertainment*, Burlington, MA : Focal Press, 2004, p.56.

8) Walter Benjamin, 반성완 편역, 『발터 벤야민의 문예이론』, 민음사, 1983, 174쪽.

지털 스토리텔링에서는 주어진 정보의 가공이 자유자재로 이루어지기 때문에 독창성은 사라지고 옛날에 읽었던 텍스트의 내용이 짜깁기되는 상호 텍스트성(inter-textuality)이 강하게 드러나게 된다. 네티즌들이 읽은 텍스트 가운데 정보보다는 몸소 겪은 사건의 경험을 전달하면서 누구나 공감할 수 있는 보편적 내용을 담은 것으로 고전에 앞설 것은 없을 것이다. 이처럼 고전은 재미라는 요소를 불러일으키고 또 많은 사람들이 받아들일 수 있는, 즉 대중성을 지닌 상상력의 보고이기에 문화산업의 콘텐츠로서 주목을 받고 있는 것이다.

2. 전통적 문화산업의 콘텐츠로서 고전이 지닌 가치

인류의 훌륭한 정신적 가치를 담고 있는 고전을 문화산업의 콘텐츠로서 삼은 것은 디지털 시대에 접어들어 처음 벌어진 일은 아니다. 이미 아날로그 시대의 문화산업에서도 고전의 가치를 일찍이 간파한 문화산업 종사자들에 의해 고전은 여러 미디어로 전환되는 초보적 단계의 컨버전스 과정을 겪은 바 있기 때문이다. 가장 대표적인 보기로 꼽을 수 있는 것이 문학 정전, 특히 소설을 연극, 영화, 뮤지컬, 만화, 애니메이션 등의 콘텐츠로 활용한 경우이다. 우리나라의 대표적인 고전소설 중의 하나인 「춘향전」만 하더라도 그 동안 다음과 같이 무려 18차례나 영화로 전환될 정도로 인기가 있었다.

1923년 하야카와 마쓰지로(早川松次郞) 감독, 「춘향전」

1935년 이명우 감독, 「춘향전」(최초의 발성 영화)

1936년 이규환 감독, 「그 후의 이도령」

1955년 이규환 감독, 「춘향전」

1957년 김향 감독, 「대춘향전」

1958년 안종화 감독, 「춘향전」

1959년 이경춘 감독, 「탈선 춘향전」

1961년 홍성기 감독, 「춘향전」

1961년 신상옥 감독, 「성춘향」

1963년 이동훈 감독, 「한양에 온 성춘향」

1968년 김수용 감독, 「춘향」

1971년 이성구 감독, 「춘향전」(최초의 70㎜ 영화)

1972년 이형표 감독, 「방자와 향단이」

1976년 박태원 감독, 「성춘향전」

1980년 유용구 감독, 「춘향전」

1987년 한상훈 감독, 「춘향전」

1999년 앤디(Andy) 김 감독, 「성춘향뎐」(애니메이션)

2000년 임권택 감독, 「춘향뎐」[9]

물론 「춘향전」은 영화로만 만들어진 것은 아니다. 오페라와 뮤지컬로도 10편이 넘게 각색되었다. 이처럼 문학작품을 다른 매체, 특히 영화로 각색하는 현상은 최초의 영화 제작이 이루어진 식민지 시대부터 이어져 오던 일종의 전통과도 같은 것이었다. 1923년에 「춘향전」이 상영된 직후 「장화홍련전」, 「운영전」, 「심청전」이 영화로 만들어져 일반인들에게 선보였고 1925년에는 동 시대의 소설인 이광수의 「개척자」

---

9) 김용범, 「문학콘텐츠 창작소재로서 고전문학의 가치」, 우정권 편저, 『한국문학콘텐츠』, 앞의 책, 97~98쪽 및 김남석, 『한국 문예영화 이야기』, 살림, 2003, 36~38쪽을 토대로 재구성.

가 영화로 만들어지기도 했던 것이다. 흔히 '문예 영화'로 불리는 이러한 영화들은 이후 희곡, 만화, 수필은 물론이고 심지어 시를 각색한 작품까지 포함할 정도로 다양한 모습을 보이게 된다.

이처럼 아날로그 시대의 문화산업에서 고전 문학작품을 영화나 방송드라마 같은 영상물의 콘텐츠 소재로 삼는 경우에 일어나는 가장 커다란 변화로는 재현(representation)의 방식이 다원화되고 효과가 확대된다는 점을 들 수 있다. 고전 문학작품에서는 오직 문자를 통한 서술이라는 재현의 방식만이 존재한다. 작품의 바깥에 작가가 존재하기는 하지만, 작품 내부에서 재현을 담당하는 주체인 서술자가 서술하는 인물과 사건만을 독자는 수용하게 되는 것이다.10) 물론 작품의 빈 곳을 독자는 경험의 총체인 스키마를 통해 메워 가며 수용하게 되지만, 어쨌든 서술자가 사용하는 도구는 문자뿐이라는 사실은 변함이 없다.

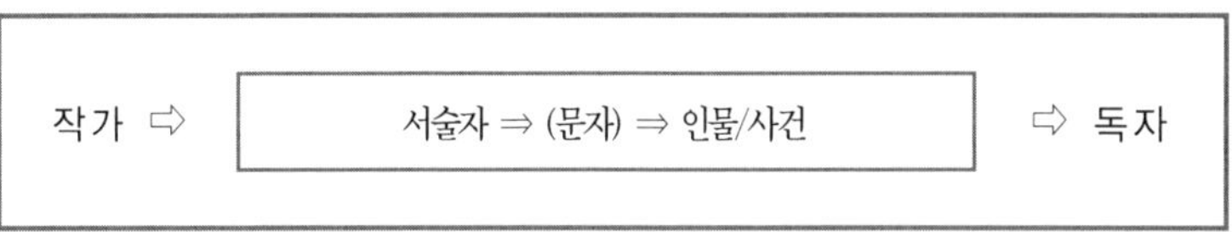

〈그림 1〉 고전 문학작품의 재현과 유통 방식

이에 비할 때 영상물에서의 재현은 좀 더 복잡한 양상을 띤다. 우선 고전 문학작품 속에서 서술자가 하는 기능을 대신하는 도구로 카메라가 있다. 그런데 카메라는 고전 문학작품의 서술자와 달리 인칭의

---

10) 1인칭 시점에서 서술자는 서사적 텍스트 내부에 존재하는 데 비해 3인칭 시점의 서술자는 서사적 텍스트의 외부에 위치한다. 하지만 그 역시 작품 속에 자리 잡고 있기는 마찬가지이다.

이동이 자유롭다. 대부분의 영화에서 많은 부분은 영화 내부에 드러나지 않는 제3자의 시선으로 촬영되는 제로 초점화를 취하지만, 그 시선으로만 시종일관하는 경우는 드물고 때때로 시점 쇼트(POV)처럼 특정인의 시선으로 촬영되기도 한다. 말하자면 문학보다 한 작품 속에서 1인칭으로부터 3인칭으로의 이동 내지 그 반대 방향의 이동이 자주 일어나는 것이다. 또 한 등장인물의 시점에서 다른 등장인물의 시점으로 옮겨가는 가변 내적 초점화도 종종 발견된다.[11] 한편 어떤 영화(주로 다큐멘터리 영화)에서는 카메라 이외에 사건을 설명하는 내레이터가 존재하기도 한다. 그 내레이터는 영화 속에 등장하기도 하고 전혀 등장하지 않기도 하면서 역시 인물과 사건을 서술한다. 때때로 내레이터 대신에 사운드와 조명이 그 역할을 대신하기도 한다. 그만큼 재현의 주체가 다양해지고 도구도 다채로워진다고 할 수 있다. 물론 다양한 주체와 도구는 스크린과 스피커로 수렴되고, 관객 역시 각각의 재현 정보를 종합적으로 수용한다.

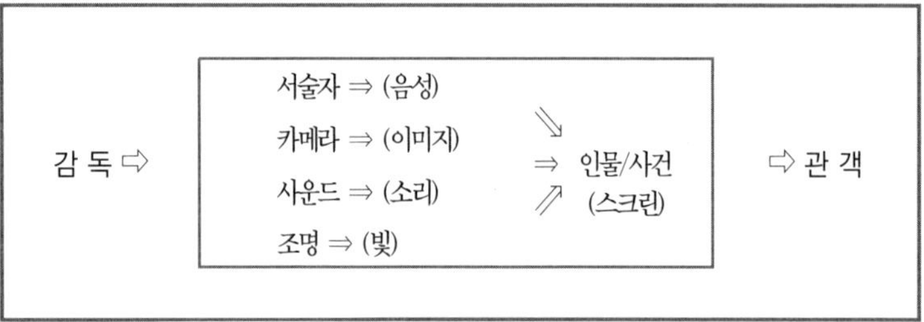

〈그림 2〉 영상물의 재현과 유통 방식

---

11) 제라르 주네트(Gérard Genette)의 용어인 '초점화'를 영화에 적용시킨 설명은 Joël Magny, *Le point de vue*(2001), 김호영 역, 『시점 : 시네아스트의 시선에서 관객의 시선으로』, 이화여자대학교출판부, 2007, 89~98쪽 참조.

한편 영화나 방송드라마 같은 영상물들은 재현의 효과 면에서 고전 문학작품과 많은 차이를 보인다. 고전을 읽은 사람들은 대체로 작품을 읽고 난 뒤에 다시 피드백을 할 수 있는 기회는 극히 제한적이었다. 독서 클럽에서 감상문을 발표하거나 신문의 독자 서평란에 투고하는 게 고작이었던 것이다. 이에 비할 때 수많은 영화 관객들은 기계로 복제된, 아우라가 없는 영화를 니클로디언 같은 영화관을 통해 집단적으로 감상하고 수백만 명의 방송드라마 시청자도 집안의 소파에서 역시 전파를 통해 전달되는 동일한 프로그램을 동시에 시청하였다. 이와 같은 문화 상품의 수용 내지 유통 방식은 얼마 지나지 않아 새로운 현상을 창출하게 된다. 그것은 다름이 아니라, 가상의 친밀성을 제공함으로써 이미 사라져 버린, 서로 얼굴과 얼굴을 맞대던 공동체를 대체하는 것이었다. 영화 관객들과 텔레비전 시청자들은 영화를 보거나 방송드라마를 볼 때마다 자신의 눈에 익숙해지는 캐릭터들을 만나게 되었다. 물론 그들도 소설이나 만화를 보면서 점차 캐릭터들에 익숙해졌을 수도 있다. 하지만 이런 체험은 자기 눈으로 직접 캐릭터들이 움직이는 것을 보는 것과는 깊이 면에서 비교할 수 없는 것이다. 그들은 영화나 방송드라마의 캐릭터에 익숙해지면서 점차 영화 세계와 일상적 세계 사이의 장벽도 소멸시켜 나갔고, 영화나 드라마의 내용을 자기가 실제로 체험한 것보다 더 잘 알고 기억했다. 또 배우와 여배우를, 그들이 극중에서 담당한 캐릭터들을 직장 동료보다 더 친근하게 생각하였다.[12] 그리하여 결국 같은 영화나 방송드라마를 선호하거나 특정 배우를 좋아하는 사람들 사이에는 일종의 공동체적 유대감마저 생겨났던

---

12) Rick Altman, *Film/Genre*, London : BFI, 1999, p.187.

것이다. 이런 기능을 담당하기 위해 스타 시스템과 더불어 영화와 방송드라마에서 장르 개념이 등장하게 되고, 우수한 할리우드 영화의 대부분이 그러했듯이 고전 문학작품을 각색하는 일이 더욱 빈번하게 벌어지게 된다.

이렇게 고전 문학작품을 각색할 때는 대중들에게 호소력을 발휘할 수 있는 캐릭터와 사건을 찾는 것이 가장 주의할 사항이라고 할 수 있다. 시공간적 배경이야 관객들의 구미에 맞도록 바꿀 수 있지만,[13] 재미있고 감동을 줄 수 있는 캐릭터와 사건은 쉽게 찾아지지도 않고 바꿀 수도 없는 일이다. 그래서 전통적 문화산업의 영역에 속하는 영화나 방송드라마 같은 분야에서는 고전 문학작품을 읽을 때, 얼마만큼 매력적인 인물과 사건을 갖고 있는지를 우선적으로 보게 되는 것이다. 끊임없이 고전 문학작품을 차용하는 이유는 시대와 장소가 바뀌어도 인간이 직면하는 갈등과 인물의 성격 유형이 항상 보편적이기 때문이고,[14] 근대화 이후 찰나적인 것이 지배하는 상황에서 영원을 향한 현대인의 지향을 만족시켜 주기 때문이다. 고전 문학작품에서 인물과 사건을 찾을 때에는 동시에 대중들의 감성 코드를 읽어내야 하고 거기에 맞추어 고전을 적극적으로 해석하는 일이 필요하다. 또 영화나 방송드라마와 같은 매체는 이미지와 소리, 빛 등으로 내용을 전달하기 때문에 고유한 내러티브 양식을 갖고 있는데, 이러한 특성을 살려 적절하게 인물과 사건을 엮어나가는 스토리텔링의 방식을 결정하는 일

---

13) 대표적인 예로는 셰익스피어의 「맥베드」를 중세 일본을 배경으로 각색한 구로사와 아키라의 「거미의 성」이나 허균의 「홍길동전」을 새롭게 해석한 「쾌도 홍길동」 등을 들 수 있다.
14) 강심호, 『디지털 에듀테인먼트 스토리텔링』, 살림, 2005, 67쪽.

도 진행되어야 한다.

3. 디지털 문화콘텐츠의 창작 소재로서 고전의 활용

　디지털 기술이 세상을 지배하고 있는 시대의 문화콘텐츠에서도 여전히 고전 문학작품의 활용은 빈번하지만, 그 양상은 전통적 문화산업과 매우 다르다. 이를 구체적으로 알아보기 전에 먼저 고찰해야 할 것은 이런 현상을 야기한 근본적 토대라고 할 수 있는 디지털 문화콘텐츠의 특성이다. 디지털 문화콘텐츠의 가장 두드러진 특징은 재현 주체의 이동이라고 할 수 있다. 과거에는 재현의 주체는 대부분 생산자에 국한되었지만, 디지털 시대에는 누구나 쉽게 문화콘텐츠를 생산하고 소비하기 때문에 생산자와 소비자의 경계가 허물어져 가고 있는 실정이다. 구체적으로 살펴보면, 디지털 기술은 전 지구를 연결하는 네트워크를 통해 문화콘텐츠를 누구나 쉽게 검색해 볼 수 있게 만들었고 문자, 영상, 사운드 등의 멀티미디어로 이루어진 정보를 무한정 복제하여 조작하고 변환할 수 있게 만들었다. 뿐만 아니라 매체 사용자와 사용자, 매체와 매체, 매체와 사용자 사이의 상호 작용이 가능한 컨버전스 문화를 형성하였다.[15] 그 결과 생비자(prosumer) 개념을 넘어서 이제는 전문가와 구별되지 않는 아마추어, 즉 프로추어(proteur) 개념까지 등장하였다.

　디지털 문화콘텐츠의 또 다른 특징은 상호 작용성이다. 현대의 매

---

15) 이인화 외, 『디지털 스토리텔링』, 황금가지, 2003, 16쪽.

체들은 대부분 개발자와 사용자, 사용자와 사용자, 매체와 사용자 사이의 상호 작용을 최대한 확장하는 방향으로 나아가고 있는 추세이다. 상호 작용성의 역사를 거슬러 올라가 보면 서로 몸과 몸을 접촉하면서 이루어지던 고대의 종교 의식이나 경기 등이 발견되는데, 이들은 오늘날 상호 작용적 오락의 선구자에 해당한다고 할 수 있다. 고대의 종교 의식이나 경기 이후에는 모더니즘 소설, 연극, 영화가 부분적으로 상호 작용적 매체의 역할을 담당하였다. 이러한 것들을 포함하여 상호 작용성의 가장 중요한 특징을 이루는 것은 참여적 성격이다. 상호 작용적 경험에서 참여라는 행동은 때로는 우리의 내부에 잠들어 있는 어떤 감정을 불러일으키기도 하고 즐거움을 선사하기도 한다.[16] 물론 비디오 게임을 비롯하여 다사용자 온라인 롤플레잉 게임(MMORPG : Massively Multiplayer Online Role Playing Game), 인터넷, 상호 작용적 텔레비전, 스마트 장난감, 무선기기들, 상호 작용적 영화, 디비디-비디오, 키오스크 등에 이르는 현대의 매체는 모두 사용자(소비자)의 적극적 참여가 있어야만 제 기능을 발휘하는 것들이다.

이들 매체 가운데 상호 작용성이 가장 두드러진 것 중의 하나로 평가받는 것이 바로 MMORPG이다. MMORPG는 어떤 사용자가 움직이는 캐릭터 이외의 등장인물이 모두 컴퓨터에 의해 움직이는 보통의 롤플레잉 게임과 달리 한 사용자가 움직이는 캐릭터 이외의 수많은 캐릭터들도 모두 다른 사용자에 의해 움직이는 게임이다. 그렇기 때문에 수백 명, 수천 명이 동시에 접속하여 상호 작용을 하면서 게임을 진행해 나간다. 이러한 MMORPG의 기본적인 재현과 유통 방식은 아

---

16) Carolyn H. Miller, *op. cit.*, p.14.

래와 같이 나타낼 수 있다.

<table>
<tr><td rowspan="3">개발자 ⇨</td><td>프로그램 ⇒ (인터페이스)</td><td rowspan="3">↘
⇄ 캐릭터
↗ (≒사용자)</td><td rowspan="3">⇄ 사용자</td></tr>
<tr><td>모니터 ⇒ (이미지)</td></tr>
<tr><td>사운드 ⇒ (소리)</td></tr>
</table>

〈표 3〉 온라인 게임의 재현과 유통 방식

일반적으로 MMORPG의 특징 가운데 과거 문화콘텐츠와 가장 구별되는 것은 스토리텔링의 차이이다. 전통적인 서사에서 독자(소비자)는 이야기의 내용에 개입할 수 있는 가능성이 크지 않았다. 그런데 MMORPG에서 사용자는 완결되지 않은 이야기의 요소들이 모여 있는 이야기 속으로 들어가 캐릭터를 선택하며, 그 캐릭터뿐만 아니라 캐릭터를 둘러싼 상황 자체를 만들어가야 하는 역할을 부여받는다.[17] 다시 말해 사용자인 게이머는 주인공의 역할을 담당하면서 이야기를 만들어가야 하는 것이다. 이 때 이야기는 게이머가 다른 게이머와 어떤 사회적 관계를 맺는가에 따라 달라지며,[18] 같은 이야기가 되풀이될 가능성은 극히 희박하다.

한편 게이머가 풀어나가는 이야기의 전개는 대부분 퀘스트(quest)를 통해 이루어진다. 퀘스트를 진행하는 동안 캐릭터는 경험치와 아이템을 보상받음으로써 점차 성장을 거듭하게 되며, 때로는 자신이 속한 파티원들과 공성전 같은 것을 겪어야 한다. 이처럼 가상공간의 이동을

---

17) 이인화 외, 『디지털 스토리텔링』, 앞의 책, 66~67쪽.
18) 전경란, 『디지털 게임의 미학』, 살림, 2005, 39쪽.

통해 사건이 진행되므로 허구적 공간의 창조는 MMORPG의 성패를 좌우할 정도로 중요성을 지니는 요소이다.[19) 최근에는 원작의 내용을 최대한 살리려는 MMORPG도 나오고 있는데, 아무리 상호 작용성을 줄인다 하더라도 원작의 인물과 사건이 거의 그대로 재현되는 경우는 기대하기 어렵다. 많은 MMORPG이 『삼국지』 같은 고전 문학작품에서 여러 가지 요소를 가져오지만, 인물이나 사건에 크게 주목하지 않는 것도 이런 이유에서이다. 게임을 할 때마다 이야기 속 사건이 달라지고 인물도 달라지는데, 굳이 원작에서 인물과 사건을 빌려올 필요는 없는 것이다. 그 대신 허구적 공간과 등장인물들이 사용하는 여러 가지 도구(아이템)는 많이 차용하는데, 『북유럽 신화』나 『아일랜드 신화』, 『게르만 신화』 등에서 볼 수 있듯이 고전 문학작품은 놀라울 정도로 탁월한 공간과 신비한 물건들을 포함하고 있기 때문이다.

　디지털 문화콘텐츠에서 고전 문학작품을 원용하는 것은 공간의 창조와 아이템의 개발 이라는 목적 이외에 고전 문학작품의 디지털화를 통해 원형 스토리를 확보하고 시각화를 통한 캐릭터를 재창조하여 다양한 문화상품 개발의 재료로 사용하기 위해서도 필요하다. 전통적인 문화산업에서 인물과 사건의 차용은 디지털 시대에 이르면 새로운 국면을 맞게 된다. 과거에는 고전 문학작품을 읽는 방식이 아날로그 방식으로 종이책을 읽는 데 국한되었지만, 디지털 시대에는 그 종이책의 내용이 작은 시놉시스 단위로 디지털화된다. 이렇게 디지털화된 시놉시스는 영화, 방송드라마는 물론이고 소설 자체의 창작 소재가 되기도 한다. 정부에서도 이러한 소재 개발의 중요성을 깨달아 2002년부터 한

---

19) 강심호, 『디지털 에듀테인먼트 스토리텔링』, 앞의 책, 71쪽.

국문화콘텐츠진흥원에서 공모하는 문화원형 디지털콘텐츠화 사업에 문화콘텐츠 시나리오 소재 개발 영역을 두고 정책적으로 지원하고 있다. 그 동안 선정된 고전 문학작품과 관련된 주요 사업의 목록을 제시하면 다음과 같다.

- 게임/만화/애니메이션 및 아동 출판물 창작소재로서의 암행어사 기록 복원 및 콘텐츠 제작
- 고대국가의 건국설화 이야기
- 근대 토론문화의 원형인 독립신문과 만민공동회의 복원
- 바리공주 이야기(만화로 보는 한국의 문화원형)
- 불교설화를 통한 시나리오 창작소재 및 시각자료 개발
- 신화의 섬, 디지털제주 21 : 제주도 신화 전설을 소재로 한 디지털콘텐츠 개발
- 어린이 문화콘텐츠의 창작 소재화를 위한 전래동요의 디지털콘텐츠 개발
- 조선시대 검안기록을 재구성한 수사기록물 문화콘텐츠 개발
- 조선시대 대하소설을 통한 시나리오 창작소재 및 시각자료 개발
- 조선시대 유산기(遊山記) 디지털콘텐츠 개발
- 처용설화의 문화원형 디지털콘텐츠화
- 한국 신화 원형의 개발
- 한국 인귀설화의 원형 콘텐츠 개발
- 한국설화의 인물유형 분석을 통한 콘텐츠 개발
- 한국적 감성에 기반한 이야기 문화원형 디지털콘텐츠화[20]

이 가운데 '조선시대 대하소설을 통한 시나리오 창작소재 및 시각

---

20) 한국문화콘텐츠진흥원에서 매년 발간하는 연도별 『문화원형콘텐츠총람』을 바탕으로 재구성.

자료 개발' 사업의 경우를 예로 들어 보면, 조선시대 대하소설 총 17편을 기본 텍스트로 삼아 작품별 시놉시스와 각 단위담(單位譚) 20개의 시놉시스가 정리된 바 있다.21) 이렇게 디지털화된 시놉시스는 영화나 만화, 애니메이션, 게임, 소설 등의 어느 한 부분으로 이용이 가능하다. 또한 콘텐츠의 활용도를 높이기 위해 캐릭터를 개발하여 시각화하는 작업도 동시에 진행되어 충신, 효자, 영웅호걸, 성인군자, 요조숙녀, 황제, 장수, 도적, 도사 등의 캐릭터가 개발되었다. 이런 캐릭터들은 아바타, 이모티콘, 액세서리 등의 여러 분야에서 산업적으로 활용이 가능하다.

이와 같이 디지털 시대에 이루어지고 있는 고전 문학작품의 창작 소재화 및 캐릭터 개발 작업은 전통적 문화산업에서 인물과 사건을 차용하던 것과는 몇 가지 점에서 중요한 차이를 갖는다. 먼저, 전통적 문화산업에서 고전 문학작품을 각색할 때는 인물의 성격이나 사건 자체의 흐름을 완전히 뒤바꾸는 것은 불가능했을 뿐만 아니라 변형도 극히 제한적이었다면, 디지털화된 고전 문학작품의 텍스트는 문자 그대로 비트로 이루어져 있기 때문에 손쉽게 혼합될 수 있다. 그래서 원래의 재료와는 전혀 다른 각도에서 혼합되고 재배치되어 또 다른 스토리를 가진 텍스트로 거듭날 수 있는 것이다. 다음으로, 역시 비트로 되어 있어서 쉽게 가공될 수 있기 때문에 다른 매체로 전환되어 새로운 파생 상품들을 얼마든지 재창출할 수 있다. 전통적 문화산업에서 고전 문학작품을 각색한 영화는 그 자체가 최종 생산물에 그쳤으나, 오늘날 디지털화된 고전 문학작품을 바탕으로 만들어진 영화도 다시

---

21) 구본기·송성욱, 「<고전문학과 문화콘텐츠의 연계방안> 사례발표」, 『고전문학연구』 제25집, 한국고전문학회, 2004, 57쪽.

디지털화되어 음악, 문학, 장난감, 의상, 테마 파크, 스포츠, 캐릭터 산업 등으로 무궁무진하게 파급되어 새로운 부가 가치를 창출하고 있는 실정이다. 물론 영화 자체와 관련해서도 라디오, 음반, 텔레비전, 비디오, DVD, 케이블 TV, 위성 TV, DMB 등 다양한 매체를 넘나들고 있기도 하다.22)

이제까지 살펴본 디지털 시대의 문화콘텐츠 창작 소재로서의 고전 문학작품의 활용 방안을 정리해 보면 무엇보다도 상호 작용적 매체에서는 인물과 사건도 빼어나야 하지만, 계속적으로 확장될 수 있는 공간과 다양하게 활용될 수 있는 아이템이 풍부해야 한다. 이런 매체의 대표적인 경우는 MMORPG이지만, 이 밖에도 인터넷, 상호 작용적 텔레비전, 스마트 장난감, 무선기기들, 상호 작용적 영화, 디비디-비디오, 키오스크 등이 있다. 아무래도 이런 기준에 맞추다 보니 고전 문학작품 가운데서도 신화, 전설, 민담 등의 설화류나 장편 대하소설류가 주목을 받을 수밖에 없다. 이는 한국문화콘텐츠진흥원의 공모사업에서 나타난 결과로도 뚜렷이 증명된다. 그렇다고 해서 현대의 고전이라고 불리는 작품들이 이에 해당되지 않는 것은 아니다. 이미 최명희의『혼불』, 황순원의 「소나기」 등의 예에서 보듯이 창작 시기는 큰 문제가 되지 않기 때문이다. 다만 고전 문학작품을 읽을 때 위에서 말한 매체 확장의 가능성을 늘 염두에 두어야 한다는 점이 중요하다.

한편 고전 문학작품의 디지털화를 통해 원형 스토리를 확보하고 캐릭터를 개발하는 작업은 해당 고전 문학작품의 스토리와 캐릭터의 가치를 파악한 사람만이 할 수 있는 작업이다. 그런 점에서 학교에서 이

---

22) 양종회 외, 『미국의 문화산업체계』, 지식마당, 2004, 240쪽.

루어지는 고전 교육의 중요성은 다시 한 번 강조하여도 지나침이 없는데, 고전의 가치란 그 속에 담긴 인간 상상력을 가르치고 배우는 작업을 통해 가장 효과적으로 전달될 수 있기 때문이다. 고전 문학작품에서 추출하여 디지털화한 스토리와 캐릭터를 활용하는 방안의 모색은 여러 매체의 특성을 파악하고 원 소스 멀티 유즈(OSMU)라는 산업적 사고를 진행할 때에만 가능하다. 매체의 특성에 대한 교육이 필요한 것은 이 때문이라고 할 수 있다.

4. 고전 읽기와 문화콘텐츠의 접점을 찾아서

이미 많은 대학에서 문화콘텐츠 관련 학과를 개설하여 운영하고 있는데, 크게 인문학 계열, 공학 계열, 예술 및 기타 계열로 나누어 볼 수 있다. 이 중 인문학 계열의 경우 아무래도 문학과 문화 원형의 이해로부터 시작하여 문화콘텐츠 상품 개발을 위한 창작 실습으로 나아가는 경우가 대부분이다. 이에 비해 공학 계열은 디지털 기술을 중심으로 한 교과 과정이 중심이 되어 있고, 예술 계열은 캐릭터나 디자인 등 상품 개발의 실용적인 면이 중심이 되어 있다. 최근 들어 나타난 고무적 현상은 인문학과 공학 계열처럼 서로 다른 영역을 융합하려는 시도가 나타나고 있다는 점이다. 늦은 감이 없지는 않지만, 오늘날의 문화콘텐츠 자체가 원래 속성상 문화와 디지털 기술의 결합 위에 탄생했다는 것을 고려하면 환영할 만한 일이라고 하겠다.

눈을 돌려 중등 교육을 보면, 고전 문학작품에 대한 공부는 상대적으로 많이 하는 데 비해 디지털 기술 내지 멀티미디어에 대한 교육은 많이 하지 않아서 여전히 불균형이 존재하는 것은 사실이다. 그래서 매체 교육은 반드시 필요하다. 그렇지만 일반적인 우려와는 달리 정보 통신 기술의 발전으로 인하여 학생들은 매체 교육을 받지 않고도 놀라울 정도로 스스로 여러 매체의 기술을 적극적으로 활용하여 자신의 창작 욕구를 해소하고 있고 친구나 동호인과의 상호 작용을 통해 새로운 풀뿌리 문화를 만들어가고 있기도 하다. 그 과정에서 고전은 때로는 각색의 대상으로, 때로는 패러디의 대상으로 원용되고 있다. 일각에서는 이러한 현상을 두고 고전의 가치를 훼손시키는 것이 아니냐는 우려의 목소리를 높이고 있지만, 그것은 고전의 가치가 확산되는 것이지 손상되는 것이라고 보기는 힘들다.

물론 고전 문학작품의 정전은 읽지 않고 문화콘텐츠만 생산하고 소비하면서 그 속에 담긴 보편적인 진리와 지혜를 제대로 이해할 수는 없을 것이다. 그렇지만, 그런 식으로라도 고전을 접하는 것이 아예 담 쌓고 지내는 것보다는 나을 것이다. 또 이미 문화콘텐츠를 소비하기 위해 디지털 매체 자체에 참여하는 것 자체가 하나의 문화로 자리 잡은 지 오래된 만큼 문화적 현상의 일종으로 수용해야 할 것으로 보인다. 문화상품이란 다른 상품과 달리 생산자가 자신의 상품에 대해 큰 관심을 갖는 재화이기에 학생들이 그것의 생산과 소비에 관심을 갖는다는 것은 그 자체로 좋은 일이라고 할 수 있다. 또 문화콘텐츠 상품은 좋고 나쁨의 기준이 확실하여 열등한 상품은 시장에 나가자마자 곧 성공 여부를 판단할 수 있으므로, 문화콘텐츠 상품의 제작과 소비는 학생들의 안목을 높이는 계기가 될 수도 있다. 그리고 무엇보다도 문화상품은 직접 경험해 보기 전에는 그 내용을 거의 알 수 없는 경험재이기 때문에 문화콘텐츠 상품을 소비하는 것만으로도 그 속에 담긴 고전의 내용을 향수할 수 있는 기회를 가지는 것이 된다. 고전 문학작품을 바로 읽는다는 것은 이미 디지털 매체에 익숙한 학생들에게 힘든 일이다. 그렇다면 그것을 각색하거나 차용한 문화콘텐츠를 생산하고 소비하는 일과 같이 간접적인 경로를 통해서나마 고전과 접할 수 있는 기회를 많이 가지는 게 차선의 방책이 아닐까 한다.

독서력 향상을 위한 학교 교육의 방향

1. 독서는 지식 강국으로 가는 지름길

몇 년 전 대학 수학 능력 시험의 언어 영역에서 교과서 밖의 지문이 많이 출제되어 난이도 조절에 실패했다느니, 일선 교사들의 진학지도에 혼선을 빚게 했다느니 하는 언론 보도를 접한 적이 있다. 사실 말이야 바른 말이지만, 우리나라처럼 학생들이 책을 적게 읽고도 대학에 쉽게 진학할 수 있는 나라도 드물 것이다. 그렇다고 해서 우리 어린이들이 글자를 익히는 시기가 다른 나라에 비교해서 뒤지느냐 하면 실제로는 전혀 그렇지 않다. 아니, 우리나라처럼 어린아이들이 자기 나라 글자를 빨리 습득하고 나아가 외국어인 영어까지 배우는 나라는 별로 없다고 해도 과언이 아닐 것이다. 이렇게 떠들썩하게 시작된 글 읽는 행위가 초등학교 고학년에 이르는 순간 어느 틈에 사라져 버리고, 중학교와 고등학교에 진학하면서부터는 대학 입시 준비라는 미명 아래 아예 사라져 버리는 것이 우리의 현실이다.

학교 교육이 이처럼 독서와 거리가 멀어지게 된 표면적인 이유는 책을 읽지 않아도 입시 위주 교육의 최대 목표인 대학 시험을 치르는 데 아무런 어려움이 없기 때문이다. 이와 같이 기본적인 고전조차도 읽지 않고 오직 교과서와 참고서만 읽은 학생들을 상대로 하는 대학 교육이 경쟁력을 갖지 못할 것은 불을 보듯 뻔한 일이다. 다시 말해, 고등학교 때까지는 단기간의 집중적 지식 전달 교육 덕분에 각종 세계 대회에서 두각을 나타낼 수 있었지만, 창의력을 바탕으로 하는 대학 이상의 단계에서 독서를 거의 하지 않은 우리나라 학생들이 뒤 처지는 수밖에 없는 것이다. 지금은 사정이 많이 바뀌었지만, 얼마 전까지만 해도 우리나라는 선진국의 기술을 적당히 변형시켜 수출해도 고도 성장을 이룩할 수 있었기 때문에 우리 국민들은 창의력 개발을 위해 굳이 독서를 하지 않아도 세상살이에는 큰 어려움이 없었다. 이러한 사회 분위기도 기성 세대뿐만 아니라 그들을 보고 그대로 따라하는 학생들로 하여금 책을 읽지 않아도 된다는 생각을 갖게 하는 데 한몫을 톡톡히 하였다.

하지만 이제는 시대가 급변하였다. 남의 생각을 적당히 베껴서 살아가던 시대는 지나가고, 오직 정보와 지식으로 승부를 걸어야 하는 시대가 도래한 것이다. 이러한 시대를 앞서가기 위해서는 창의력과 상상력을 계발하지 않으면 안 되는데, 이를 위해 필수적인 것이 바로 독서이다. 다음 장에서 자세히 다루겠지만, 독서야말로 창의력의 증진시키는 데 가장 유효한 수단 중의 하나이기 때문이다. 이와 관련하여 교수, 졸업생, 연구원 등을 통틀어 73명이라는 세계 최다의 노벨상 수상자를 배출한 미국 시카고 대학교의 일반 교육 방침은 주목할 만하다.

시카고 대학교의 학부 교육은 공통의 핵심 교과 과정으로 시작된다. 이 교과 과정은 다양한 학문 분야의 관점에서 이끌어내었지만 어떤 분야에도 속하지 않는 것으로, 학생들에게 비판적 탐구와 지식 발견의 기회를 제공한다. 1학년과 2학년 대상의 일반 교육의 엄격한 핵심에 대해 시카고 대학교이 다년간 공헌한 바는 원전 학습과 그에 기초한 독창적인 문제를 공식화하는 것의 독특한 가치를 강조한 데 있다. 우리 교수들이 가르치는 일반 교육 과목들 — 학부 1, 2학년 전공을 구성하는 — 의 목표는 정보의 전달이 아니라 근본적인 질문을 제기하고 그러한 정신적 습관을 북돋우며, 비판적이고 분석적인 기술과 글쓰기 능력을 기르는 것이다. 물론 이러한 것들은 지식 사회의 지성인에게 반드시 요구되는 능력이다.[1]

위의 인용문에는 시카고 대학교에서 왜 그토록 많은 노벨상 수상자를 배출할 수 있었는지 그 비밀이 잘 드러나 있다. 그것은 다름 아닌 원전(Original Text)의 학습과 그것으로부터 도출된 독창적인 문제를 공식화하고 그것의 해결을 모색하는 방법이라고 할 것이다. 인류의 유산인 고전을 학습하는 과정을 통해 앞선 사람들의 고민을 이해하고, 그로부터 새로운 사고를 도출해 내는 방법을 통해 시카고 대학교는 시대를 앞서가는 인재를 배출하였던 것이다.

이처럼 고전 읽기 등을 강조하는 독서 교육의 활성화는 비단 시카고 대학교가 속해 있는 세계 최강국 미국에서만 찾아볼 수 있는 현상은 아니다. 흔히 외국 여행을 다녀온 사람들이 선진국 국민들은 지하철이나 버스 등에서 책을 많이 읽더라는 이야기를 하곤 한다. 이처럼

---

1) "Liberal education at Chicago", *Courses & programs of study*, Chicago, IL : The University of Chicago, 1999, p.1.

우리가 흔히 선진국이라고 부르는 서유럽 국가들이나 일본의 국민들은 대체로 독서가 습관화되어 있다. 물론 그들이라고 모두 양서만 골라 읽는 것은 아니다. 그들 중에는 시간을 때우기 위해 삼류 통속물을 읽는 사람들도 적지 않고, 또 일년 내내 책 한 권 읽지 않는 사람들도 있다. 그러나 전체적으로 보아 우리보다 독서하는 사람들이 많고, 더욱이 사회 지도층이거나 공부를 하는 학생들, 지성인일수록 책을 많이 읽는다. 이를 통해서 보면, 그들이 선진국이 되어 현재의 지식 정보 사회를 앞서 나가는 데 최대의 공헌을 한 요소 중의 하나는 그 국민의 정신 세계를 풍부하게 해준 독서라고 할 수 있다. 말하자면 독서가 곧 선진국으로 도약하는 데 주춧돌이 되었던 셈이다.

2. 독서를 통해 우리가 얻는 것들

고전적 관점에 입각한 연구자들은 독서를 문자의 해독이라고 생각하였다. 그러다가 문자 해독의 중요성이 감소하면서 이후에는 독서를 단순한 문자의 해독에서 나아가 글의 의미를 이해하는 과정으로 규정해 왔다. 이렇게 독서를 규정할 때 독서 행위에서 가장 비중 있게 다루어야 할 것은 글의 내용을 이해하는 일이다. 물론 문자의 기능 가운데 정보 저장 기능과 더불어 가장 기초적인 기능의 하나가 의사 소통 기능임을 감안하면 독서 교육에서도 글의 내용을 이해하는 것은 가장 중요한 목표가 될 수밖에 없다.[2] 더구나 최신 정보를 습득하기 위해

---

2) 최현섭 외, 『국어교육학개론』, 삼지원, 1996, 260쪽.

독서를 해야 하는 사람에게는 내용의 정확한 이해가 더욱 긴요한 사항이 될 것이다.

그런데 만약 독서3)를 하는 사람의 목적이 정보의 수용에만 있다면, 책을 읽는 행위 자체가 가진 매력은 그렇게 크다고 할 수 없을 것이다. 주지하다시피 인터넷이나 이동 통신 등의 등장으로 인해 책을 읽는 행위 자체가 경쟁력을 상당히 잃어 버렸기 때문이다. 전자책(e-book)이 등장하긴 했지만, 모든 것이 디지털화되어 있는 사이버 매체에 비할 때 확실히 책은 수신자에 대한 정보의 전달 속도에서 경쟁이 되지 않을 정도로 느리며, 전달하는 정보의 양에서도 서로 비교가 되지 않는다. 논의의 범위를 문학 분야에 국한시키면 사정은 더욱 열악하다. 문학은 그 동안 문자를 통해 한편으로는 현실을 모방하고 다른 한편으로는 현실을 넘어서는 시도를 해왔는데, 이제 사이버 시대를 맞아 그 기능이 현저하게 위축되고 있는 실정이다. 특히 사이버 매체는 현실에 존재하지 않는 세계를 창조해 냄으로써 현실의 초월이라는 면에서 오랫동안 꿈의 생산에 종사해 온 소설 등의 문학 장르보다 훨씬 탁월한 면모를 보여 주었던 것이다.4) 이처럼 문학과의 대비를 통해서 보면 확실히 사이버 매체의 등장으로 정보 전달뿐만 아니라 오락적 기능 등 여러 가지 면에서 문학 부문을 포함한 독서 행위 전체가 위기에 처한 것은 숨길 수 없는 사실이다.

그럼에도 불구하고 독서는 사이버 매체가 가지지 못한 몇 가지의

---

3) 이 글에서 말하는 독서는 사이버 매체 따위의 정보를 수용하는 방식까지 포괄하는 넓은 의미의 글읽기가 아니라, 학교 교육의 현장에서 논의되는 고전적 의미의 책 읽기를 의미한다.

4) 김외곤, 「사이버 소설의 문학적 의미와 기능」, 『한국 현대 소설 탐구』, 2002, 역락, 58~59쪽.

장점을 가지고 있다. 먼저 사이버 매체가 시청각 등 멀티미디어에 의지하고 있어 인간의 상상력을 증진시키는 데 어느 정도 제약이 있는데 반해, 독서 행위는 그렇지 않다고 할 것이다. 인간의 감각 가운데 사이버 매체의 경우 시각과 청각은 물론이고 촉각까지도 사용하여 정보를 송신하기 때문에 그것을 향유할 때 인간의 상상력이 끼어 들 여지가 줄어들 수밖에 없다. 물론 게임 등을 할 때 줄거리를 예측하는 등의 일이 가능하기는 하지만, 그것은 극히 제한적이다. 이에 비할 때, 책을 읽으면서 행하는 상상력의 확장은 거의 무제한적이다. 언젠가 문학 개론 시간에 도종환 시인의 「접시꽃 당신」을 읽은 뒤 시적 화자가 어떤 사람일지, 또 그 시를 창작한 시인은 어떤 사람일지를 상상해 보라고 한 적이 있었다. 학생들은 각자 자기가 이제까지 경험한 바를 토대로 하여 나름대로 여러 가지 인간의 이미지를 창조하여 이야기하였다. 그런 뒤에 이덕화, 이보희 주연의 영화 「접시꽃 당신」을 보여 주고 소감을 피력하라고 했더니, 응답자의 거의 대부분이 실망했다는 것이었다. 자신이 상상했던 시인의 이미지와 너무 딴판이라는 것이 그 이유였다.

문학 애호가들이 기행 코스 중의 하나로 자주 들르는 경남 하동군 악양면 평사리의 최참판 댁도 이와 비슷한 경우라고 할 수 있다. 널리 알려진 바와 같이, 섬진강가의 악양 평야 모서리에 자리한 평사리는 작가 박경리의 대하 소설『토지』의 공간적 배경으로 설정되었던 곳이다. 이 곳에 오래 전에 소설 속의 최참판 댁이 실제로 세워졌는데, 애초 하동군에서 기대한 대로 문학을 애호하는 많은 사람들이 그 집을 찾고 있다. 그런데 그 곳을 다녀온 많은 사람들의 반응은 최참판 댁을 보는 기쁨도 잠시, 곧 실망하고 말았다는 것이었다. 그러니까 자신들이 그 집을 보는 순간 머리 속으로 생각했던 소설 속 최참판 댁의 쓸쓸한 모습이 어느덧 사라져 버리고 만다는 것이 지배적인 의견이었다. 이로 보면 겉으로 보기에 인간의 시각과 청각과 촉각을 동원하여 멀티미디어 버전으로 감상하는 행위가 화려해 보일지 몰라도 궁극적으로는 인간의 상상력을 고갈시키는 결과를 빚을 수밖에 없다고 할 것이다. 이와 비교할 때 여전히 책을 읽는 행위는 우리의 뇌를 다소 고통스럽게 하는 상상력이라는 정신적 작용을 통해 우리의 내면 세계를 풍부하게 해주는 장점을 가지고 있는 것이다.

다음으로 독서는 그 행위자로 하여금 일상 세계에서 벗어나 다양한 타자성을 경험하게 함으로써 자기 각성을 가능하게 한다. 물론 사이버 세계에서도 타자와의 만남이 가능하다. 그 세계는 책 속의 세계에 비해 더욱 더 시간과 공간을 뛰어넘은 세계여서 인과 관계 대신 비합리성과 우연성이 지배하게 된다. 그리고 인간은 현실의 자기 자신이 사이버 세계에서 만들어낸 이미지를 통해 자신을 대체하거나 더 나타낼 수 있는 다양한 매개물을 창조하는 경험까지 하게 된다.[5] 마치 신과 같이 어떤 창조물을 생산하고 조종하는 체험을 할 수 있기 때문에 특히 자기 정체성이 확정되지 않은 사람, 예컨대 청소년들이 더욱 사이버 세계에 몰입하는 경향을 보인다. 이에 비하여 책을 읽는 행위를 통해서는 비록 영성(靈性)을 창조하는 데까지는 이르지 못한다 할지라도, 수많은 타자를 접하고 그들과 대화를 나눌 수 있는 기회를 가질 수 있다. 이것은 또한 눈에 보이지 않는 사람들과의 대화이기에 사이버 세

---

5) 황상민, 「디지털 시대의 사이버 인간 : 창조와 영성의 체험」, 『인문과학연구』 4집, 서울시립대학교 인문과학연구소, 1999, 59쪽.

계에서 다른 사람이 만든 창조물과 만나는 것보다 훨씬 더 추상적이
고 내면적이다. 그리고 책, 특히 고전에 등장하는 인물들은 이제까지
인류의 정신사상 가장 높은 단계에 도달했던 사람들이므로, 우리 시대
의 창조물인 사이버 세계의 이미지와 또는 이미지 끼리 대화하는 것
과는 수준이 다르다고 할 수 있다. 말하자면 자기보다 훨씬 더 높은
정신적 경지에 도달했던 고전적 저작 속의 인물들과 대화함으로써 독
서는 마치 여행과도 같이 현실의 일상 생활에서 해방되어 한 개의 다
른 세계로 인도하는 것이다.6) 그리하여 결국 볼프강 이저의 지적대로
독서를 끝내는 순간 독서 행위를 통해 획득한 타자의 시선을 통해 자
신의 현실 세계가 관찰 가능한 모습으로 눈에 비치고 또한 대상화되
는 일이 가능해진다. 이처럼 자기와 자기를 둘러싼 현실 세계에 대해
반성을 가능하게 한다는 것은 독서가 가질 수 있는 중요한 특징의 하
나이다. 두말할 필요도 없이 이러한 특징은 획일적이고 일원적인 가치
를 주입하는 현재의 무반성적 학교 교육을 바로잡을 수 있는 하나의
대안이 될 수 있을 것이다.

그리고 독서는 "여러 정보 자원들을 연결지어 통합, 조정하는 복잡
한 지적 기능"7)이다. 그 동안 읽기 교육에서는 이러한 독서의 과정에
대해 다양한 논의가 있어 왔다. 그 가운데 대표적인 것으로는 상향식,
하향식, 상호 작용식 등이 있다. 먼저 상향식의 경우 읽기 과정을 의미
의 구성이 아니라 글의 내용을 해독하는 과정이라고 보는 견해이다.
한편 하향식은 글 자체보다는 글에 대한 독자의 역할을 강조하는 견

---

6) 石垣義昭, 「文學作品における<讀み>」, 日本文學協會 編, 『日本文學講座 12 ― 文學
   敎育』, 大修館書店, 1988, 61頁.
7) 노명완·박영목·권경안 공저, 『국어과교육론』, 갑을출판사, 1991, 197쪽.

해로, 독서의 과정에서 글의 내용에 대한 독자의 배경 지식이 많으면 많을수록 글에 대한 이해가 잘된다고 본다. 마지막으로 상호 작용식은 앞의 두 견해의 한계를 극복하기 위해 제출된 것이다. 이 견해에 따르면 읽기 과정에서는 글의 내용과 독자가 알고 있는 지식, 독자의 지적 작용 등이 함께 동원된다.[8] 읽기 과정을 어떤 견해로 설명하든, 중요한 것은 거기에 읽는 사람의 정신적 능력, 언어 능력, 체험 등이 종합적으로 동원된다는 점이다. 그렇기 때문에 독서를 하면 할수록 그 행위자의 정보 획득량은 늘어가고 언어적 능력은 향상되며, 사고력도 증진될 수밖에 없다. 물론 이러한 것이 축적될 때 그 행위자의 인생이 보다 풍부하게 되리라는 것에 어느 누구도 이의를 제기하지 못할 것이다.

이 밖에도 일반적으로 독서는 책을 읽는 사람의 정서를 순화시킨다든지, 문제 해결을 가능하게 해준다든지, 희열을 가져다준다든지, 교양을 확장시켜 준다든지, 설득과 주장 등을 자신 있게 할 수 있는 능력을 길러 준다든지 하는 등의 많은 장점을 지니고 있다. 이러한 장점에 대해서는 일일이 언급하지 않더라도 충분히 그 의미를 이해할 수 있을 것이다. 결국 이상에서 언급한 여러 가지 이유를 통해서 알 수 있듯이 독서는 우리의 생활을 윤택하게 만들기 위해 없어서는 안될 요소라고 할 수 있다.

---

8) 박영목·한철우·윤희원 공저, 『국어과 교수 학습 방법 탐구』, 교학사, 1995, 155~158쪽.

3. 독서 교육의 활성화를 위한 제언

위에서 살펴본 것처럼 삶의 내용까지를 바꿀 수 있는 독서를 학교 교육의 장에서 효과적으로 활성화할 수 있는 방안은 없는 것일까? 그동안 많은 연구자들의 노력으로 독서 교육의 내용과 방법은 상당한 수준에 도달해 있는 것이 사실이다. 그리하여 말하기, 듣기, 읽기, 쓰기 영역이 독자적으로 구분되어 있으며, 읽기 영역 또한 초등학교부터 고등학교에 이르는 국어 교과 과정 중에 일관성 있는 교과 내용을 가질 수 있었다. 더구나 고등학교 과정에서는 본격적인 독서 교육을 위해 국어 과목과는 별도로 독서 과목이 독립적으로 개설되어 있기까지 하다. 이와 관련하여 이미 제6차 교과 과정부터 독서 교육의 새로운 장을 열기 위해 교과의 내용 체계가 아래의 표처럼 마련되어 있다.[9]

교과＼내용	읽기의 본질과 원리	읽기의 실제
초등학교 읽기	• 읽기의 중요성, 기본 과정과 상황 • 표기 해독, 단어 이해, 내용 이해, 평가 및 감상의 기본 원리	• 정보를 전달하는 글, 설득하는 글, 친교 및 정서 표현의 글 읽기 • 기초적 읽기의 태도 및 습관
중학교 읽기	• 읽기의 특성과 여러 가지 상황, 정확한 읽기의 방법 • 단어 및 내용 이해, 평가 및 감상의 여러 가지 원리	• 정보를 전달하는 글, 설득하는 글, 친교 및 정서 표현의 글 읽기 • 정확한 읽기의 태도 및 습관

---

9) 최현섭 외, 『국어교육학개론』, 앞의 책, 274쪽의 표를 토대로 재구성.

고등학교 읽기	• 읽기의 특성과 여러 가지 상황, 효과적인 읽기 방법 • 단어 및 내용 이해, 평가 및 감상의 여러 가지 원리	• 정보를 전달하는 글, 설득하는 글, 문학적인 글 읽기 • 효과적 읽기의 태도 및 습관
고등학교 독서	• 독서의 기능, 특성, 심리적 과정, 목적과 방법 • 단어 이해 기능, 독해(자구적, 추론적, 비판적, 감상적) 기능	• 정보를 전달하는 글, 설득하는 글, 친교 및 정서 표현의 글 읽기 • 독서와 학습 방법, 태도 및 습관

이제 우리에게 필요한 것은 어떻게 하면 이처럼 정비된 독서 교육의 내용을 학교 교육에서 실천할 수 있을 것인지 고민하는 일이라고 할 수 있다. 모두가 아는 바처럼, 지금까지 독서 교육이 안고 있는 최대의 문제점은 그 내용의 마련하지 못한 데 있는 것이 아니라, 그 내용을 실천하지 못한 데 있었던 것이 사실이다. 여기서는 그것을 실천하는 방안을 모색하되, 교실에서 이루어지는 구체적인 독서 교육의 방법보다는 나름대로 정책적 방향을 제시해 보고자 한다.

우선, 학교 교육에서 독서력을 활성화하기 위해 무엇보다도 독서를 위한 기본적 시설을 갖추는 일이 시급하다. 도서관이라는 기본적 시설이 구축되지 않고서는 독서 행위 자체가 불가능하기 때문이다. 각급 학교의 도서관은 말할 것도 없고, 학교 밖의 공공 도서관 현황을 보면 우리나라의 독서 기본 시설이 얼마나 열악한지를 알 수 있다. 예를 들어, 우리나라에서 도서관이 비교적 잘 구비되어 있다는 인구 1,000만 명의 서울시에는 기초 지방 자치 행정 단위인 구(區)의 숫자를 조금 넘긴 31개의 공공 도서관 및 정보센터가 있어 인구 33만 명당 1개꼴로 공공 도서관이 있는 셈이다.10) 지방은 도서관 사정이 더욱 열악하여, 인구 60만 명에 육박하는 청주시에 공립 도서관은 단 하나밖에 없는 실정이다. 이에 비할 때 외국은 인구 290만 명의 시카고 시에 79개의 공립 도서관이 있는 데서 알 수 있듯이,11) 최소한 인구 10만 명당 하나씩의 공공 도서관을 갖추고 있다. 물론 장서수로 따지면 더욱 비교가 되지 않는다. 외국에서는 학교의 독서 관련 교과 과정이 학교 밖의 도서관이 긴밀히 연결되어 어느 도서관을 가더라도 각급 학교의 추천 도서 목록이 비치되어 있고, 학생들은 거기에서 자기들이 원하는 책을 읽고 테스트까지 할 수 있다. 이런 사정에 비추어 볼 때, 우리의 열악한 독서 교육 환경을 개선하기 위해 우선 도서관부터 많이 건립해야 할 것으로 생각된다.

하지만 도서관 건립은 장기간에 걸쳐 엄청난 액수의 투자를 요구하는 일이다. 그래서 단시일 내에 그 효과를 기대하기는 어렵다. 그래서 우선 각급 학교에 설치되어 있는 도서관을 이용해야만 하는데, 문제는 빈약한 장서의 숫자이다. 이를 해결하기 위해서 학부모들이 1년에 한 권씩 책을 기증하거나 일정액의 도서 구입 금액을 납부하는 일종의 기부 운동을 펼치는 것도 하나의 방안이 될 수 있다. 그렇게 되면 매년 전교 학생 수 이상으로 책이 늘어날 것이기 때문에 몇 년 안에 부족하나마 학생들이 필요로 하는 기본적인 장서는 갖출 수 있을 것이다.

---

10) http://kr.dir.yahoo.com/Regional/Countries/Korea__South/Metropolitan_and_Provinces/Seoul/Community/Libraries/

11) http://www.chipublib.org/002branches/cpltxtalpha.html

다음으로 학생들이 독서를 하지 않으면 안되도록 분위기를 조장하는 유인 정책과 강제 정책이 필요하다. 우리보다 독서 교육에 앞서 있는 서구의 많은 나라들은 초등학교 때부터 독서 교육을 강화하여 매주 과제를 부과하고 평가하는 방식을 택하고 있다. 물론 학생들은 졸업을 위해 매 학기 또는 매 학년도마다 책정되어 있는 독서 점수를 취득하기 위해 노력한다. 우리도 각급 학교에 이러한 제도를 도입해야 하는데, 문제는 무작정 시행한다고 되는 것이 아니라 학생들이 독서에 몰입할 수 있도록 재미있고 유익한 책을 소개하고 추천하는 일이 필요하다. 또한 독서를 많이 한 학생에게는 적절한 포상 제도를 마련하여 독서 열기를 북돋워야 하며, 반대로 정해진 점수를 취득하지 못한 학생들에게는 적절한 불이익을 주어야 한다.

이러한 독서 점수 제도가 정착되기 위해서는 학년별 수준에 맞는 추천 도서의 목록을 정비하는 일이 우선 요구된다. 특히 고전의 경우 동서양을 아우르는 목록 정비를 해야 하며, 우리의 고전도 빠뜨려서는 안될 것이다. 만약 판본에 따라 표기법이나 내용상에 차이가 있다면 정전을 확립하는 일도 서둘러야 한다. 목록의 정비와 함께 학생들의 독서력을 측정할 수 있도록 적절한 평가 문제를 마련하는 일도 필요하다. 이 때 주의해야 할 것은 국어 교육론에서 논의하는 것과 같이 너무 복잡한 평가 방법이 아니라, 가능한 학생 스스로가 평가할 수 있도록 쉬운 평가 방법을 준비해야 한다는 점이다.

끝으로 우리의 초, 중등 학교 교육을 좌지우지하는 관건이라고 할 수 있는 대학 입시 제도를 점차 독서를 많이 한 학생이 고득점을 받는 구조로 바꾸어 나가는 일도 진행되어야 한다. 이와 관련하여 프랑스의 바칼로레아 제도처럼 독서력과 사고력을 측정하는 대학 입시 제도는 하나의 본보기가 될 수 있을 것으로 보인다. 한편 이러한 대입 제도 개선을 뒷받침하기 위해 국어 교과서와 독서 교과서를 기존의 잡화점식 나열에서 벗어나 독서와 글쓰기 교육 중심으로 과감하게 재편할 필요가 있다. 특히 이것은 말하기와 듣기 능력이 어느 정도 갖추어진 중학교와 고등학교 과정에서 더욱 절실하다고 하겠다. 끝으로 이제까지 말한 모든 제안에 앞서 한 가지 명심해야 할 것은 독서 지도를 담당할 교사의 자질을 기르는 일이 먼저 이루어져야 한다는 것이다. 말의 성격을 제대로 파악하지 못한 마부가 말을 잘 부릴 것이라고 기대할 수 없는 노릇이기 때문이다.

4. 결론을 대신하여

궁극적으로 학교 교육을 통해서만 학생들의 독서력이 향상되고 독서 문화가 활성화되기를 바랄 수는 없다. 무엇보다도 책을 읽지 않고도 인생을 살아가는 데 지장이 없다면 학생들이 책을 읽지 않을 것이다. 이에 대해서는 장차 우리 사회가 높은 문화 수준을 가진 나라를 지향한다면 크게 문제가 되지 않을 것으로 생각된다. 문화의 수준이 높은 나라 치고 그 나라 사람들이 책을 적게 읽는 경우는 거의 없으며, 학생들 가운데 그런 나라의 국민이 되기를 바라지 않는 학생은 별로 없을 것이기 때문이다. 이런 점에서 점차 우리 사회도 독창적인 아이디어를 가진 사람이 성공하는 추세로 가고 있는 것은 고무적인 현상이라 할 만하다.

한편 사회 전반의 독서 문화 활성화와 관련하여, 기성 세대들이 책을 읽지 않으면서 자녀들에게 독서를 강요하는 것 또한 어불성설이다. 하지만 불행하게도 기성 세대들은 독서 교육을 제대로 받지 못한 세대들이기 때문에 무작정 그들을 탓할 수만은 없다. 이들을 위해서라도 독서 교육을 평생 교육의 장으로 끌어들여야 한다. 그리하여 이들이 늘 책과 함께 하고, 나아가 자녀들의 독서를 지도할 능력을 갖추도록 지원해야 할 것이다. 이러한 작업은 비단 자라나는 다음 세대뿐만 아니라, 이미 외환 위기 이후 각 분야에서 고전을 면치 못하고 있는 기성 세대 자신과 우리 사회 전체의 행복한 미래를 위해서도 반드시 필요한 일이다.

끝으로 비록 변변찮은 제안이라도 이러한 주장들이 자꾸 제기되어 우리의 학교 교육에서 하나하나 실천되기를 희망한다. 그렇게 될 때 독서는 진정으로 학교 교육을 넘어 평생의 취미이자 노동으로 자리잡아 우리 사회를 바꾸는 원동력이 될 수 있을 것이다.

대학생들의 독서 능력 향상을 위한 방안

1. 대학 생활과 독서의 중요성

　인간의 언어 능력 가운데 대학 교육에서 특히 문제가 되는 것은 읽기와 쓰기 능력이다. 대학에서는 초등학교나 중등학교와 달리 학생 스스로 자료를 찾아서 읽고 그에 대한 자신의 견해를 글로 표현함으로써 고차원의 지식을 익히는 학습 활동이 주가 되기 때문이다. 물론 말하기나 듣기 능력이 대학 교육에서 전혀 쓸모가 없다는 것은 아니다. 기본적으로 인간의 학습 활동이 가르치는 사람의 말을 듣고 자신의 생각을 표현하는 의사소통 과정을 통해 이루어지고 있음은 부인할 수 없는 사실이다. 특히 일상생활과 비교할 때 여러 가지 특수성을 많이 지닌 학습 활동에서 말하기와 듣기는 전체 언어적 의사소통의 70% 이상을 차지한다. 하지만 바로 말하기와 듣기는 모든 학습 활동에서 가장 기본이 되는 능력이기 때문에, 적어도 12년 이상의 학습 활동과 대학 입시를 거친 대학생들에게 말하기와 듣기는 커다란 문제가 되지 않는다. 이에 비할 때 읽기와 쓰기는 전혀 사정이 다르다고 할 수 있다.

현실적으로 대학 교육이 초등학교나 중등학교의 교육과 비교할 때 학생 스스로 책을 찾아서 읽고 해결해야 할 공부 거리가 많다는 것은 부인할 수 없는 사실이다. 이러한 사실로부터 읽기 능력이 대학생의 학습 활동 향상에 관건이 되는 요소임을 알 수 있다. 일반적으로 글자 뜻 그대로의 '독서'는 읽기의 하위 범주 가운데 하나로 분류된다. 요즘의 읽기 자료는 인터넷의 발전으로 인한 스크린 상의 여러 가지 자료들까지 포함하기 때문에 그 범위가 더욱 광범해졌다고 할 수 있다. 그래서 독서의 비중이 어느 정도 줄어들기는 하였지만, 여전히 독서는 읽기의 중심을 차지하고 있고 앞으로도 당분간은 이러한 현상이 지속될 것이다. 실제 우리의 대학 교육에서는 여전히 책 읽는 것을 중심으로 읽기 활동을 행하고 있으며, 국어교육학에서도 독서와 읽기를 거의 같은 의미로 사용하고 있는 실정이다.

특히 최근에는 대학 교육 자체가 지식 고도화 사회를 선도할 수 있는 창의적 인재의 양성을 목표로 하는데, 독서는 이를 달성할 수 있는 중요한 수단의 하나로 평가받고 있다. 오늘날의 대학에서는 과거처럼 교수가 학생에게 지식과 정보를 전달하는 데 머무르지 않는다. 이보다는 학생들로 하여금 스스로 문제 상황과 관련된 근본적인 질문을 던질 수 있고 비판적, 분석적 시각을 가질 수 있도록 교육하기 위해 노력하고 있다. 이 과정에서 필수적으로 요구되는 능력이 바로 다양한 분야의 텍스트를 해석하고 그 내용을 이해하며, 나아가 텍스트로부터 새로운 내용을 학습하고 자기 나름대로 정리할 수 있는 독서 능력이다. 세계 각국의 대학들이 교양 과정에서 독서를 강조하는 것도 다름 아닌 이와 같은 이유 때문이다.

이 글에서는 이처럼 대학 교육에서 매우 중요한 비중을 차지하는 독서 능력을 향상시킬 수 있는 실제적이고 구체적인 방안을 모색해 보는 것을 목적으로 삼고자 한다. 널리 알려진 바와 같이, 독서 능력은 쓰기 능력과 매우 밀접한 관련을 지니고 있다. 왜냐하면 독서를 통해 이해하고 익힌 내용을 자기 나름대로 요약하고 정리하지 않으면 독서의 효과가 반감될 수도 있기 때문이다. 하지만 쓰기 능력에 관한 논의 역시 단순하지 않아서 여기서 함께 논의하기에는 여러 가지 곤란한 점이 있으므로 이 글에서는 논의의 대상을 독서 능력으로만 한정하기로 한다.

2. 독서의 본질과 독서 교육

오랜 세월 동안 유교 문화에 물들어 왔던 우리나라에서는 전통적으로 유교적 내용의 읽기[讀]와 쓰기[書]를 강조해 오다가, 근대 이후에는 거기에다 계산하기[算]를 보태어 세 가지 학습 능력의 습득을 교육의 기본으로 삼아 왔다. 그 중에서 읽기, 특히 책 읽기는 지식을 얻는 기초적 능력으로서 보다 고차원적인 학습을 가능케 하는 도구일 뿐만 아니라 자신의 바깥에 존재하는 다른 세상과의 만남을 가능하게 하는 인생살이의 한 방법으로 생각되어 그 중요성이 강조되어 왔다. 그리고 사람들은 독서를 통해 정서를 순화하고 여가 생활을 즐김으로써 삶의 질을 높이기도 했다. 다시 말해 독서는 지식과 정보를 획득할 수 있게 해주고 삶을 풍부하게 만들어주는 인간의 행위인 셈이다.

위에서 말한 일반적인 차원에서 좀더 전문적인 수준으로 들어가 독서에서 가장 중요한 의미를 띠는 근본적 성질이 무엇이냐를 묻는다면 여러 가지 견해가 나올 수 있다. 그 가운데 대표적인 것으로는 독서의 근본이 '능동과 자율'에 있다는 견해를 들 수 있다. 이 견해에 따르면, 독서 행위에는 특별한 비결이 있을 수 없고 독서 자체가 문화적 측면에서의 의사소통이기 때문에 독서 욕구를 불러일으키는 자발적인 동기 유발이 중요한 의의를 지닌다. 독서를 하면서 전기에 감전된 것과 같이 강렬한 동기가 유발될 때 독서의 폭과 효과는 배가될 수 있다는 것이다.[1] 비교적 최근의 연구에서는 독자의 능동적 역할에 주목하여 독서를 글을 읽는 사람이 여러 정보 자원들을 연결하여 통합하고 조정하는 복잡한 지적 기능으로 보거나,[2] 의미를 재구성하는 과정으로 보는[3] 경향을 보이고 있다. 이러한 연구 경향과 관련하여 독서의 과정과 지도 방법을 포함하는 독서 교육의 이론적 동향을 시대적 순서에 따라 고찰하면 다음과 같다.[4]

1) 상향식 모형과 기능 중심 지도

독서 과정에 대한 모형 중 가장 이른 시기에 발전한 것은 상향식 모형이다. 이 모형에서는 독서의 과정을 직선적이며 연쇄적인 것으로 여긴다. 먼저 글을 읽는 사람이 종이에 씌어진 글자를 해독하고, 글자

---

1) 충남 교육청 편저,『사고력을 기르는 국어과 교육』, 대한교과서, 1994, 479~490쪽.
2) 노명완 외,『국어과교육론』, 갑을출판사, 1991, 197쪽.
3) 박영목 외,『국어교육학 원론』, 교학사, 1996, 244쪽.
4) 이하의 내용은 최현섭 외,『국어교육학 개론』, 삼지원, 2000 및 노명완 외,『국어과교육론』, 앞의 책과 이삼형 외,『고등학교 교사용 지도서 독서』, (주)한국교육미디어, 2003 등의 관련 내용을 요약한 것이다.

가 해독되면 다음에는 낱말을 해독하며, 낱말을 해독한 뒤에는 구를 해독하고 그 다음에는 문장을 해독하며, 문장을 해독한 뒤에는 그것들이 모여서 이루는 문단을 해독하고 나아가 글 전체의 뜻을 이해한다는 식으로 보는 것이다. 이처럼 글을 이루는 작은 단위부터 큰 단위로 나아가면서 정보를 파악해 나가는 까닭에 정보 처리 모형으로 불리기도 하는 이 모형에서는 독자의 능동적 역할이 줄어들 수밖에 없다. 독자가 문자 기호를 정확하게 해독하는 일만 하면 의미가 저절로 이해된다고 보기 때문이다.

이에 대응되는 독서 지도 방법은 기능 중심 지도의 방법이다. 우리나라를 비롯하여 많은 나라의 독서 지도에 가장 커다란 영향을 미쳤던 이 지도 방법에서는 독서의 기능을 다음의 몇 가지로 분류한다. 중심 내용과 세부 내용의 되새기기 및 회상하기, 내용의 분류나 종합 등의 재조직, 줄거리나 인물의 특성 등을 포함하는 내용의 추리, 내용의 적절성과 수용 가능성 등에 대한 판단, 인물과 사건에 대한 공감 등의 반응을 포함하는 감상 등이 그것이다.

2) 하향식 모형과 활동 중심 지도

하향식 모형은 독서 행위를 독자보다 글 중심의 해독 과정으로 보았던 상향식 모형을 비판하면서 나온 모형이라고 할 수 있다. 이 모형에서는 독서 행위에 개재되는 독자의 능동적 역할을 강조한다. 즉, 독자가 글을 읽을 때는 수동적으로 글자를 읽어 나가는 것이 아니라 머리 속으로 추리와 상상 등의 정신적 활동을 하면서 글을 이해한다는 것이다. 물론 이 때 독자의 정신적 활동은 독자 개개인의 지식에 의지할 수밖에 없다. 이 모형에 따르면, 만약 독자가 글이 어떻게 구성되어 있고 어떤 내용으로 채워져 있는가를 잘 알고 있다면 글을 훨씬 쉽게 이해할 수 있게 된다.

이와 같은 하향식 모형에 대응되는 독서 지도 방법은 활동 중심 지도이다. 이 지도 방법에서는 독해를 돕기 위한 보조적 활동을 강조한다. 그리하여 독자의 배경 지식 가운데 언어와 관련된 지식의 활용을 강조함으로써 문자 해석 대신 의미 획득을 중시하기도 하였으며, 세부 내용을 포괄할 수 있는 개념이나 원리를 먼저 제시하여 독자의 인지 구조를 활성화함으로써 내용을 효과적으로 이해할 수 있도록 조장하기도 하였던 것이다. 한 마디로 말해 이 독서 지도 방법은 독자의 스스로 사고하게 하고 이 과정에서 배경 지식을 적극적으로 활용함으로써 글의 의미를 파악하도록 하는 방법이라고 정리할 수 있다.

이상에서 살펴본 독서 과정의 상향식 모형과 하향식 모형의 읽기 과정을 비교하면 다음과 같다.[5]

영역 과정	상향식 모형	하향식 모형
글의 의미 소재	글에 내재	글에서 독자가 구성
단어와 이해의 관계	단어 인지는 이해에 필수	단어를 몰라도 이해 가능
정보 파악의 단서	단어, 음성·문자 단서 사용	의미, 문법적 단서 사용
읽기 진행 방향	해독→어휘→통사→담화	담화, 통사, 어휘 지식→해독

---

5) 최현섭 외, 『국어교육학 개론』, 삼지원, 2000, 255쪽.

읽기 구성 방식	문자를 소리로, 소리를 의미로	의미의 예상과 확인
강조하는 언어 단위	문자, 문자와 음성의 연결, 단어	문장, 문단, 글
읽기 학습	단어 인지 기능을 숙달하여 학습	문장, 문단, 글
지도의 중점	단어의 정확한 인지	글의 의미 이해
학생 평가의 중점	하위 기능의 숙달	글에서 얻은 정보의 종류와 양

3) 상호 작용 모형과 전략 중심 지도

상향식 모형이 독자의 역할을 무시하는 단점을 지니고 있는 데 비해 하향식 모형은 독자를 의미의 생산자로 규정함고 있음에도 불구하고 독자가 어떻게 글을 처리하는가에 대해서는 명확하게 설명하지 못하는 단점을 지니고 있다. 두 모형의 장점을 흡수하고 단점을 극복하기 위해 등장한 상호 작용 모형에서는 글의 이해가 정보들을 파악하는 것에서 출발하여 독자가 가진 배경 지식의 활성화를 통해 이루어지는 것으로 규정한다. 즉, 두 모형에서 강조하는 여러 요소들이 상호 밀접한 관련을 맺으면서 독서 과정에 작용하는 것으로 보는 것이다.

독서 과정상의 상호 작용 모형에 대응되는 독서 지도 방법은 전략 중심 지도 방법이다. 이 지도 방법은 기능 중심 지도와 활동 중심 지도의 단점을 극복하기 위해 고안된 것이다. 기능 중심의 지도 방법은 독자의 사고력을 토막토막 끊어 놓아 전체적인 맥락의 연결을 어렵게 만들고 문자의 해독이나 글의 구조 분석에 기울어질 가능성을 가지고 있다. 그리고 활동 중심 지도 방법은 독서 과정의 세부 내용을 설명하는 데 난점이 있고 독자가 왜 상위 개념이나 원리를 생각해야 하는지 등에 대하여 설명하지 못하는 한계가 있다. 이러한 문제점을 극복하기 위해 전략 중심 지도 방법에서는 독자가 왜 읽는지, 읽고서 무엇을 파악해야 하는지, 어떻게 읽을 것인지 등을 분명하게 인식할 수 있도록 지도한다. 물론 전략 중심 지도라고 해서 한계점이 없는 것은 아니다. 독자 스스로가 읽기 과정을 종합적으로 제어하고 의식하도록 할 수는 있지만, 글의 내용과 독자의 지식 사이에 일어나는 상호 작용을 세밀하게 밝히지 못하고 새로운 지식이 얻어지는 과정에서 독자의 지식이 행하는 작용도 구체적으로 설명하지 못한다.

지금까지 독서 과정과 지도 방법을 중심으로 살펴본 오늘날 독서 교육의 이론적 동향은 독서란 더 이상 글자를 해독하는 것이 아니라 독자가 의미를 구성하는 과정이며, 이 때 글의 의미를 제대로 이해하기 위해서는 독자가 배경 지식을 적극적으로 활용해야 한다는 점을 강조하고 있다. 한편 독서 행위를 하면서 독자가 자신의 사회생활을 통해 획득한 배경 지식을 활용한다는 것은, 다른 시각에서 보면, 독서가 사회적 의사소통의 과정이고 궁극적으로는 인간과 세계를 보다 고차원적으로 이해하는 과정이라는 것을 의미한다. 고등학교까지와는 달리 사회적 활동의 폭이 넓어지고 다양한 분야의 독서 자료를 접하게 되는 대학생들의 독서 능력을 향상시키는 일도 이와 같은 현대 독서 교육의 성격에서 크게 벗어날 수 없을 것이다.

3. 독서 교육 프로그램의 모색

많은 대학들이 오랫동안 교양 필수 과목으로 지정되어 있던 국어 관련 과목('국어 작문')을 대폭적으로 개편하여 '독서와 토론', '화술과 표현법', '글쓰기의 이론과 실제' 등 여러 과목으로 쪼개어 신입생들에게 선택의 폭을 넓혀 주고 있다. 독서 교육과 관련하여 많은 대학들이 안고 있는 가장 커다란 문제는 실제로 독서 교육을 담당해야 할 '독서와 토론' 과목이 제 기능을 발휘하지 못한다는 점이다. 과목 자체가 선택 과목이어서 많은 학생들이 수강하지 않을 뿐만 아니라, 수강 인원 등의 문제로 인해서 효과적인 강의가 이루어지지 못하고 있는 것이다.

대학 교육에서의 독서는 다른 독서 행위에 비할 때 특히 고도의 사고력이 뒷받침되어야 하며, 이를 위하여 독자의 사전 지식(schema)의 확장은 필수불가결한 요소이다. 우리나라의 대학 신입생 대부분이 그러하지만, 특히 지방에 자리 잡은 여러 대학의 신입생들은 논술 시험마저 치르지 않아서 그 동안 효과적인 독서 교육을 받아보지 못한 것이 사실이다. 그렇기 때문에 강의와 관련한 여러 가지 물질적 조건이 제대로 갖추어지지 않은 상황에서 독서 교육의 경험이 거의 전무한 학생들을 대상으로 실시하는 교양 과목의 강의가 제대로 이루어지기를 바라는 것 자체가 무리일 수도 있다. 또한 학문 연구의 도구라고 할 수 있는 책 읽기에 대한 교육이 제대로 되지 않은 상황에서 전공 교육이 제대로 이루어질 것이라고 기대하기는 어려울 것이다. 이와 같은 현실적 상황을 감안한다면 효과적인 독서 교육 프로그램을 개발하는 일은 그 자체가 대학 교육의 질을 제고하기 위한 유효한 방편이 될 수 있을 것이다.

그렇다면 과연 대학교 학생들의 독서 능력을 향상시키기 위한 프로그램으로는 어떤 것들이 제시될 수 있을까? 무슨 일이든지 문제 상황을 해결하기 위해서는 문제 상황부터 먼저 파악해야 할 것이다. 독서 교육의 대상인 학생들의 독서 능력이 어떤 상태에 놓여 있는지는 조사도 하지 않고 곧바로 이 물음에 대한 해답을 찾는 것은 있을 수 없는 일이기 때문이다. 하지만 여러 대학의 독서 교육이 처해 있는 절박한 현실적 여건을 고려하여 다음과 같은 방법을 모색해 볼 수는 있을 것이다.

첫째, 대부분의 학생들이 독서 교육을 받아본 적이 없으므로 학교 차원에서 정책적으로 독서 교육의 기회를 마련해야 한다. 우선 '교양 독서' 과목을 1학년 교양 필수 과목으로 지정하는 것이 하나의 방편이 될 수 있을 것이다. 어떤 대학의 경우 전공과 관계없이 누구나 필수적으로 읽고 이해해야 한다고 생각되는 도서를 엄선하여 매달 2권씩, 1년에 24권을 읽도록 하여 탁월한 효과를 보았는데, 우리로서 참고할 만한 본보기라고 할 수 있다. 특히 이 정책은 학생들의 배경 지식을 확장하는 데 많은 도움을 줄 것으로 생각된다.

둘째, 대학생이라면 반드시 읽어야 할 책을 계열에 따라 분류한 뒤에 여러 계열의 책을 수강하게 하되, 그 종류와 수를 학생의 계열에 따라 달리 부과하는 방법도 고려해 볼 만하다. 그렇게 되면 독자인 학생 스스로가 자신의 흥미와 수준에 맞는 책을 선택하는 능동성이 높아질 것이다. 독서에는 그 목적과 흥미, 관심 분야 등이 적지 않은 영향을 끼친다. 이런 점에서 학생들에게 자기 전공이 소속된 계열의 책을 좀더 많이 읽히는 일은 독서에 대한 욕구를 불러일으키고 성취감도 느낄 수 있는 좋은 정책이 될 수 있을 것이다.

셋째, 앞에서 살폈듯이 현 단계에서 효과적인 독서 교육은 전략 중심 지도가 될 수밖에 없다. 이 말은 통합적인 독서 지도가 따르지 않는 독서 교육 프로그램은 무용지물이 될 가능성이 높다는 것을 의미한다. 이를 위해서는 과정 중심의 지도를 통해 책에 제시된 정보들을 파악하고 그것을 바탕으로 새로운 내용의 추리와 상상이 가능하도록 지도하는 일이 필요하다. 또한 그 과정에서 여러 가지 기능들을 개별적으로가 아니라 통합적으로 지도해야 하며, 전략을 설명하고 그것을 연습하도록 해야 한다. 말하자면 학생 스스로가 문제를 발견하고 해결해 나가는 전략적 독서 방법을 습득하도록 해야 하는 것이다. 두 말할 필요도 없이, 이를 효과적으로 성취하기 위해서는 가르치는 사람이 적극적으로 시범을 보여야 한다.

넷째, 독서는 사회적 의사소통의 과정이므로 독서 계획, 읽을 책의 선택, 독서의 과정 및 평가 등에 대하여 학생들 간에 의사 교환을 할 수 있도록 해야 한다. 몇몇 대학에서 실시하고 있듯이 일정한 간격으로 지정된 수강 학생들이 모여서 읽을 책을 지정하고 토론 가능한 주제들을 결정한 뒤에, 책을 다 읽고 다시 모여 토론 주제를 토론하는 방법을 실시하는 것도 하나의 방법이 될 수 있다. 그렇게 되면 학생들 스스로 자신의 독서 방법과 태도를 평가하면서 부족한 점을 파악하고, 그것을 극복하기 위해서는 어떻게 해야 할 것인지를 생각하게 될 것이다.

다섯째, 글의 내용을 강제적이거나 수동적으로 수용하도록 하지 않고 능동적이고 비판적으로 수용하도록 지도해야 한다. 대학에서 이루어지는 교육의 핵심은 학생들로 하여금 비판적이고 창의적 사고를 하도록 만드는 데 있다. 그러므로 독서 교육을 담당하는 사람은 지식의 전달자가 아니라 독자인 학생들이 자기의 배경 지식에 비추어 글의 내용을 이해하도록 돕는 사람이 되어야 하며, 나아가 글의 내용에 대한 판단을 내릴 수 있도록 조언해 주는 사람이 되어야 한다.

여섯째, 통합적인 독서 교육을 위해서는 다양한 분야의 교수들이 협동 강의를 하는 것이 필요하다. 독서란 단지 책 읽기로 끝나는 것이 행위가 아니다. 그것은 책의 정보를 인식하고 문제를 제기하며, 토론을 통해 책의 내용에 대한 자신이 이해하고 수용한 내용을 발표하는 일까지 포함하는 행위이다. 이를 위해서는 다양한 분야의 학문 연구 테크닉을 습득하는 일이 요구되는데, 물론 이 일은 한 분야의 전문가가 담당하기에는 벅찬 일이다. 동경대학교 교양학부 교수들이 펴낸 '기초 연습' 3부작 시리즈의 제1권인 『지(知)의 기법』과 같은 독서 안내서를 보면 다양한 분야의 독서 기술을 습득하는 것이 얼마나 중요한지, 협동 작업의 효과가 무엇인지를 깨닫게 된다. 무엇보다도 자기 전공 분야 공부에만 몰두하는 학생들일수록 다양한 분야에 걸친 독서 교육의 효과는 커질 것이다.

4. 독서 교육의 정착을 위한 제언

위에서는 독서 능력을 향상시킬 수 있는 바람직한 방법, 또는 그 방법이 갖추어야 할 여러 가지 요건에 대해 살펴보았다. 그러나 아무리 좋은 생각도 현실화되지 않으면 한갓 허공의 메아리가 될 수밖에 없듯이, 독서 교육 역시 제도적으로 뒷받침되지 않는다면 아무런 효과를 거둘 수 없을 것이다. 이에 아래에서는 독서 교육의 제도화와 관련하여 몇 가지 정책적 제언을 하고 글을 맺고자 한다.

먼저, 독서 능력의 향상을 중심으로 교양 교육의 내실화를 꾀하기 위해 교양 과목을 다시 한번 대폭 개편할 필요가 있다. 현재 어떤 대학의 경우에는 교양 교육 체제에서 필수 과목이 설정되어 있지 않아서 학문적 기초도 확립하지 못하고 폭넓은 교양도 쌓지 못하고 있다. 그렇기 때문에 가능하면 다른 도구 과목과 함께 독서 관련 과목을 교양 필수로 지정하는 것이 바람직하다. 만약 그것이 여의치 않다면 차라리 학생들이 다양한 배경 지식을 쌓고 사회적 의사소통 기회도 넓힐 수 있도록 과감하게 외국 명문 대학처럼 교양 교육을 실시하는 것도 하나의 대안이 될 수 있을 것이다. 즉, 의무적으로 역사, 문학, 철학의 고전 텍스트들을 읽히고 세계 각국의 문화에 대한 이해를 돕는 과목을 수강하게 하며, 자연 과학 과목도 듣게 하고 사회 과학과 외국어 과목, 운동 과목 등을 이수하게 하자는 것이다. 참고로 실용주의 철학자 듀이가 교육학과를 개설한 이래 하퍼, 허친슨 등이 주도한 교육 개혁을 통하여 교양 교육에서 세계적 모범으로 자리 잡은 미국 시카고 대학교의 교양 과목 편성을 소개하면 아래와 같다.6)

영 역	이수 과목	이수 기간
사회 과학	3과목	3학기
예능(음악, 미술, 드라마, 영상)	1~2과목	6학기
인문학(문학, 역사, 철학)	2~3과목	
외국 문화	2~3과목	
수학 관련	1~2과목	3학기
물리학 관련	2~3과목	
생물 관련	2~3과목	
외국어	–	1년(한 학기는 외국에서 이수)
운동	–	3학기

〈표 6〉 시카고 대학교의 교양 교육 과정표

특히 학생들의 독서 능력 향상과 관련하여 시카고 대학교의 교양 교육에서 주목할 만한 것은 매 학기마다 문학, 역사, 철학 분야의 고전 목록을 제시하고 학기 중에 토론식 강의를 통해 독서를 하게 한 뒤, 학기말에 독서 결과를 평가하는 방식으로 독서 교육을 실시하고 있다는 점이다. 이와 같은 교육 과정을 보게 되면, 이 대학교가 세계에서 제일 많은 수의 노벨상 수상자를 배출한 저력이 어디에 있는지를 조금이나마 이해할 수 있다.

다음으로, 독서 교육뿐만 아니라 쓰기 교육까지 담당할 수 있는 가칭 독서-논술 센터의 설립을 생각해 볼 수 있다. 이 센터에서는 효과

---

6) http://www.college.uchicago.edu/catalog. 시카고대학교는 1학기(quarter)를 10주 단위로, 1학년도를 4개 학기 단위로 구성하고 있다.

적인 독서 및 쓰기 교육 방법을 개발할 뿐만 아니라, 독서 및 쓰기와 관련된 학생들의 고충에 대해 상담하는 것을 담당하면 될 것이다. 이미 많은 대학에 평생교육원이 설립되어 있으므로 그 산하에 독립적으로 설치하든지 아니면 기존의 평생교육원 산하 센터에 독서-논술 센터의 기능을 보태어 확장하면 별 무리는 없을 것이다. 몇몇 대학에서 1970년대에 유사한 기능을 담당하는 어학연구소를 설립하여 일정한 성과를 거두고 있음은 눈여겨보아야 할 것이다.

마지막으로, 학생들의 독서 활동은 집단적이고 전략적으로 이루어져야 하므로 평소에 서로 정보를 교환할 수 있는 토론의 공간을 확보하는 일이 필요하다. 도서관이나 학회실이 그런 장소가 될 수 있도록 시설을 확보하거나 개선하는 것만으로도 이러한 요구는 어느 정도 감당할 수 있을 것이다. 한편 시설의 확충과 함께 학생들이 자신의 독서 능력을 키워나갈 수 있도록 격려하기 위해 현재의 독후감 시상 제도를 대폭 확대하는 등 인센티브 제도를 마련하는 일도 함께 추진되어야 한다. 나아가 여건이 허락한다면 과거에 몇몇 대학에서 실시한 것과 같이 전국 독후감 대회 내지 독서 능력 경시 대회 같은 것을 개최하여 학교 홍보와 우수 학생 유치를 위한 방편으로 이용해 볼 수도 있을 것이다.

제 3 부

문학과 문화의 교섭

1920~30년대 한국 근대 소설의 영화 수용과 변모 양상

1. 수입된 쌍생아로서의 소설과 영화의 교섭

임화의 이식문학론에 동의하지 않더라도 우리의 근대 문학이 서구의 문학 장르를 채용하면서부터 시작되었다는 의견을 부정하기란 쉽지 않다. 일본 유학을 다녀온 이인직에 의해 이식된 근대 소설이 이광수, 김동인 등을 거치면서 본격화되던 과정은 영화가 하나의 장르로서 자리를 잡는 과정과 시기적으로 거의 일치한다. 한국에서 영화는 1903년에 처음으로 야외에서 상영된 이래 1910년대에 전문 극장이 잇달아 개관하면서 점차 발전하였다. 그리하여 1930년대 이후에는 라디오와 축음기 등과 함께 대중문화의 형성을 선도하는 결정적 매개체가 된다. 이와 같은 영화의 발전상은 근대 도시 경성의 도시화와 맞물린 것으로, 모던 보이와 모던 걸이라고 하는 새로운 인간형을 만들어내기에 이른다. 전통 문화를 부정하고 서구 문화를 직접 수용하는 제도적 장치로서의 영화가 도시적 삶을 변화시키는 동안 그 세례를 받고 성장한 문학 분야의 모더니스트들은 옛날 이야기책을 읽고 자란 이전 세대와는 달리 영화와 문학의 교섭을 진지하게 고민하였다.

처음부터 영화와 문학의 상호 관계가 순탄했던 것만은 아니다. 고전 소설의 전통이 전해져 오던 소설에 비해 영화는 그러한 바탕이 없어서 하나의 독립적 장르로 자리 잡는 데는 상당한 시간이 걸렸던 것이다. 또 영화는 19세기 후반에 이르러서야 비로소 탄생하였고 무성 영화에서 유성 영화로 발전하는 데도 적지 않은 시간이 소요될 수밖에 없었다. 1910년대에 정립된 연출, 촬영, 편집 등의 기법을 계승하여 러시아 감독들에 의해 소비에트 몽타주(montage) 기법이 시도된 것도 1920년대 후반에 이르러서였다.[1] 그렇기 때문에 1920년 무렵까지 한국에서 영화는 연쇄극이라는 연극의 보조 수단이 되기도 하였다.

하지만 1930년에 접어들면서 이러한 사정은 더 이상 지속되지 않는다. 우선 봉건 시대에 집안에 갇혀 있던 여성들이 관객으로 새로이 등장하였고, 오랜 노력 끝에 유성 영화도 만들어졌기 때문이다. 이 시기에는 영화가 소설로부터 스토리를 제공받던 수동적 위치에서 벗어나 소설에 새로운 서사 기법을 제공하기도 하였다. 물론 영화와 소설의 관계에 대한 논의도 비교적 활발하게 이루어지게 되는데, 때때로 영화와 소설 진영에서 서로 자신들이 우월하다고 하는 주장도 나오기도

---

1) 미국의 영화감독 그리피스는 「인톨러런스」(1916)에서 전혀 다른 둘 이상의 장소를 병치시키는 평행 편집 또는 교차 편집을 시도하였고, 이에 자극을 받은 에이젠슈타인, 푸도프킨, 베르토프, 도브첸코 등 러시아의 영화감독들이 1920년대 중반 이후에 소비에트 몽타주라고 불리는 일련의 작업을 진행하여 몽타주 양식의 고전적 영화를 내놓았다. 데이비드 보드웰·크리스틴 톰슨, 주진숙·이용관 공역, 『영화예술』, 이론과 실천, 1997, 558쪽.

하였다. 그리하여 소설 쪽에서는 영화가 보다 발전하기 위해서는 교양
이나 사상적인 수준에서 앞선 문학과 친화하고 협조해야 한다는 의
견2)을 제출하기도 했다. 이와는 반대로 영화 쪽에서는 소설이 지식적,
사색적인 데 비해 영화는 시선만으로도 사색 이상의 작용하기 때문에
그리고 경제적으로도 적은 돈으로 하룻밤에 몇 개의 소설을, 직접 사
건의 움직임을 볼 수 있기 때문에 사실상 영화가 소설을 정복했다는
주장도 제기되었다.3) 이런 와중에 '영화 소설'이라는 이름 아래 시나
리오와 소설의 중간적 장르가 나타났는데, 이것은 영화적인 효과를 노
린 소설의 하위 개념이라고 할 만한 것이었다.

영화 소설 이후 소설에 영화의 기법을 수용하는 일이 본격화되어
구인회 소속의 몇몇 작가들과 한때 카프에 소속되었던 작가들 가운데
일부 작가들의 작품들이 그 때까지와는 전혀 다른 소설적 면모를 보
여 주었다. 그리하여 근대 과학과 기술 발전의 산물인 영화와의 교섭
을 통해 우리 소설은 고전 소설의 수법으로부터 탈피하여 현대 소설
로의 도약을 이룩할 수 있는 계기를 마련할 수 있게 된다. 이에 대한
연구는 1990년대 이후 본격화되어 이미 많은 성과들이 축적된 바 있
다.4) 아래에서는 이러한 기존의 성과들을 바탕으로 하여, 1920~30년

---

2) 백철, 「문학과의 친화론」, 『조광』, 1939. 1, 105쪽.
3) 승일, 「라디오, 스폿트, 키네마」, 『별건곤』, 1926. 12, 107쪽.
4) 대표적인 연구 성과로는 다음과 같은 것들이 있다. 조연정, 「1920~30년대 대중들의
  영화 체험과 문인들의 영화 체험」, 『한국현대문학연구』 14, 한국현대문학회, 2003 ;
  강심호, 「유행, 대중적 감수성, 문학의 변모」, 『한국현대문학연구』 12, 한국현대문학
  회, 2002 ; 장일구, 「영화 기법과 소설 기법의 함수」, 『한국문학이론과 비평』 9, 한국
  문학이론과 비평학회, 2000 ; 김양선, 「1930년대 모더니즘 소설의 영화 기법」, 위의
  책 ; 김경수, 「한국 근대 소설과 영화의 교섭 양상 연구」, 『서강어문』 15, 서강어문
  학회, 1999 ; 최혜실, 『한국모더니즘소설연구』, 민지사, 1992 ; 김경수, 「현대 소설의
  영화적 기법」, 『외국문학』, 1990 가을호. 이 가운데 장일구는 몽타주 등의 기법과 관

대 한국 근대 소설이 영화를 수용하면서 어떻게 변화하였는지를 인물형, 소재, 서술 기법, 새로운 시간과 공간의 창조라는 분야로 나누어 밝혀보고자 한다.

2. 새로운 인간형의 차용을 통한 소설의 변화

소설과 영화의 관련성을 소재의 측면에서 논의할 때 무엇보다도 두드러진 특징은 영화를 보고 자란 스트리트 보이(Street boy)들이 대거 소설에 등장했다는 점이다.[5] 영화는 짧은 시간 안에 많은 사람들에게 근대적 물질문명의 욕망을 전파할 수 있는 대중 매체의 일종이다. 봉건시대에는 무엇이든 사람들의 입과 입을 통해 전달되었기에 유행이라는 것이 거의 성립되지 않았지만, 근대에는 영화 덕분에 유행이라는 것이 생겨나서 사람들로 하여금 서구적 유행에 민감하도록 만들었다.[6]

런하여 그에 상응하는 대목이 소설에 있다고 해서 영화적 기법이 적용되었다고 하는 것은 난센스라고 하면서, 영화와 소설의 서사 기법이 호환되는 경우라고 보아야 한다고 했다. 이는 영화와 소설의 영향에 대한 단면적 이해를 경계하는 지적이라고 할 수 있을 것이다. 한편 김양선은 1930년대의 모더니즘 소설이 시간을 공간화하고 현재의 체험을 전경화하여 '비동시성의 동시성'을 텍스트적으로 실천하는 영화적 글쓰기를 시도한 것으로 보았다.

5) 1920~30년대 대중문화의 형성에 결정적인 계기를 마련한 것은 영화이다. 유행을 뒤쫓는 '스트리트 보이'뿐만 아니라 '모던 걸'과 '모던 보이'의 등장에 영화만큼 커다란 영향을 미친 것은 없었다. 김진송, 『서울에 딴스홀을 허하라』, 현실문화연구, 1999, 160~163쪽.

6) 당시의 조선 영화계는 외국 영화가 수입되지 않았다면 유지되기조차 어려울 지경이었다. 외국 영화는 해마다 수입 편수가 늘었고, 그 중 유니버설사 중심의 미국 영화가 차지하는 비율이 95%였고 독일과 이탈리아 영화가 나머지 5%를 차지했다. 김학수, 『스크린 밖의 한국 영화사』 1, 인물과 사상사, 2002, 59~60쪽.

한편 1910년대에 미국과 유럽에서 거의 동시에 시작된 스타 시스템은 소위 스타로 불리는 영화배우들로 하여금 대중을 지배하는 최고의 인기인으로 군림하게 했다.[7] 극장에서 영화를 즐기던 관객들은 자주 작품에 나타난 스타의 성격과 현실 생활 속의 영화배우를 혼동하였고, 스타의 이미지에 매혹당한 채 그들을 모방하고자 하였던 것이다. 한편 미국의 경우 대중들이 상상하는 것 이상으로 스타의 과거가 그렇게 화려하지 않았다는 사실이 알려지면서 많은 사람들에게 평범한 사람이라도 제작자의 눈에 띄기만 하면 꿈을 실현시킬 할리우드로 진출할 수 있다는 믿음을 가지게 되었다.[8] 이런 현상은 비단 미국에만 국한된 것이 아니어서 얼마 지나지 않아 식민지 조선에서도 유사하게 되풀이된다. 그리하여 1920년대의 언론에는 영화배우가 되고 싶어 언론사에 영화배우가 되는 길을 문의하는 청년들의 고민이 나타나기에 이른다.

> 『문』 저는 열 여덜 살 먹은 청년이올시다. 수년 전부터 활동사진 배우를 불어워함니다. 그리하야 엇지하면 활동사진 배우가 될가 하야 마음을 태우고 잇스나 아모 도리가 업습니다. 엇더케 하엿스면 조켓습닛가. 가르처 주십시오. (견지동 김××)[9]

영화 화면에 등장하는 영화배우의 화려한 생활을 보고 영화배우가 되고자 하는 식민지 청년의 희망은 시간이 흐르면서 점차 서구인들과 똑같은 옷을 입고 똑같은 행동을 하고자 하는 유행으로 확산되었다.[10]

---

7) 세계 제1차 대전이 끝난 직후인 1919년에 이르면 영화의 선전은 물론이고 내용과 제작마저 스타를 중심으로 이루어지며, 이후 스타시스템은 영화 산업의 중심을 차지한다. 에드가 모랭, 이상률 역, 『스타』, 문예출판사, 1997, 25~26쪽.

8) 루이스 자네티, 김진해 역, 『영화의 이해』, 현암사, 2000, 264쪽.

9) 「활동사진 배우 되기를 원합니다」, 『조선일보』, 1925. 12. 7.

특히 서구 문물의 수입에 민감하였던 지식 청년 출신의 스트리트 보이들은 할리우드나 유럽에서 수입한 영화 속의 인물들을 흉내 내어 커피도 마시고 레코드를 통해 재즈 등의 음악을 듣기도 하였다. 소위 식민지적 잡종성의 문화가 뿌리를 내리기 시작했던 것이다. 물론 이러한 모방이 호미 바바가 이야기한 식민지적 모방, 즉 "거의 동일하지만 아주 똑같지는 않은 차이의 주체로서 개명된 인식 가능한 타자를 지향하는 열망"인지는 따로 논의해야 할 문제이다.[11] 하지만 그 효과 여부에 상관없이 영화를 통한 식민지 청년들의 모방은 상당한 열기를 띤 채 진행된 바 있다. 당시의 문학, 특히 소설에서 도시적 감수성을 작품 활동의 밑바탕으로 삼았던 모더니스트들의 작품에 이들 스트리트 보이들이 등장하는 것은 어쩌면 당연한 일이라고 할 수 있을 것이다.

> 오후 두 시, 일을 가지지 못한 사람들이 그 곳 등의자에 앉아, 차를 마시고, 담배를 태우고, 이야기를 하고, 또 레코드를 들었다. 그들은 거의 다 젊은이들이었고, 그리고 그 젊은이들은 그 젊음에도 불구하고, 이미 자기네들은 인생에 피로한 것같이 느꼈다. 그들의 눈은 그 광선이 부족하고 또 불균등한 속에서 쉴 사이 없이 제 각각의 우울과 고달픔을 하소연한다. 때로, 탄력 있는 발소리가 이 안을 찾아들

---

10) 그 예로 무성영화 시대의 3대 희극왕 중 하나였던 해럴드 로이드의 「로히드의 야구」(1917년 제작)가 조선에 상영되자 로이드 안경과 맥고 모자의 로이드 스타일이 경성에도 유행했으며, 영화배우 발렌티노의 '귀밑머리'를 흉내 내어 뺨에다 염소 털을 붙였던 사실 등을 들 수 있다. 신명직, 『모던�이, 경성을 거닐다』, 현실문화연구, 2003, 135쪽.

11) 호미 바바에 의하면, 식민지적 모방은 한편으로 식민 권력의 지배 전략적 기능을 강화하지만, 다른 한편으로 규범화된 지식과 규율권력에 내재적 위협이 되는 차이와 반항의 기능을 갖는다. 다시 말해 모방의 효과는 식민 담론의 권위를 심화하면서도 방해하는 이중성을 지닌다. 호미 바바, 나병철 역, 『문화의 위치』, 소명출판, 2002, 179쪽.

고, 그리고 호화로운 웃음소리가 이 안에 들리는 일이 있었다. 그러
나 그것들은 이곳에 어울리지 않았고, 그리고 무엇보다도 다방에 깃
들인 무리들은 그런 것을 업신여겼다.

　어떤 때, 활동사진관으로 향하여야 마땅한 발길을 돌려 잡은 군인
이 서너 명 이곳을 찾아와 군대에서나 같이 큰 목소리로 홍차를 명
하였다. 그들은 암만 이 안에 있든, 이 곳 공기에 동화되지 않았다.
또 그들은 암만이든 그 곳에 있도록 끈기 있지 못하다. 사람들은, 그
들이, 그 근대적 고아한 감정을 모른다고 비웃었다. 또 가엾어 하였
다…….

　구보는 아이에게 한 잔의 가배차와 담배를 청하고 구석진 등탁자
로 갔다.12)

　다소 우울한 분위기로 묘사된 이 글에 등장하는 젊은이들은 레코드
를 틀어 놓은 다방에 가서 가배차(커피)를 마시거나 담배를 피우는 일
을 하고 있는데, 이러한 행위는 그들이 보았던 서구 영화의 주인공이
하는 행위와 하등 다를 바가 없다. 당시 조선에서 젊은이들 사이에 유
행한 품목에는 유명한 할리우드 영화배우의 모자와 헤어스타일, 의상
등이 어김없이 들어 있었고 그들의 생활 방식도 그대로 수입되었던
것이다. 이와 같이 유행에 민감한 스트리트 보이들의 생활상에 대한
묘사는 결과적으로 우리 소설에 소비 지향의 근대적 인간형을 도입하
는 계기가 되었다고 할 수 있다.

　한편 영화 자체가 소설 속에서 이야기를 끌어가는 매개체로 등장하
는 일도 자주 있었다. 이미 영화는 사람들의 일상 속에 깊숙이 자리
잡았기 때문에,13) 스트리트 보이들이 주인공인 작품뿐만 아니라 그럴

---

12) 박태원, 『소설가 구보씨의 일일』, 문장사, 1938, 241~242쪽.

지 않은 작품에서도 인물들은 영화의 영향권에서 벗어날 수 없었던 것이다. 다음은 당시의 서울 청계천 주변을 공간적 배경으로 하고 있는 박태원의 『천변풍경』에서 따온 인물들 간의 대화 부분이다.

> "참, 저어, 춘향전 보셨어요?"
> "춘향전이라니?"
> "웨, 요새, 단성사에서 놀리죠."
> "활동사진 말이로구나. 거, 재밌나?"
> "모두 좋다구들 그래요. 오늘, 동무 몇이서 구경가자구 맞췄는데…,
> 영감 가치 안 가시럽쇼?"14)

위의 대화에서 말하는 영화 「춘향전」은 이명우 감독에 의해 제작된 1935년 작으로 「춘향전」 영화 가운데 두 번째로 제작된 작품이다. 춘향이 역으로는 문예봉이 나오고 변사또 역에 한일송, 방자 역에 이종철이 출연하였는데, 한국 최초의 발성 영화여서 커다란 인기를 끈 바 있다. 그래서 입장료가 다른 영화의 두 배인 1원이었음에도 상영관인 단성사 앞길은 인파로 메워질 정도였다. 이러한 영화 이야기가 당시의 시대상을 묘사하는 소설 속에서 다루어진다는 것은 당연한 일이라고 할 수 있다. 이 소설에는 위의 장면 이외에도 우미관에서 본 액션 영화(활극)에 열을 올리는 소년의 이야기도 나올 정도로 영화가 도시인의 삶에서 차지하는 커다란 비중은 지대하다.

1930년대의 소설 가운데는 영화가 이야기를 전개하는 매개체 역할

---

13) 당시 대중들과 문인들의 영화 체험에 관해서는 조연정, 「1920-30년대 대중들의 영화 체험과 문인들의 영화 체험」, 앞의 글 참조.
14) 박태원, 『천변풍경』, 박문서관, 1938, 345쪽.

에서 더 나아가 아예 영화가 소설 창작의 모티프가 된 작품도 찾아볼 수 있다. 이 경우에는 영화에 등장하는 인물과 사건을 바탕으로 하여 소설 속의 인물과 사건이 구성되는 양상을 보였는데, 인물의 경우에는 자본주의 사회에서 형성된 근대적 인간으로서의 성격을 강하게 지니고 있는 것이 특징적이다.

> 어떤 날 오후, 봄이라지만, 아직도 치위가 완전히 대기 속에서 가시어 버리지 않은 날, 나는 영화 상설관에서 「페페·르·모코」를 구경하고 일곱 시경에 거리에 나섰다. 저녁을 먹어야 할 끼니때가 이미 지났으나, 곧 뻐스에 시달리면서 집으로 향할 생각을 먹지 않고, 어데 그늘진 거리나 거닐면서 지금 보고 나오는 토키가 주는 아름다운 흥분을, 고지낙하니 향학하고 싶어서, 나는 발을 뒷골목으로 돌려놓았다.
>
> 서울의 빈약한 거리를 걸으면서도, 나의 상념의 촉수는 「카즈바」의 소란하고 수상스러운 세계를 헤매고 있었다 「페페·르·모코」가 소프트의 뒷전을 추켜서 머리에 올려 놓고, 줄이 반뜻한 양복에 색 구두를 신고, 목에는 흰 명주 수건을 얌전히 둘러 감고서, 「카즈바」의 소굴을 탈출하야 계집을 찾어 부두로 향하던 그림이, 나의 머리를 떠나지 않는 것이다. 그의 어깨 넘어로, 혹은 그의 눈이 부드치는 곳에서 한없이 움직이며 전개되던 「카즈바」의 괴상한 골목이, 마치 빈약하고 단조로운 이 서울 거리인 양, 나의 앞에로, 지나치는 나의 길 옆으로 자꾸만 자꾸만 꼬리를 물고 버러지는 것이다. 이 「카즈바」의 헤아릴 수 없는 수상한 분위기 속에 아름다운 「페페·르·모코」 — 장·갸방의 얼굴이 기연히 솟아올라 나의 눈을 사로잡아 버리는 것이다.[15]

---

15) 김남천, 「이리」, 『삼일운동』, 아문각, 1947, 62~63쪽.

위의 작품은 프랑스 영화 「페페 르 모코」를 보고 나온 주인공이 서울 거리를 영화 속의 거리인 것처럼 생각하면서 배회하다가 친구를 만나 영화 속의 이야기와 흡사한 실제 사건을 듣게 되는 것으로 구성되어 있다. 이 소설에서 작가가 주의를 기울이고 있는 것은 영화 속의 인물에서 볼 수 있는 바와 같이 강렬하면서도 악한적인 성격을 창조하는 일이다. 결국 작가는 시골서 상경한 여성들을 매음굴로 팔아 넘기는 인신 매매범의 소탕 과정을 통해 영화 속의 서구 도시와 마찬가지로 자본주의적 도시로 성장한 서울의 어두운 측면을 보여주는 성격을 창조하는 데까지 나아간다. 비록 이 소설과 같은 경우를 많이 찾아볼 수는 없지만, 영화 자체가 소설 창작의 결정적 계기가 된 것은 주목할 만한 일이라고 할 수 있을 것이다.

이상에서 살펴본 것처럼 영화와 소설의 교섭 과정에서 소설은 영화가 만들어낸 스트리트 보이라는 신종의 인간형을 차용함으로써 근대적 면모를 일신할 수 있었으며, 영화를 이야기 전개의 매개체로서 이용하기도 하였다. 그리고 때로는 영화 자체가 소설의 창작 동기로 작용하는 경우까지 있었다. 이와 같은 영화와 소설 사이의 영향 관계는 당시 신개념의 예술이었던 영화의 서사 기법을 소설이 수용하는 단계에서 더욱 긴밀해진다.

3. 영화의 카메라 기법과 소설 서사 기법의 관련성

영화가 탄생한 지 불과 이삼십 년 만에 예술적 총아로 자리를 잡게 된 것은 영화에서 시간과 공간의 경계가 유동적이었기 때문이라고 해도 과언이 아닐 것이다. 영화에서 시간 개념의 중심 요소는 동시성이고 그 본질은 시간적 요소를 공간화 하는 데 있다. 그리하여 영화의 시간은 공간적 성격을 띠고 공간 역시 시간과 유사한 성격을 지니게 된다.[16] 이러한 시·공간관을 표현하기 위해 영화는 각종 카메라 기법을 발명하였고 다른 어떤 예술 장르들과 뚜렷이 구별되는 편집 기술을 발전하게 된다. 클로즈업(close-up)과 같이 시간의 흐름을 일시적으로 중지시킬 수 있는 카메라 촬영 기법이나 플래쉬백(Flash-back)처럼 시간을 되돌리는 기법이 발명되고 서로 다른 시간에 일어난 사건을 동시에 보여주는 몽타주 이론 등의 편집 기술이 확립되었던 것이다. 이 가운데 클로즈업이나 미디엄 쇼트(midium shot), 딥 포커스 쇼트(deep focus shot) 등 카메라의 기법은 우리 소설이 현대 소설로 나아가는 데 결정적인 역할을 한다.

영화의 카메라 기법이 소설에 끼친 영향 중 먼저 꼽을 수 있는 것은 전통적인 서사 기법을 넘어설 수 있게 한 점이다. 과거의 우리 소설은 서술자가 말하기(telling)의 수법을 통해 사건의 전달하는 경우가 대부분을 차지하였다. 그렇기 때문에 독자들은 서술자의 진술을 통해 수동적으로 인물의 성격과 사건의 진행 과정을 파악하는 경우가 적지 않았다. 말하자면 독자의 상상력을 상당 부분 제약한 측면이 없지 않았던 것이다. 하지만 다양한 각도에서 촬영한 시각적 정보를 통해 사건을 전달하는 영화의 기법이 소설에 수용하면서 말하기 대신 보여주기(showing)가 지배적인 서사 기법으로 자리를 잡게 된다. 소설에서 영

---

16) 하우저, 백낙정·염무웅 공역, 『문학과 예술의 사회사 - 현대편』, 창작과 비평사, 1974, 241~242쪽.

화의 카메라 기법을 수용하기 이전인 1920년대 전반에 발표된 소설과 영화가 문화 전반에 커다란 영향력을 발휘하던 1930년대 후반에 창작된 소설을 비교해 보면 이러한 특징은 훨씬 명확하게 드러난다. 아래에 제시한 첫 번째 인용문은 1924년 6월에 『개벽』에 발표된 현진건의 「운수 좋은 날」에서 따온 것이고,[17] 두 번째 인용문은 구인회의 중심 멤버였던 박태원이 1936년 8월부터 『조광』에 연재했던 『천변 풍경』의 일부이다.

> (가) 정거장까지 가잔 말을 들은 순간에 경련적으로 떠는 손 유달리 큼직한 눈 울 듯한 아내의 얼굴이 김 첨지의 눈앞에 어른어른하였다.
> "그래 남대문 정거장까지 얼마란 말이요?"
> 하고 학생은 초조한 듯이 인력거꾼의 얼굴을 바라보며 혼자말같이,
> "인천차가 열한 점에 있고 그 다음에는 새로 두 점이든가."
> 라고 중얼거린다.
> "일 원 오십 전만 줍시요."
> 이 말이 저도 모를 사이에 불쑥 김첨지의 입에서 떨어졌다. 제 입으로 부르고도 스스로 그 엄청난 돈 액수에 놀랐다. 한꺼번에 이런 금액을 불러라도 본 지가 그 얼마만인가! 그러자 그 돈 벌 용기가 병자에 대한 염려를 사르고 말았다. 설마 오늘 내로 어쩌랴 싶었다. 무슨 일이 있더라도 제일 제이의 행운을 곱친 것보다도 오히려 갑절이 많은 이 행운을 놓칠 수 없다 하였다.
> "일 원 오십 전은 너무 과한데."

---

17) 현진건의 작품을 1920년대 소설의 예로 든 것은 한국 근대 단편 소설을 확립한 작가로 평가받고 있을 뿐만 아니라, 묘사나 플롯 등 문학 수법에 있어서도 가장 높은 수준에 오른 작가 중의 한 명으로 평가받고 있기 때문이다. 백철, 『신문학사 조사 : 근대편』, 수선사, 1948, 357~359쪽.

이런 말을 하며 학생은 고개를 기웃하였다.

"아니올시다. 잇수로 치면 여기서 거기가 시오 리가 넘는답니다. 또 이런 진날은 좀 더 주셔야지요."

하고 빙글빙글 웃는 차부의 얼굴에는 숨길 수 없는 기쁨이 넘쳐 흘렀다.

"그러면 달라는 대로 줄 터이니 빨리 가요."

관대한 어린 손님은 이런 말을 남기고 총총히 옷도 입고 짐도 챙기러 갈 데로 갔다.[18]

(나) ① 해 뜨고 가는 비가 부실부실 나리는 오후다. 빨래터 위 골목 모퉁이집 문깐 옆에 기대어 놓인 쓰레기통 우에가 샘터 주인은 올라 앉아서, 옆에 서 있는 칠성 아범과 한가로운 이야기를 주고받고 있었다.

② "요새 금값이 자꾸 올라간다는군 그래."

곰방대를 빼어 물며, 민 주사집 행랑아범이 하는 말.

③ "그저 둔 있는 사람은 을마든지 둔 벌어 먹기루 마련된 세상이지."

보기 좋게 가래침을 탁 뱉고, 빨래터 관리인이 하는 말.

"하옇든, 새면 둘러 봐야 금점꾼이로군 그래. 그저 금광 거간…."

"아, 그게 헐만 허니깐 그렇지. 으떡 허다 꿈이나 한번 잘 꾸어, 노다지나 하나 얻어 걸리는 날엔 최챙액이 부럽지 않으니까…."

"허지만, 그것두 얼마간 미천이래두 있어야 말이지. 그저 겅깽깽이루야 말이 되나? 뭐, 등기만 허는 데두 백여 환이 든다지 않어?"

"그러기에 없는 사람은, 또 수단대루 거간이래두 해서, 그저 매매 계약 하나만 되면 몇 백 환씩 구문이 생기니…."

"그저 불상허긴, 둔 없구 수단 없구 헌 우리지. …넌—장헐 둔 한 가지 있담야 지금 세상에 정승판서 부럴 꺼 있나?"

---

18) 현진건, 「운수 좋은 날」, 『한국소설문학대계』 7, 동아출판사, 1995, 483쪽.

　　"옳은 말야."

　　샘터 주인은 까칠까칠한 구레나룻을 억센 손가락으로 쓰윽 쓱 비
비며 잠깐 고개를 끄덕이다가,

　　"그래두 여보. 당신은 우리안테다 대면, 갑부유, 갑부야."[19]

　　인용문 (가)와 (나)는 두 사람의 대화를 제시하고 있다는 점에서는
공통적이지만, 그 제시 방법에서는 상당한 차이를 보인다. 먼저 인용
문 (가)를 보면 두 사람의 대화 중간에 서술자가 "제 입으로 부르고도
스스로 그 엄청난 돈 액수에 놀랐다. 한꺼번에 이런 금액을 불러라도
본 지가 그 얼마만인가!"와 같은 심리 묘사가 삽입되어 있음을 알 수
있다. 3인칭 전지적 작가 시점으로 주인공의 내면 심리까지 드러내는
이러한 형상화는 전형적인 '말하기' 기법에 해당된다. 물론 현진건의
소설은 당대 다른 작가들의 소설 작품들과 비할 때 등장인물 간에 서
로 주고받는 대화를 통해 인물의 성격이나 심리를 드러내는 '보여주
기'의 수법도 상당히 잘 구사하고 있는 편이지만, 그 수준은 인용문
(나)에 훨씬 미치지 못한다.

　　인용문 (나)를 살펴보면 마치 영화 시나리오 콘티처럼 인물들 간에
차례로 대화가 오갈 뿐만 아니라, "까칠까칠한 구레나룻을 억센 손가
락으로 쓰윽 쓱 비비며 잠깐 고개를 끄덕이다가"에서 볼 수 있듯이 그
들의 행동에 대한 묘사까지도 거의 영화 시나리오 지문처럼 지시되어
있다. 일반적으로 인용문 (나)처럼 두 사람의 대화를 그려내어야 할 때
영화에서는 소위 '180도 체계'라는 것에 따른다.[20] 이 체계는 쇼트(shot)

---

19) 박태원, 『천변풍경』, 앞의 책, 185~186면.
20) 180도 체계의 자세한 내용에 관해서는 데이비드 보드웰·크리스틴 톰슨, 『영화예
　　술』, 앞의 책, 321~335쪽 참조.

와 쇼트 사이에 공통된 영역을 만들어냄으로써 공간이 안정을 유지할
수 있도록 하는 것인데, 이 체계에서 가장 흔히 사용하는 화면 제시
유형 중의 하나는 '설정 쇼트(establishing shot) - 정사(shot) - 역사(reverse-shot)'
유형이다. 이 유형을 좀 더 자세히 설명하면, 먼저 대화하는 두 사람의
모습이 다 나오게 미디엄 쇼트 등으로 투 쇼트(two-shot)한 다음에, 말
하는 사람의 얼굴이 화면에 가득 차도록 크게 찍는 클로즈업이나 등
을 돌린 한 사람의 어깨 너머로 말하고 있는 사람의 얼굴을 찍는 오버
더 쇼울더 쇼트(over the shoulder shot) 등을 이용하여 차례차례 한 사람씩
말하는 모습을 배치하는 것이다. 즉, 대화하는 두 사람을 다 보여준 다
음에 말을 건네고 있는 한 사람의 얼굴을 보여주고 이어서 그 사람에
게 응대하는 다른 사람의 얼굴을 보여준다. 이를 그림을 이용하여 제
시하면 아래의 <그림 1>과 같다.

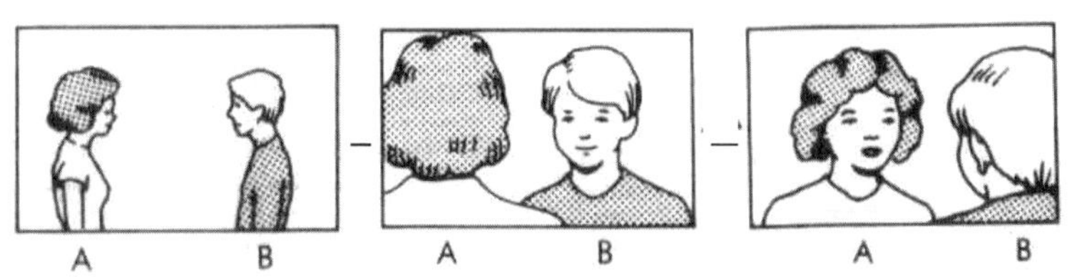

〈그림 1〉 '설정 쇼트 – 정사 – 역사'의 예시 화면[21]

위에서 살펴본 '설정 쇼트 - 정사 - 역사'는 영화의 가장 기본적 화
면 구성 및 편집 기법 중의 하나이기 때문에 비록 영화를 전문적으로
연구하는 전문가가 아닐지라도 누구나 영화를 한두 편만 감상해 보면

---

21) 위의 책, 322쪽을 바탕으로 임의로 편집하였음.

쉽게 받아들일 수 있는 것이다. 도시에서 태어나고 자라면서 영화를 포함한 도시 문명의 세례를 강하게 받았던 1930년대의 모더니스트 박태원도 이 점에서 예외는 아니었던 것으로 보인다. 인용문 (나)의 ①-③이 거의 한 치의 오차도 없이 '설정 쇼트 - 정사 - 역사'의 유형을 그대로 따르고 있다는 사실이 그것을 증명한다. 소설에 나타난 이와 같은 변화는 그만큼 현대 문화의 총아로서의 영화 예술의 특성을 적극적으로 수용한 결과라고 할 수 있다.

한편 인용문 (나)에는 군데군데 마치 카메라로 촬영한 것처럼 인물의 외양을 묘사한 장면도 곁들여져 있다. 처음에는 멀리서 사람과 배경까지 한 화면에 담기게 찍는 롱 쇼트(long shot) 기법처럼 묘사하고 구레나룻을 손가락으로 비비는 장면에서는 인물의 얼굴만 보여주는 클로즈업(close-up)의 기법을 연상시키는 묘사를 시도하는 등 다양한 카메라 기법의 응용이 시도되고 있다. 이러한 장면 구성은 영상 매체의 위력이 하늘을 찌르는 오늘날에는 너무나도 일반화된 유형이지만, 사실 1930년대 이전의 소설에서는 찾아보기 힘든 것이었다. 이후 보여주기가 점차 지배적인 기법으로 자리를 잡으면서 독자들은 소설을 읽으면서 머릿속에 영화의 한 장면처럼 시각적 요소로 구성된 한 편의 장면을 떠올려야 했다. 물론 이와 같은 소설의 변화는 시각적인 것을 중심 요소로 하는 도시 문명의 발전 과정과 궤를 같이하는 것이라고 할 수 있다.

영화의 다양한 촬영 기법이 소설에 도입되면서 몇몇 소설가의 작품에서 마치 내레이션 없이 다양한 인물을 인터뷰하여 보여주는 다큐멘터리 영화나 옴니버스 영화처럼 서술자가 사라지거나 다수의 서술자가 등장하게 된 점도 주목할 만한 특징이다. 고대 소설은 물론이고 신소설과 초기 근대 소설에서도 일관된 서술자가 등장한 것을 염두에 둔다면 이러한 변화는 매우 혁신적인 것이라고 평가할 수 있을 것이다. 대표적인 예로는 과거에 카프 소속 작가로 활약한 바 있는 김남천의 「장날」이라는 작품을 들 수 있다. 우리는 "신여성과의 접촉이 없는 신세인지라 가끔 여성의 기질이나 풍속으로 심리를 배워올 뿐, 안티클라이막스의 방법과 몽타주론과 「무도회의 수첩」[22] 등의 수법 등을 잠시 고려해 보았을 정도"[23]라는 작가의 진술을 통해 그가 평소 소극적이나마 영화의 기법에 관심을 두고 있었음을 알 수 있다. 「장날」은 아래에 제시한 소제목에서 보는 것처럼 특정한 서술자를 내세우기보다는 몇 사람의 진술과 조서, 독백 등으로 이루어진 작품이다.

> 소 거간이 사법 주임에게 본 대로 하는 이야기
> 의사가 만든 해부 검사, 진단의 보고 기록 중 한두 점
> 서두성이와 같은 오래에 사는 송관순이의 참고 심문지
> 병원에 누은 채 김종철이가 사법 주임에게 하는 고백담
> 서두성이의 안해 보비의 에누다리
> 무당의 입을 빌려 서두성이가 하는 이야기[24]

---

22) 「무도회의 수첩(Un Carnet De Bal)」은 1937년에 쥘리앙 뒤비비에(Julien Duvivier)가 감독을 하고 마리 벨이 주연을 맡았던 보그의 흑백 영화로, 조선에서는 1939년에 개봉하였다. 주제는 세월의 흐름 속에 드러나는 인생의 허무함인데, 감독은 이를 이탈리아 코모 호반의 한 미망인이 16세 때 첫 무도회에서 함께 춤추던 남자들의 모습을 더듬으며 그들을 한 명씩 찾아다니는 방식으로 그려내었다. 젊은 시절의 낭만과 나이 든 후의 허망함을 대비시키는 수법이 매우 특징적인 영화이다.

23) 김남천, 「영화인에게 보내는 글」, 정호웅·손정수 공편, 『김남천 전집』 2, 박이정, 2000, 196쪽.

24) 김남천, 「장날」, 『삼일운동』, 위의 책, 91~114쪽.

통일적인 서술자를 등장시키지 않고, 그 대신 카메라를 들고 각각의 인물을 인터뷰하듯이 다양한 시각을 통해 사건의 실체에 접근하는이 작품의 사건 전개 방식은 영화에서 자주 찾아볼 수 있는 기법이다.이러한 기법이 소설에 수용됨으로써 우리 소설은 여러 가지 다른 시점들의 혼합과 각기 다른 내면적 체험의 제시 등을 통해 현대인의 정신적 풍경을 주관의 간섭 없이 객관적으로 담아낼 수 있는 가능성을확보할 수 있게 되었다. 이것은 우리 현대 소설의 발전 과정에서 아주중요한 의미를 지닌다고 할 수 있을 것이다.

4. 시간적, 공간적 병치 기법의 적극적 활용

현대적인 시간과 공간에 대한 관념을 보다 효과적으로 표현하기 위해 개발된 영화의 편집 기술이 소설에 끼친 영향은 실로 지대한 바 있다. 여러 편집 기술 중에서도 앞의 장면이 서서히 사라져가는 데 겹쳐서 다음 장면을 서서히 나오게 하여 점차 완전히 다음 장면이 되게 하는 기법, 즉 서로 다른 사건을 한 화면에 보여주는 이중노출(시나리오에서는 오버랩)과 서로 다른 단편적 화면을 새롭게 이어 붙여 실제 현실과다른 영화적 시간과 영화적 공간을 만들어 냄으로써 새로운 현실을보여주는 몽타주 이론은 더 이상 동질성이 통일적으로 확보되어 있지않은 파편화된 현대 세계를 보여주는 데 매우 효과적인 기술이었다.[25]

---

25) 문학 분야에서 이와 같은 몽타주 이론의 긍정적인 측면을 옹호한 사람으로 독일
   의 극작가 베르톨트 브레히트를 들 수 있다. 그는 현실의 총체적 반영을 주장하던
   루카치에 맞서 예술을 통해 현실의 현상과 본질의 차이점과 부조화를 드러내 보

특히 후자는 정신적인 세계와 실제 세계, 환상과 이성적인 사고를 하나로 연결할 수 있는 장점을 지니고 있었다. 일찍이 구인회의 멤버로서 심경 소설을 창작한 바 있는 박태원은 이러한 영화의 편집 기술에 대해 깊은 관심을 표출한 바 있다.

> 우리가 작품 제작에 잇서, 새로운 수법을 시험하여 보는 것은, 언제든 필요한 일이요, 또 의의 있는 일이다.
>
> 여긔서 우리는 영화 수법의 효과적 응용이라는 것에 관하야, 생각하여 보기로 한다.
>
> 이 새로운 예술, 영화는, 그 역사가 지극히 새로운 것임에도 불구하고, 짧은 시일에 그러케도 비상한 진보를 우리에게 보였다. 그와 함께, 그것은 우리가 배흘 제법 만흔 물건을—, 특히 그 수법, 그 기교에 잇서, 가지고 잇다.
>
> 나는 그 중에서도 특히 『오우뻬랩』의 수법에 흥미를 늣긴다. 그리고 나는 실제로 나의 작품에 잇서, 그것을 시험하여 보앗다. 그러나 물론 그것은 나만이 생각할 수 잇섯든 것은 아니엿슬께다. 최근에, 『율리시―즈』를 일고, 『쩨임스 · 쪼이스』도 그가 큰 시험을 한 것을 알엇다.26)

물론 박태원은 이중 노출, 즉 오버랩의 핵심이 '과거와 현재의 교섭, 현실과 환상의 교착'을 동시에 효과적으로 표현하는 데 있다는 것을 잘 알고 있었다. 그래서 그는 위에 인용한 글의 끝 부분에서 스스

이려고 하면서 도스 파소스(Dos Passos)식의 몽타주 기법이 가진 장점을 인정하였다. 즉, 도스 파소스식의 몽타주 기법이 투쟁적이고 복잡한 인간 상호 관계들을 묘사하는 데 일정한 기능을 발휘한다고 보았던 것이다. 게오르크 루카치 외, 홍승용 역, 『문제는 리얼리즘이다』, 실천문학사, 1985, 130쪽.

26) 박태원, 「표현 · 묘사 · 기교」, 『조선중앙일보』, 1934. 12. 31.

로 밝힌 바처럼 「소설가 구보씨의 일일」의 일부를 과거와 현재를 동시에 보여주는 수법으로 창작하기도 하였다. 박태원을 위시하여 당시의 몇몇 작가들이 즐겨 썼던 몽타주 기법의 한 측면, 즉 시간의 병치와 공간의 병치는 영화의 편집 기법 중에서 비교적 쉽게 소설에 수용할 수 있는 방법이었다. 특히 인물의 심리를 묘사하는 데 목적을 두고 있는 심리 소설에서 유용하게 사용할 수 있었다.

(가) 나는 잠시 그 계간 유수(溪間流水) 같은 목소리의 주인 C양의 얼굴을 들여다본다. C군이 범과 같이 건강하니까 C양은 혈색이 없이 입술조차 파르스레하다. 이 오사게라는 머리를 한 소녀는 내일 학교에 간다. 가서 언더— 더 워치의 계속을 배운다.

사람이—

비밀이 없다는 것은 재산 없는 것처럼 가난하고 허전한 일이다.

강사는 C양의입술이 C양이 좀 회(蛔)배를 앓는다는 이유 외의 또 무슨 이유로 조렇게 파르스레한가를 아마 모르리라.

강사는 맹랑한 질문 때문에 잠깐 얼굴을 붉혔다가 다시 제 위치의 현격히 높은 것을 느끼고 그리고 외쳤다.

「쪼꾸만 것들이 무얼 안다고—」

그러나 연이는 히힝 하고 코웃음을 쳤다. 모르기는 왜 몰라—연이는 지금 방년이 이십, 열여섯 살 때 즉 연이가 여고 때 수신과 체조를 배우는 여가에 간단히 속옷을 찢었다. 그리고 나서 수신과 체조는 여가에 가끔 하였다.[27]

(나) 「C양! 내일도 학교에 가셔야 할 테니까 일찍 주무셔야지요」

나는 부득부득 가야겠다고 우긴다. C양은 그럼 이 꽃 한 송이 가져

---

27) 이상, 「실화」, 김윤식 편, 『이상 문학 접집』 2, 문학사상사, 1991, 362쪽.

다가 방에다 꽂아 놓으란다.

　「선생님 방은 아주 살풍경이라지요?」

　내 방에는 화병도 없다. 그러나 나는 두 송이 가운데 흰 것을 달래
다 왼편 깃에다가 꽂았다. 꽂고 나는 밖으로 나왔다.

　국화 한 송이도 없는 방안을 휘―한 번 둘러보았다. 잘하면 나는
이 추악한 방을 다시 보지 않아도 좋을 수―도 있을까 싶었기 때문
에 내 눈에는 눈물도 고일밖에―

　나는 썼다 벗은 모자를 다시 쓰고 나니까 그만하면 내 연이에게
대한 인사도 별로 유루(遺漏) 없이 다 된 것 같았다.

　연이는 내 뒤를 서너 발자국 따라 왔든가 싶다. 그러나 나는 예년
시월 이십사 일 경에는 사체가 며칠만이면 상하기 시작하는지 그것
이 더 급했다.[28]

　위의 인용문은 각각 시간적 병치와 공간적 병치의 수법을 보여주는
좋은 예이다. 글 (가)에서 서술자는 현재 C양의 파르스름한 입술을 보
고 있으면서, 동시에 과거에 자신이 사귀었던 입술 파란 연이의 모습
을 상상하고 있다. 말 그대로 현재와 과거가 동시에 제출되고 있는 것
이다. 물론 이처럼 이질적인 시간적 요소의 동시적으로 제시하는 것은
현재와 과거의 상호 관련을 보여주기 위해서이기도 하고 시간의 흐름
을 자유자재로 넘어서고자 하는 의식의 흐름을 보여주기 위해서이기
도 하다. 인간 외부의 객관적 세계의 묘사를 목적으로 하지 않고 인간
내면의 묘사를 목적으로 하는 심리 소설에서 이런 기법을 사용한 것
은 자연스러운 현상이라고 할 수 있다. 한편 글 (나)에 사용된 것은 공
간을 병치하는 기법이다. 국화 한 송이 없는 나의 방과 연이와 이별하

---

28) 이상, 「실화」, 위의 책, 363~364쪽.

는 그녀의 방이 동시에 제시되고 있다. 시간의 병치와 마찬가지로 공간의 병치 역시 물리적 한계를 쉽게 뛰어넘어 서로 이질적인 두 요소를 결합시킴으로써 새로운 효과를 노리고 있다.

이제까지 논의한 바와 같이 시간과 공간의 병치라는 영화 편집 기법의 수용은 소설의 허구적 공간을 대폭 확장시켜 주었다. 뿐만 아니라 인간의 내면 풍경을 예전보다 훨씬 풍부하게 그려낼 수 있는 가능성을 열어 주었다.[29] 그만큼 이 기법이 한국의 근대 소설의 발전 과정에 기여한 바는 지대한 것이었다고 할 수 있다.

5. 맺음말

영화와 소설의 상호 교류를 주로 소설에서 수용한 영화적 기법을 중심으로 살펴보았다. 이제까지 논의한 내용을 요약해 보면, 먼저 영화의 수용 이후 우리 근대 소설 속에 영화를 보고 자란 스트리트 보이(Street boy)들이 대거 등장인물로 형상화되기 시작하였다. 이후 시간이 흐르면서 영화를 이야기 전개의 매개체로서 이용하거나 영화 자체를 모티프로 소설을 창작하는 사례도 나타나게 되었다. 한편 영화의 카메라 촬영이나 편집 기법도 소설에 지대한 영향을 끼쳤는데, 대표적인 것으로 전통적인 서사 기법인 말하기 대신 보여주기가 새로운 서사 기법으로 우뚝 서게 된 것을 들 수 있다. 이 밖에도 일부 실험적 작품

---

29) 이러한 현상은 서구 소설에서도 마찬가지였는데, 이에 대해서는 최만산, 『소설과 영화』, 신아출판사, 2005 참조.

들에서는 주도적인 서술자가 아예 설정되어 있지 않거나 다수의 서술자가 설정되기도 하였으며, 시간과 공간의 병치라는 기법을 수용함으로써 소설의 허구적 공간이 크게 넓어지거나 인간의 심리가 깊이 있게 묘사되기도 하였다.

영화의 수용으로 촉발된 이와 같은 여러 가지의 변화 과정을 통하여 우리의 소설은 비로소 현대 소설적 면모를 갖출 수 있었다. 특히 일관되고 통일적인 서술자를 약화시킨 점은 중요한 성과이며, 시간과 공간의 병치 기법은 현대 소설의 수준을 한 단계 높이는 데 결정적인 역할을 담당하였다고 평가할 수 있다. 그런데 여기서 한 가지 꼭 짚고 넘어가야 할 것은 이와 같은 영화적 기법의 도입이 단지 소설의 기법을 풍부하게 하는 데에만 머무르지 않는다는 점이다. 영화가 시간과 공간에 대한 새로운 관념에 기초하는 있기 때문에, 영화의 기법을 도입하는 것은 그러한 관념을 받아들이는 것과 밀접하게 관련을 맺고 있었다. 다시 말해 소설은 영화의 기법을 받아들임으로써 영화가 바탕으로 하고 있는 시간과 공간의 상대성, 내면적 체험의 비고정성 등을 수용하지 않을 수 없었던 것이다. 소설과 영화의 관련성을 연구하는 앞으로의 연구는 이 점을 더욱 깊이 있게 규명하는 데 초점을 맞추어야 할 것으로 생각된다.

1930년대 프랑스 영화 「무도회의 수첩」의
수입과 그 영향

1. 식민지 시대 말기의 한국과 프랑스 영화

프랑스와 우리가 역사상에서 최초로 대면한 것은 천주교를 통해서라고 할 수 있다. 조선 중기 중종 때 명나라를 다녀왔던 이석(李碩)이 최초로 프랑스를 언급한 이래 선조 때 학자 이수광의 『지봉유설』에 이르면 드디어 천주교가 등장한다. 이후 사신들이 이 새로운 종교를 세상에 점차 알렸고, 정조 18년(1793)에는 이승훈이 세례를 받아 최초의 신자가 된다. 순조 이후 두 번씩이나 프랑스 정부의 공식적 통상 요구를 거절하고 세 차례의 박해를 단행했음에도 불구하고, 국내에 들어온 프랑스 선교사들의 활발한 활동 덕분에 천주교 신자는 대원군 집권 초에 2만여 명에 달하였다. 대원군은 처음에 프랑스를 이용하여 러시아의 남하를 저지하려 했으나, 프랑스가 독일을 견제하려고 러시아에 접근하는 바람에 뜻을 이루지 못하였다. 이에 그는 천주교 옹호

자라는 혐의를 벗고 정치적 위기를 타개하기 위해 프랑스 신부 9명과 8천여 명의 신도를 처형하는 병인박해(1866)를 일으킨다. 마침내 두 나라는 선교사 처형을 빌미로 하여 정식으로 만나는데, 불행하게도 그 만남은 강화도를 침범한 로즈 제독 휘하의 프랑스 군대와 강화도 침범과 그에 맞선 한성근과 양헌수 부대 간의 전쟁이었다.

이처럼 첫 번째 정식 만남은 갈등의 폭발로 끝났지만, 1886년 조선은 프랑스와 공식적인 외교 관계를 수립하고 문호를 개방하게 된다. 천주교를 공식적으로 인정하는 문제 때문에 조선과 프랑스 사이의 통상 조약은 다른 나라에 비해 늦어졌지만, 이를 계기로 조선인들은 천주교를 자유롭게 믿을 수 있게 되었다. 철종 때부터 한글로 된 천주교 포교서를 번역하고 간행하였던 프랑스 사람들은 이를 통해 한글을 널리 보급함으로써 우리 근대 문화의 발전에 적지 않은 공헌을 하였다. 한글 보급과 더불어 프랑스가 우리 문화에 커다란 영향을 끼치게 되는 때는 세 차례에 걸친 우리 근대와 현대사의 암흑기였다.

서유럽의 여러 나라 가운데 '우수' 또는 '멜랑콜리'를 문화적 특징으로 가진 나라는 프랑스이다. 이러한 특징은 슬픔을 동반하기는 하되 절망에 빠지지 않는다는 점에서 러시아 문화에서 과도하게 드러나는 '암울' 내지 '허무'와 구별된다. 프랑스 문화사에서 슬픔을 동반한 우울함이 가장 잘 드러난 두 시기는 19세기 말과 양차 세계대전 사이인 1930년대 말이라고 할 수 있을 것이다. 전자는 이른바 데카당스 문화가 유행하던 시기에 해당한다. 부정적 이미지로 현실을 소리 높여 비판하던 퇴폐적인 분위기는 일본 제국주의의 식민지 통치 아래 신음하던 조선의 청년들을 매혹하기에 충분한 것이었다. 그래서 삼일운동 직후의 암울한 시기에 우리 근대 문학이 자유시를 형성하는 과정에서 소위 세기말의 프랑스 퇴폐적 낭만주의 문학이 특히 많은 영향을 끼치게 된다. 한편 후자는 시적 리얼리즘이라는 프랑스 특유의 영화적 조류와 관련되어 있다. 역시 프랑스 문화 특유의 낭만주의적 경향을 보여주는 영화들이 대거 창작되어 제2차 세계대전 직전과 전쟁 중의 고통 받는 사람들에게 일종의 위안을 주었던 것인데, 이 영화들은 식민지 조선에도 수입되어 비슷한 기능을 담당하였던 것이다.

이처럼 섬세한 감정을 바탕으로 하는 프랑스 낭만주의 계열의 예술은 위에서 말한 것처럼 삼일운동 직후나 식민지 시대 말기처럼 공교롭게도 우리 민족이 각박한 삶으로 신음하던 암울한 시기에 수입되어 사람들의 심금을 울리곤 했다. 아무래도 이성적인 인간의 합리성이 마비되고 비이성적 폭력이 난무했기에 정서적인 측면이 과장될 수밖에 없었던 시대적 분위기를 빼고서는 이런 현상을 제대로 설명하기 어려울 것이다. 근대 이래로 사상 최대의 폭력적인 상황이 벌어졌던 한국전쟁을 전후한 시기도 예외는 아니었다. 제2차 세계대전 종전 후에 프랑스에서 등장한 '아프레게르'적인 실존주의 문학이 우리나라에 수입되어 많은 작가들에게 영향을 끼쳤던 것이다. 그리하여 까뮈, 사르트르 등의 이름이 자주 지식인들의 입에 오르내리는 현상이 벌어지게 되었다. 이 시기에는 1930년대에 소개된 프랑스 영화가 다시 상영되는 일도 빈번하였다. 당시 서울에는 약초극장의 후신으로 외국 영화를 주로 상영했던 수도극장을 비롯하여 국제, 중앙, 명보, 국도, 시공관, 씨네마 코리아, 단성사 등 극장이 있었지만 운니동의 천도교 대강당이 문화관이라는 이름을 걸고 영화관 역할을 하기도 하였다. 이들 극장에서 재상영된 영화 가운데는 '망향'이라는 제목으로 상영된 「페페 르 모코」(1955년 재상영)와 「무도회의 수첩」(1956년 재상영)이라는 줄리앙 뒤 비비에 감독의 작품도 들어 있었다.

　두 작품 가운데 「무도회의 수첩」은 여러 가지 점에서 문제적인 작 품이라고 할 수 있다. 무엇보다도 허무주의에 짙게 물든 통속적 내용 으로 되어 있는 점에서 그러하고 내러티브 구조가 매우 개성적인 형 태를 띠고 있다는 점에서 그러하다. 이런 이유로 세대를 뛰어넘어 오 늘날에 제작되는 영화에까지도 적지 않은 영향을 미치고 있으며, 아직 도 많은 사람들이 화제로 삼고 있다. 그 동안 국내에서는 이 영화에 대한 연구가 거의 진행되지 않았다. 프랑스 시적 리얼리즘에 대한 연 구 자체가 별로 되지 않았기에 이 영화 역시 학계의 주목을 받지 못한 것 같다. 이에 이 글에서는 「무도회의 수첩」의 특징을 살펴보고 한국 에 수입된 이후에 끼친 영향을 집중적으로 고찰하고자 한다.

2. 시적 리얼리즘 그리고 줄리앙 뒤비비에

　「무도회의 수첩」은 1930년대를 풍미한 프랑스 시적 리얼리즘 계열 의 영화이다. 뤼미에르 형제가 등장한 초창기 이래로 프랑스 영화의 두 번째 전성기를 열었던 시적 리얼리즘은 "일상적인 삶을 다루되 이 를 시적으로 그려내고, 정확한 구성과 인상주의적인 조명, 정적인 쇼 트 등 미장센을 강하게 활용함으로써 밀도 있는 분위기와 사색적인 감성을 보여주는 영화"[1]이다. 명칭 자체만 보면 현실을 제대로 그려내는 리얼리즘 앞에 시적이라는 수식어가 붙어 있기에 다소 모순된 용어라고 할 수 있다. 그럼에도 불구하고 시적 리얼리즘은 프랑스 영화를 전 세계에 알린 대표적인 경향이었다.

영화사의 측면에서 살펴보면, 시적 리얼리즘은 1920년대 중반 독일에서 일어난 '슈트라센슈필(Straßenspiel)' 영화로부터 많은 영향을 받았다. '거리의 영화'로 번역되는 이 운동은 파브스트(Pabst) 감독이 시작한 것으로, 표현주의가 화면의 구성과 조명 등 기술적 요소를 중시하는 데 반대하여 일어났다.[2] 이 운동을 주도한 감독들은 스튜디오에서 형식적 실험을 거쳐 만들어진 인위적인 장면 대신에 거리로 나아가 그곳에서 벌어지는 일상적 삶을 사실적으로 찍으려 노력했던 것이다.

이에 영향을 받은 프랑스의 시적 사실주의 감독들도 '거리'를 작품의 배경으로 삼아 일반인들의 삶을 카메라에 담아냈다. 하지만 그들은 독일 영화인들과 달리 그 거리를 현장이 아닌 스튜디오에서 재창조하였다. 서정적 분위기를 만들어내기 위해서는 흐릿한 조명이나 안개와 같은 요소가 필요했기 때문이다. 말하자면 거리에서 벌어지는 가난한 사람들의 고난에 찬 인생 역정을 다루면서도, 인공적인 무대를 통해 그것을 아름답게 만들어내는 기이한 현상이 나타났던 것이다. 이와 같은 인공적 조작이라는 요소는 후대의 영화인들이 시적 리얼리즘을 비판할 때 주요 대상이 된다. 대표적인 예로 제2차 세계대전이 끝난 직후 이탈리아에서 일어난 네오 리얼리즘 영화가 프랑스의 시적 리얼리즘에서 '서민과 거리'라는 요소는 이어받지만, 인공적 분위기는 거부한 것을 들 수 있다.

---

1) 김광철·장병원 편, 『영화사전』, media2.0, 2004, 227쪽.
2) 김호영, 『프랑스 영화의 이해』, 연극과인간, 2003, 25쪽.

한편 시적 리얼리즘의 비관적 세계는 밤 장면을 통해 주로 형상화되었는데, 이는 미국의 필름 누아르에도 적지 않은 영향을 미치게 된다. 사회적 분위기와 관련시켜 볼 때, 이러한 암울함은 전쟁에 대한 막연한 불안감이 만연해 있던 제2차 세계대전 직전의 프랑스 사회 상황을 반영했다는 평가를 받는다.[3] 카르네의 영화에서 전형적으로 형상화된 인물들의 숙명론적 패배주의는 이러한 평가를 뒷받침해 주는 좋은 예이다. 그의 영화에서는 위험에 처한 주인공이 그 위험을 벗어나려 하기는커녕 도리어 그 위험에 순응하는 태도를 보이곤 했던 것이다. 「망향(Pepe le Moko)」(1937)의 주인공처럼 힘든 현실 상황을 이루어질 수 없는 사랑으로 넘어서 보려는 이러한 허무주의적 태도는 당대를 살아가던 사람들이 가졌던 현실도피에 대한 욕구이자 시대적 무기력의 표현이라고 할 수 있을 것이다.

프랑스의 배우 가운데 이런 운명적 인간형을 매우 일관적으로 보여 준 배우는 장 가뱅이다. 그는 "낭만적이고 무정부주의적이며 예정된 운명을 지닌"[4] 얼굴로 시적 리얼리즘의 대표적 배우로 자리 잡게 된다. 이 장 가뱅에게 연기를 지도한 감독 중의 하나가 바로 「무도회의 수첩」을 연출한 줄리앙 뒤비비에다. 그는 르네 클레르, 장 르누아르, 자크 페데, 마르셀 카르네, 장 비고 등과 함께 프랑스 시적 리얼리즘을 대표하는 감독이다. 그는 무성 영화 시대에 연출을 시작했지만, 1930년대 접어들어 두각을 나타내기 시작한다. 1935년부터 1940년까지 무려 열한 편에 이르는 영화를 정열적으로 만들었던 뒤비비에는 이 시

---

3) 제프리 노웰-스미스 편, 이순호 외 역, 『옥스퍼드 세계 영화사』, 열린책들, 2005, 416쪽.
4) 잭 엘리스, 변재란 역, 『세계 영화사』, 이론과 실천, 1998, 196~197쪽.

기에 상업적으로도 성공을 거둔 감독이 된다.[5]

1930년대의 시적 리얼리즘 시기에 만들어진 그의 대표작으로는 「무도회의 수첩」 이외에도 「뛰어난 패거리(La belle équipe)」(1936), 「망향」 등이 있다. 이 두 영화에는 앞서 살펴본 장 가뱅이라는 걸출한 배우가 등장하여 패배하는 주인공으로서 우수 어린 연기를 펼쳐 많은 인기를 끌었다. 이 가운데 「무도회의 수첩」은 주인공 역할을 맡은 마리 벨을 비롯하여 레뮈, 페르낭델, 해리 바우어, 루이 주베, 피에르 블랑샤르, 프랑수아즈 로제 등의 배우들과 시나리오 작가 앙리 장송, 음악을 작곡한 모리스 조베르 등 당대 최고의 예술가들을 총집결시켜 만든 영화로도 유명하다.[6] 뒤에서 살펴보겠지만, 이 영화 역시 이 시기에 만들어진 뒤비비에의 다른 영화들과 마찬가지로 시적 정서를 짙게 드러내면서 현실로부터 떠나고 싶은 도피주의적이고 허무주의적 욕구를 대리 만족시켜 주는 내용으로 되어 있다.

위에서 살펴본 「무도회의 수첩」을 비롯하여 「망향」 등의 영화를 통해 영화를 통해 상업적으로 성공했음에도 불구하고 뒤비비에의 작품은 치밀하고 능란한 연출 솜씨만 돋보일 뿐 카르네나 르누아르의 걸작이 지닌 감정의 깊이가 결여되었다는 평가를 받고 있다.[7] 사회에서 도태된 사람들이나 고통 받는 인물들을 특유의 우수 어린 분위기로 잘 형상화했지만, 또 사물과 공간에 대한 묘사와 내면적 감정을 탁월한 장인적 기술로 훌륭하게 결합해 내었지만 시적 리얼리즘에 속한 다른 감독들에게서 발견할 수 있는 기품과 열정 같은 것이 결여되어

---

5) Roy Armes, *French Cinema*, New York, NY : Oxford University Press, 1985, p.98.
6) 제라르 베통, 유지나 역, 『영화의 역사』, 한길사, 1999, 87쪽.
7) Roy Armes, *op. cit*, p.100.

있었던 것이다.8) 다시 말해 그는 영화를 정형화된 장인적 기술과 정신으로 고독과 애가 타는 듯한 감정들을 탁월하게 묘사해낸 기능공에 가까운 감독이었다고 할 수 있다.

3. 영화 「무도회의 수첩」의 구조와 특징

뒤비비에의 작품 가운데 「망향」과 더불어 식민지 시대 말과 한국전쟁 직후에 걸쳐 두 번이나 국내에 소개되었던 「무도회의 수첩」은 중년에 접어든 사람들로 하여금 청춘의 아련한 추억을 떠올리게 하는 멜로드라마다. 최근까지도 많은 사람들이 젊은 시절의 경험을 이야기할 때 자주 인용할 정도로 그 인기는 여전하다. 그 이유는 낯선 이탈리아를 배경으로 하고 있음에도 불구하고 '인생무상'이라는 동양인에게 익숙한 도교적 주제를 다루고 있기 때문일 것이다. 이 주제는 수천 년 동안 동양 사람들의 뇌리에 박힌 것이어서 영화를 보는 사람들로 하여금 자동적으로 극중 상황과의 정서적 일체감을 형성하도록 하는 힘을 지닌 것이라고 할 수 있다.

이 영화는 주인공은 이탈리아 북부에 위치한 코모 호반의 대저택에 살고 있는 미망인 크리스틴(마리 벨이 연기)이다. 중년에 접어든 그녀가 자신의 삶을 되돌아보면서 다른 사람과 결혼했더라면 더 행복했을지도 모른다는 생각을 하는 것으로 영화는 시작된다. 그녀는 20년 전인 10대 후반의 첫 무도회에서 자신에게 춤을 청했던 남자들의 이름이

---

8) 김호영, 『프랑스 영화의 이해』, 앞의 책, 106쪽.

적힌 낡은 수첩 하나를 발견하고 그 남자들을 한 사람 한 사람씩 찾아 나서게 된다. 그 수첩의 첫 페이지에는 조르주, 모리악, 피에르, 알랭, 브릭, 프랑수아, 티에리, 제라르, 미셸, 페비안이라는 10명의 남자 이름 이 적혀 있었는데, 그들은 잠시나마 그녀에게 애정을 표시했던 사람들 이었다. 그러니까 크리스틴은 자신을 사랑해 준 남편을 잃고 난 뒤에 닥쳐온 울적함과 공허감을 채우기 위해 젊은 과거에 자신을 사랑했던 사람들을 찾아가게 되었던 것이다.

하지만 과거의 행복했던 기억을 안고 찾아간 사람들은 그녀의 기대 와는 전혀 다른 삶을 살고 있었다. 먼저 그녀를 사랑했다가 약혼 소식 을 듣고 자살을 감행했던 순수한 청년 조르주의 옛집에는 그의 어머 니가 정신 이상이 되어 늙은 하녀와 살고 있었다. 두 번째로 찾아간 피에르는 표면적 지위는 카바레의 사장이지만 실제로는 깡패 두목이 다. 오랜만에 만난 두 사람은 서로를 알아보고 모처럼의 대화를 나누 지만, 그녀가 보는 앞에서 경찰에 체포되고 만다. 세 번째로 찾아간 알 랭은 청춘의 꿈은 온데간데없고 알프스 스키장의 산장에서 가이드로 일하고 있다. 크게 낙망한 크리스틴은 다시 프랑수아를 찾아가는데, 그는 조그마한 시골 동네의 면장으로 지내고 있다. 공교롭게도 그녀가 찾아간 날은 아내를 잃은 그의 두 번째 결혼식 날이었다. 그런데 놀랍 게도 그와 재혼하는 사람은 다름 아닌 식모였다. 결혼식이 끝나고 프 랑수아는 다른 사람과 말다툼을 벌이다 마구간에서 채찍으로 마구 때 리기도 하는 등 난장판을 벌인다. 다섯 번째로 찾아간 사람은 티에리 였다. 그는 한쪽 눈이 보이지 않는 상태로 낙태 수술을 하는 돌팔이 의사였다. 인간성이 황폐해진 티에리는 폐인이 되어 가까운 사람에게

총을 겨누기도 하는 등 거의 미친 상태에 놓여 있었다. 여섯 번째로 만난 페비안은 네 명의 자녀를 두고 미용실을 경영하며 그나마 행복하게 살고 있었다. 페비안은 크리스틴의 머리를 만져준 뒤에 옛 추억을 살려 무도회장에 그녀를 데리고 간다. 크리스틴은 페비안과 춤을 추면서 10대 때의 추억에 잠시 젖기도 하지만, 그 시절로 돌아갈 수는 없는 노릇이었다. 결국 여러 사람을 만난 뒤에 실망만 잔뜩 안고 돌아온 크리스틴은 호수 건너편에 산다는 제라르의 집을 찾아간다. 그녀는 배를 타고 가면서 잘 생겼던 제라르의 얼굴을 떠올리며 도착하지만, 이미 제라르는 1주일 전에 세상을 떠나고 그와 똑 같이 생긴 아들 잭만 남아 있을 뿐이다. 크리스틴이 이 친구의 아들과 무도회에서 함께 춤을 추는 장면으로 영화는 막을 내린다.

다소 장황하게 설명한 줄거리에서 볼 수 있듯이, 이 영화는 청춘의 기대와 달리 별 볼 일 없는 삶을 살아가는 중년들을 보여줌으로써 인생의 허무를 잘 표현하고 있다. 앞에서 우리는 시적 사실주의가 현실 순응적인 세계관을 유포한 측면이 있음을 살펴보았거니와, 이 영화에서도 낭만적 성향의 현실 체념이 드러나고 있다. 이 점에서 이 영화는 우리나라에 처음 소개되던 1930년대의 대표적 공연 장르 신파극과 일맥상통하는 면이 있다고 할 것이다. 불행한 결말과 성취되지 않은 꿈 때문에 괴로워하는 주인공의 모습을 통해 자기 연민에 빠지기 때문이다. 다만 우리의 신파극이 악의 세력에 대한 공포를 강조함으로써 선의 세력에 대한 연민을 불러일으키는 데 비해,9) 이 영화는 서양 고전의 전통을 이어받아 주인공에 대한 연민이 중심이 되고 있다는 점에

---

9) 홍재범, 『한국 대중비극과 근대성의 체험』, 박이정, 2002, 238쪽.

서 차이를 보인다.

한편 「무도회의 수첩」은 통속적 성향의 내용만큼이나 형식상으로도 특이하여 사람들의 뇌리에 깊이 박히는 영화이다. 이 영화는 에피소드 구조를 따르면서도 또 다른 독특한 면을 지니고 있기 때문이다. 일반적으로 한 편의 영화에서 사건이 전개되는 내러티브 구조는 크게 극적(dramatic) 구조와 에피소드(episode) 구조로 나누어진다. 극적 구조는 우리가 영화나 소설, 방송 드라마에서 익숙하게 보아 온 구조이다. 여기서는 일정한 성격을 가진 주인공(protagonist)이 자신의 목적 달성을 방해하는 반대자(antagonist)의 방해를 극복한다. 흔히 영화에서는 시작-중간-끝의 3장 구조를 취하는 경우가 대부분이다.

이와 같은 극적 구조와 달리 에피소드 구조에서는 사건의 긴장감을 고조시키는 행동의 발전보다는 일련의 장면이나 일화의 연속을 보여준다. 그 장면이나 일화는 다양한 사건들로 구성되어 있는데, 이 여러 가지 사건들은 동일한 주인공에 의해 연결되어 있다. 물론 주인공이 한 사람인 경우가 일반적이지만, 버디(buddy) 영화처럼 두 사람 또는 그 이상의 짝패가 주인공이 될 수도 있을 것이다. 또 사건들 자체도 동일한 길이와 스케일을 가질 필요도 없다. 주인공이 한 사건을 겪고 나면 다음 사건을 겪는 식으로 진행하기만 하면 되는 것이다. 다만, 마지막 사건은 가장 분명하고 충격이 큰 사건일수록 좋다. 작품의 클라이맥스에 해당하는 사건이 시시하면 작품 전체가 시시한 것으로 비쳐질 수도 있을 것이기 때문이다.

한편 이러한 에피소드 구조는 옴니버스 구조와 대체로 유사하지만 몇 가지 점에서 차이를 보인다. 옴니버스 구조에서는 서로 다른 주제와 주인공을 가진 각각의 사건들이 그 자체로 완결적 형식을 취하면서, 다만 한데 묶여져 있을 뿐이다. 설령 동일한 등장인물이 다른 사건에 등장한다 하더라도 그 인물은 왕가위의 「중경삼림」에서와 같이 한 사건에서는 주인공이지만, 다른 사건에서는 단지 얼굴만 내미는 미미한 존재이다. 이에 비해 에피소드 구조에서는 각각의 사건들이 개별적인 플롯, 목적, 서브텍스트(subtext)에 의해 따로 따로 형상화되지만, 대부분 동일한 주인공이나 장소나 주제로 묶여져 있다는 특징을 지닌다.10)

앞서 말한 바와 같이, 「무도회의 수첩」은 이와 같은 에피소드 구조의 일반적인 성격을 따르면서도 조금 다른 면도 동시에 가지고 있다. 무엇보다도 에피소드 구조에서는 동일한 주인공이 계속해서 이 사건에서 저 사건으로 건너다닌다. 하지만 이 영화는 '수첩'이라는 매개체가 사건을 연결시키는 역할을 한다. 그리고 중간 중간에 과거를 회상하는 플래시 백 기법을 사용하고 있으며, 주인공이 여행을 하기 때문에 로드 무비적 요소까지 포함하고 있다. 물론 주인공의 정신적 성숙이나 새로운 각성을 본격적으로 다루고 있지 않기 때문에 완전한 로드 무비로 볼 수는 없지만, 여로의 형식을 취하고 있다는 것은 분명한 사실이다. 다른 한편으로 주인공이 여러 사람을 차례차례 인터뷰하듯 만난다는 점에서 비록 논픽션은 아니지만 마치 기자들이 수첩을 들고 다니며 현지 보고를 하는 것과 같은 일종의 르포르타주 또는 다큐멘터리의 형식도 차용하고 있다고 할 수 있을 것이다. 요컨대 「무도회의 수첩」은 에피소드 구조를 기본으로 하면서도 주인공 대신 수첩이라는

---

10) Victoria Schmidt, *Story structure architect*, Cincineti, OH : Writer's digest books, 2005, p.55.

매개체가 사건과 사건을 이어주고 있으며, 부분적인 과거 회상 구조와 로드 무비적 요소에다 르포르타주 구조의 편린까지를 갖춘 독특한 내러티브 구조를 갖추고 있는 영화이다.

4. 한국에서의 개봉과 재상영이 끼친 영향

1937년도 베니스 영화제에서 베스트 외국 영화로 무솔리니 컵을 수상한 「무도회의 수첩」은 미국과 여러 유럽 국가들에서 1938년에 개봉되었다. 비슷한 시기에 일본에도 수입되어 개봉된 뒤 한동안 신주쿠(新宿)의 이세탄에 있는 3류 극장에서 계속 상영되었다. 일본 제국주의의 식민지였던 한국에서는 개봉에 앞서 대중 잡지 『삼천리』를 통해 먼저 소개되었다. 1938년 11월호에 「무답회(舞踏會)의 수첩」이라는 제목의 글이 실렸는데, 오식인지는 몰라도 무도회는 계속 무답회로 표기되어 있다. 이 글이 실린 다음 해에 이 영화는 개봉이 되었는데, 같은 감독이 만든 「망향」이 먼저 개봉되어 상당한 인기를 끈 뒤였다.

이 영화가 한국에 소개되면서 영향을 미친 분야로 우선 소설을 들 수 있다. 앞에서 살펴본 것처럼 이 영화의 내러티브 구조는 에피소드 구조를 기본으로 하면서 플래시 백, 로드 무비, 르포르타주 구조가 혼합된 독특한 형태로 되어 있다. 이러한 독특함은 당대의 우리 소설가들에게 신선한 충격을 주었다. 그리하여 김남천과 같은 작가들은 「무도회의 수첩」의 수법을 고려했다는 고백을 한 바 있다.11)

---

11) 김남천, 「영화인에게 보내는 글」, 『문장』, 1940. 6, 226쪽.

「무도회의 수첩」이 소설보다 더 커다란 영향을 끼친 쪽은 여성 분야이다. 소위 신여성으로 불리던 당시의 여성들에게 영화는 다른 어떤 예술보다도 환영받는 장르였다. 신흥 예술이었던 영화가 각광을 받은 이유는 무엇보다도 값이 저렴하면서도 화려하고 재미있는 오락이었기 때문이다. "오십 전 혹은 삼사십 전으로 세 시간 동안 어여쁜 여배우의 교태와 소름끼치는 자극과 노래와 음악과 춤을 실토록 맛보고 게다가 서양 원판 예술을 충성하게 감상할 수 있으니까 에서 더 바랄 것이 없다"12)는 언급이 이 점을 뒷받침한다. 이처럼 손쉽게 접할 수 있는 영화를 어릴 때부터 보고 자란 모던 보이와 모던 걸들은 구세대와 구별되는 유행에 민감한 세대로 자라나게 된다. 영화 속에서 화려한 옷차림을 하고 등장하는 배우들을 보아 버린 그들은 더 이상 하얀 색과 검정 색으로만 된 한복을 입지 않았다. 그들은 미국에서 유행하던 니커보커스와 같은 첨단 패션으로 무장하였던 것이다. 그런 신세대들이 구세대의 사고 방식에 순종하지 않았음은 두 말할 나위도 없다. 말하자면 그들이 유행하는 정보를 얻는 원천으로 기능했던 영화는 일종의 진보와 반봉건을 전파하는 역할까지도 담당하였던 것이다.

최신의 유행에 민감한 반응을 보였던 반항적 성향의 모던 걸, 즉 신여성들이 가장 신봉한 덕목은 여성 해방과 남녀 평등이다.13) 근대 도시 경성의 발전과 함께 한 도시 문화의 성장은 전통적인 성(sexuality) 개념을 뒤엎는 역할을 하였다. 도시의 여성은 농촌 여성에 비해 사회생활에 참여할 수 있는 기회를 많이 가질 수 있게 된다. 그리하여 경제적 능력을 가지게 된 여성들은 가장의 권위에 더 이상 굴복하지 않는

---

12) 하소(夏蘇), 「영화가 백면상(百面相)」, 『조광』, 1937. 12, 231쪽
13) 김진송, 『서울에 딴스홀을 許하라』, 현실문화연구, 1999, 204쪽.

경향을 보인다. 이런 점에서 도시 문화 자체가 성 개념을 전복시키는 저항적 성격을 지닌다는 주장[14]은 설득력을 가진다. 일단 가부장제의 속박에서 풀려난 신여성들은 이제 도시의 문화를 적극적으로 즐기는 근대적 주체로 거듭나게 된다. 재즈가 유행하고 댄스가 들판의 불처럼 기세등등하게 젊은이들을 사로잡게 되었던 것이다. 이러한 현상이 생겨나는 데는 유성기의 보급도 일정한 역할을 담당하였다. 그리하여 마침내 댄스홀을 허가해 달라는 탄원서 형식의 글까지 나오게 된다. 이처럼 외국 영화로 인한 댄스 열풍이 몰아치던 시기에 개봉된 「무도회의 수첩」은 무엇보다도 이러한 유행을 가속하는 역할을 한다. 그리고 중년의 여성이 옛날 함께 춤을 추었던 남자들을 찾아간다는 내용은 여전히 봉건적 가부장제의 편린이 남아 있던 1930년대 식민지 한국 사회에 적지 않은 충격을 주었다. 기생이 아닌 평범한 여성이 여러 남자를 만난다는 것은 가부장제 사회에서는 상상도 할 수 없는 일이다. 아무리 개화가 되었다 해도 영화 속 서구 여성의 개방적 태도는 여전히 받아들이기 힘든 상황이었다. 결과적으로 이런 내용을 담은 영화가 상영되었다는 사실 자체가 가부장제에 균열을 내는 일이었던 것이다.

비슷한 현상은 「무도회의 수첩」이 재상영된 한국전쟁 직후에도 나타난다. 이 영화가 재상영된 1956년은 한국 영화사에서 특기할 만한 사건이 일어난 해이다. 사회적으로 여러 가지 논란을 불러일으킨 한형모 감독의 「자유부인」이 개봉되었기 때문이다. 댄스홀에 빠진 유부녀는 당대 사회의 유행을 말해주는 일종의 아이콘이라고 할 수 있다. "개방적인 사회 분위기와 보수적이 관습 사이의 첨예한 갈등"[15]이 빚

---

14) 마이크 새비지·알랜 와드, 김왕배·박세훈 공역, 『자본주의 도시와 근대성』, 한울, 1996, 152쪽.

어지던 때에 「자유부인」은 현모양처라는 전통적 가치관에서 벗어난 아이콘으로서의 바람난 여성을 그려내어 성공을 거두었던 것이다. 때맞춰 재개봉된 「무도회의 수첩」은 이러한 사회 상황에 부합하는 내용으로 주목을 끌 수 있었던 것으로 보인다. 개인의 사적인 공간이 주요 관심사가 되던 시기에 재개봉되어 서구 여성의 사적 생활을 보여주는 영화로 받아들여졌던 것이다. 그리하여 1950년대 한국 여성의 사회적 해방에 일정한 공헌을 하게 된다.

　「무도회의 수첩」은 격세유전으로 2000년대의 한국 영화에도 영향을 미친 바 있다. 2004년에 개봉된 권종관 감독의 「S다이어리」도 「무도회의 수첩」에서 내러티브 구조를 빌려 왔다. 「S다이어리」의 주인공 나지니(김선아가 연기)는 사귄 지 1주년 기념일에 네 번째 남자 찬에게서 이별 통보를 받는다. 스물 아홉의 노처녀인 그녀가 이별의 순간에 그에게서 들은 말은 옛날 남자들에게 가서 널 사랑했는지를 물어보라는 것이었다. 가슴을 아프게 만드는 이 한마디를 되새기면서 그녀는 다이어리 속에 간직된 지난 사랑을 떠올려본다. 그리고는 한 사람 한 사람에게 다이어리를 증거로 작성한 청구서를 날린다. 이처럼 한 주인공이 다른 사람들을 차례로 상대하는 방식은 바로 「무도회의 수첩」이 확립한 독특한 내러티브 구조 그대로이다. 이 내러티브 구조는 2005년에 칸 영화제에서 호평을 받고 개봉된 짐 자무시 감독의 「브로큰 플라워 (Broken flower)」에서도 차용할 만큼 이제 하나의 내러티브 유형으로 자리를 잡았다고 할 것이다.

---

15) 김미현 편, 『한국영화사』, 커뮤니케이션북스, 2006, 143쪽.

5. 맺음말

줄리앙 뒤비비에의 「무도회의 수첩」이 한국에 소개된 지도 이제 70년이 되었다. 그 동안 이 영화는 제2차 세계대전이라는 커다란 불행을 앞둔 프랑스 사람들의 불안감을 대변하는 허무적 내용으로 프랑스뿐만 아니라 전 세계적인 인기를 끌었다. 프랑스와 마찬가지로 만주사변에 이어 이미 중일전쟁이 진행 중이어서 전시 체제에 돌입했던 식민지 조선에서도 특유의 우수 어린 화면은 대단한 인기를 끌 수 있었다. 사정은 한국전쟁으로 모든 것이 폐허로 변한 1956년도에 크게 변하지 않았다. 희망을 가지기 어려웠던 암울한 시절에 잿더미 속에서 살아가던 한국인들에게 인생의 무상감을 흑백 필름에 담아 전달했던, 재상영된 「무도회의 수첩」은 그 시절에 청춘을 구가했던 많은 사람들에게 추억의 영화로 자리 잡게 되었던 것이다.

한편 중년 여성이 자신의 인생이 조락기(凋落期)에 접어들었음을 쓸쓸히 받아들이는 영화의 내용만큼이나 변형된 에피소드 구조로 되어 있는 이 영화의 내러티브 형식 역시 문제적이다. 「S다이어리」나 「브로큰 플라워」의 예에서 볼 수 있듯이 동서양을 막론하고 이제 이 영화의 내러티브 구조는 후대의 감독들에게 하나의 전범이 되고 있는 것이다.

물론 「무도회의 수첩」에 대한 비판적 시각이 없는 것은 아니다. 동시대에 만들어진 다른 영화들에서 쉽게 찾아볼 수 있는 전형적 인물 유형, 멜로드라마에 충실한 플롯 등이 주된 비판의 대상이다. 그럼에도 불구하고 이 영화는 뒤비비에가 제2차 세계대전 중에 미국으로 건너간 뒤 멀 오베론을 주인공으로 삼아 「리디아」(1941)이라는 이름으로 리메이크할 정도로 대단한 인기를 끌었던 영화이다. 그래서 싸구려 멜로드라마로 치부하여 무시할 수만은 없다. 특히 우리나라 사람들이 어려울 때마다 감정의 카타르시스를 경험할 수 있도록 해주었기 때문에 더욱 그러하다. 앞으로 이 영화를 비롯한 1930년대 프랑스 시적 리얼리즘 영화가 우리에게 끼친 영향에 대하여 좀 더 깊이 있는 연구가 진행되기를 기대한다.

김남천의 프랑스 시적 리얼리즘
영화 수용 연구

－「페페 르 모코」와 「이리」의 관련성을 중심으로

1. 우리 근대 문학 예술과 프랑스 문학 예술의 교섭

일본을 경유하여 수입된 서구의 근대 문학 예술은 한국 근대 문학 예술의 형성에 커다란 역할을 담당한 바 있다. 개화기에 투르게네프나 톨스토이가 주축이 된 러시아 문학 못지않게 우리에게 커다란 영향을 미친 문학은 프랑스 문학이다. 이미 이 시기에 19세기 프랑스 문학의 걸작인 알렉산더 뒤마의 「몽테 크리스토 백작(암굴왕)」, 「철가면(무쇠탈)」과 빅토르 위고의 「레 미제라블(장발장)」을 필두로 하여 여러 작품들이 수입되기 시작한다. 계몽적 성격을 다분히 지닌 청소년용 도서로 일본을 통해서 수입되었지만, 이들 소설들은 근대적 독서 욕구는 물론이고 이국 취미까지도 어느 정도 해소시키는 데 적지 않은 공헌을 하였던 것이다.

　이후 1910년대 중반 무렵부터는 말라르메, 베를렌 등의 프랑스 상징주의 시가 황석우나 김억 등에 의해 『태서문예신보』에 소개됨으로써 근대 자유시를 확립하는 데 밑거름이 된다. 또 1920년대에는 김동인이 모파상의 작품을 사숙하면서 이 땅에 본격적인 단편 소설 형식을 확립하였고, 김기진이 앙리 바르뷔스의 클라르테 운동을 수입하여 신경향파 문학이 태동할 수 있는 토대를 마련하게 된다. 우리의 근대 문학이 어느 정도 본격적인 궤도에 오른 1930년대에도 르누아르의 작품이 이효석에게, 프란시스 잠의 시가 윤동주에게, 발자크의 소설이 김남천에게 영향을 끼치는 등 프랑스 문학 예술과 우리의 문학 예술 간의 교섭은 활발하게 지속된 바 있다.

　이처럼 프랑스 문학 예술이 폭넓게 수입된 까닭에 대해서 1930년대의 평론가 이헌구는 ‘프랑스의 문학예술이 굵거나 음산하거나 강렬하거나 잔인하지 아니하면서 인생 현실에 대한 가장 명석한 통찰과 또는 인간의 자유로운 향혼(香魂)을 내포하고’ 있기 때문이라고 분석한 적이 있다.[1] 그의 말대로 확실히 프랑스의 문학 예술은 인간의 운명 또는 한계 상황과 같은 무거운 주제를 다루는 러시아나 북구의 문학 예술 혹은 의미를 강조하는 영미권의 문학 예술에 비해 감각과 정서를 중시하는 특징으로 인해 우리 근대 문학이 낭만적인 성격을 확립하는 데 많은 기여를 한 것으로 보인다. 더구나 프랑스의 근대 문학 예술 가운데 세기말의 퇴폐적 낭만주의는 국권을 상실한 채 식민지 상황에 처한 우리 민족의 처지에서 받아들이기에 별다른 장애 요소가 없었다고 할 수 있을 것이다.

---

1) 이헌구, 「불문학 · 영화와 조선」, 『조광』, 1939. 7, 167쪽.

문학 못지않게 1895년에 프랑스의 뤼미에르 형제가 발명한 영화 역시 식민지 조선에 커다란 영향을 준 예술 장르이다. 기계 문명에 의해 새로운 예술로 등장한 영화는 할리우드의 제작 시스템이 자리를 잡으면서 점차 미국이 주도권을 행사하게 되지만, 적어도 1930년대 후반의 조선에서는 프랑스 영화가 할리우드 영화와 자웅을 겨루는 형국이 펼쳐진다. '시적 리얼리즘' 혹은 '사회적 판타지'라고 명명된 이 시기의 프랑스 영화는 세기말의 퇴폐주의와 마찬가지로 허무주의적이고 낭만주의적인 색채를 짙게 드리웠기에 식민지 치하의 조선인에게 동일시 효과를 불러일으켜 수월하게 수용될 수 있었던 것으로 생각된다.

이 시기에 자크 페데의 영화나 시인 자크 프레베르의 감각적인 대본에 기초한 마르셀 카르네의 영화와 더불어 식민지 조선에 수입되어 흥행에 성공한 것은 「페페 르 모코(Pépé le Moko)」[2](1937), 「무도회의 수첩(Un carnet de bal)」(1937) 등 쥘리앙 뒤비비에가 연출한 영화이다. 당시로서는 놀라울 정도로 많은 관객을 동원하여 새로운 흥행 기록을 세운 그의 작품은 일반인들뿐만 아니라 많은 문학 예술가에게 지울 수 없는 흔적을 남기게 된다.[3] 이 글에서는 그러한 뒤비비에의 영화를 보았던 문인들 가운데 특히 자신의 작품 속에 영화의 내용을 직접 끌어들인 김남천을 중심으로 1930년대 프랑스의 시적 리얼리즘 영화와 우리

---

2) 1930년대의 몇몇 잡지에서는 처음에 「페페 르 모코」라는 원래 제목을 쓰기도 하였으나, 영화가 상영되던 무렵에 이르러서는 「망향」으로 바뀐 제목을 주로 사용하였다.

3) 임화의 경우 「신극은 어디로 갔나 영화 조선의 새 출발」(『조선일보』, 1940. 1. 4)이라는 좌담회에서 연극 관중과 영화 관중을 구별하면서 전자는 「추월색」 독자와 같은 풍이라고 하고 후자는 '페페 르 모코'를 좋아하는 세련된 관중이라고 부를 정도였다. 심지어 김기림은 "아직 '페페 르 모코'에 필적하는 한 편의 미국 영화를 본 일이 없다"고 단언하기도 하였다. 김기림, 「동양의 미덕」, 『문장』, 1939. 9, 166쪽.

근대 소설의 관계를 살펴보고자 한다.

그 동안 프랑스 시적 리얼리즘 영화에 대한 해외에서의 연구는 조르주 사둘 등의 학자에 의해 프랑스 영화사의 한 부분으로 연구되거나,[4] 세계 영화사의 한 부분으로 연구되어 왔다.[5] 그리고 아래에서 다루게 될 뒤비비에를 비롯하여 장 르누아르, 마르셀 카르네, 자크 페데, 장 비고 등 영화 감독에 대한 개별 작가론도 상당수 존재한다.[6] 한편 영화와 우리 근대 문학 내지 문화와의 관계에 대한 최근의 연구 성과 중에서는 김경수, 김양선, 강심호, 황호덕, 권혁웅, 조연정, 한옥희, 김외곤 등의 논문이 비교적 주목할 만하다.[7] 이들 논문에서는 영화의 수

---

4) 대표적인 연구 성과로는 Georges Sadoul, *Histoire du cinéma français*, Paris : Flammarion, 1962 ; Jean-Pierre Jeancolas, *Histoire du cinéma français*, Paris : Nathan, 1995 ; 뱅상 피넬 외, 김호영 역, 『프랑스 영화』, 창해, 2000 ; 김호영, 『프랑스 영화의 이해』, 연극과인간, 2003 등이 있다.

5) 국내에 소개된 잭 엘리스, 변재란 역, 『세계영화사』, 이론과 실천, 1998 ; 제라르 베통, 유지나 역, 『영화의 역사』, 한길사, 1999 ; 제프리 노웰-스미스 편, 이순호 외 역, 『옥스퍼드 세계영화사』, 열린책들, 2005 ; 크리스틴 톰슨·데이비드 보드웰, 주진숙 외 역, 『세계영화사 : 음향의 도입에서 새로운 물결들까지 1926~1960s』, 시각과 언어, 2000 등 대부분의 책들이 프랑스 시적 사실주의를 1930년대 세계 영화의 대표적 경향으로 자리 매김한다.

6) 뒤비비에에 관한 대표적인 작가론으로는 Eric Bonnefille, *Julien duvivier : le mal aimant du cinema français vol.1 1896-1940*, L'Harmattan, 2002 ; Yves Desrichard, *Julien Duvivier : Cinquante ans de noirs destins*, BiFi, 2001 ; Pierre Leprohon, *Julien Duvivier*, Paris : Anthologie du cinéma, 1968과 Raymond Chirat, *Julien Duvivier*, Premier Plan, 1968을 들 수 있다. 다른 감독들에 대한 연구 목록은 김호영, 『프랑스 영화의 이해』, 앞의 책, 2003의 참고 문헌에 정리되어 있다.

7) 김경수, 「한국 근대 소설과 영화의 교섭 양상 연구」, 『서강어문』 15집, 서강어문학회, 1999 ; 김양선, 「1930년대 모더니즘 소설의 영화기법」, 『한국문학이론과 비평』 9집, 한국문학이론과 비평학회, 2000 ; 강심호, 「유행, 대중적 감수성, 문학의 변모」, 『한국현대문학연구』 12집, 한국현대문학회, 2002 ; 황호덕, 「한국 모더니즘과 영화 - 이상(李箱), 메트로폴리탄, 활동사진」, 『한국사상과 문화』 15집, 한국사상문화학회, 2002 ; 권혁웅, 「영화의 문법과 시의 문법」, 『한국문학이론과 비평』 16집, 한국문학이론과 비평학회, 2002 ; 조연정, 「1920-30년대 대중들의 영화 체험과 문인들의 영화 체험」, 『한국현대문학연구』 14집, 한국현대문학회, 2003 ; 한옥희, 「문학과 영화의

입이 우리의 근대 소설 및 근대 문화에 끼친 영향, 예컨대 시각적 감수성의 혁신이나 몽타주 등의 기법 수용 등이 자세하게 분석되어 있다. 하지만 1930년대 프랑스의 시적 리얼리즘이라는 특정한 영화 조류가 우리의 문학 및 문화에 끼친 영향은 거의 연구되어 있지 않다. 이러한 분야는 영화와 문학의 관계에 대한 학제 간 연구가 좀 더 진행되어야 활발하게 다루어질 수 있을 것이다. 따라서 프랑스 시적 리얼리즘 영화를 관람한 후의 감상이 소설 창작에 개입되는 양상을 밝히려 하는 이 글은 그러한 학제 간 연구를 활성화하기 위한 하나의 시론(試論)에 지나지 않음을 미리 밝혀 둔다.

2. 시적 리얼리즘 영화의 발흥과 조선에서의 수용

뤼미에르 형제가 영화를 발명한 이래 멜리에스가 20세기 초에 허구적 이야기를 영화에 도입함으로써 영화는 예술 장르의 하나로 자리를 잡게 된다. 파테와 고몽이라는 영화사를 중심으로 제1차 세계대전 전까지 세계 영화계를 선도하던 때가 프랑스 영화의 첫 번째 전성기라고 할 수 있다. 하지만 전쟁 중인 1910년대 후반에 할리우드 시스템이 자리를 잡으면서 세계 영화의 주도권은 미국으로 넘어가고 영화를 발명한 프랑스 영화계는 고전을 면하지 못한다. 이러한 프랑스 영화계가

만남 - 문학과 영화의 서사성 등을 통한 접근과 경계 허물기」, 『돈암어문학』 17집, 2004 ; 김외곤, 「1920~30년대 한국 근대 소설의 영화 수용과 변모 양상」, 『한국문학이론과 비평』 32집, 한국문학이론과 비평학회, 2006 ; 김외곤, 「1930년대 프랑스 영화 「무도회의 수첩」의 수입과 그 영향」, 『우리 춤 연구』 4집, 우리춤연구소, 2007.

다시 한 번 전성기를 맞게 되는 것은 1930년대인데, 이 시대를 풍미한 영화가 바로 시적 리얼리즘 영화이다. 1927에 토키가 발명되어 유성영화가 등장하면서 유럽 각국의 사람들은 자기 나라의 언어로 된 영화를 원하게 되거니와, 프랑스의 경우 발자크, 위고, 졸라 등의 사실주의 문학의 전통이 영화에 적지 않은 영향을 주어 각색을 통한 문학 작품의 영화화가 활발하게 이루어진다.[8] 말하자면 시적 리얼리즘은 문학과의 결합을 통해 전성기를 맞이하게 되는 것이다.

프랑스의 영화학자 조르주 사둘에 의해 '시적 리얼리즘'으로 명명된 1930년대 프랑스 영화의 주류는 1920년대에 독일에서 일어난 '슈트라센슈필(Straßenspiel)' 영화 운동의 계승자라고 할 수 있다. 파브스트(Pabst) 감독에 의해 비롯된 이 '거리의 영화'는 러시아의 몽파주 학파와 어깨를 나란히 한 표현주의 영화가 기술적 요소를 중심으로 이미지의 조작과 화면의 구성을 중시하는 데 불만을 품고 스튜디오로부터 뛰쳐나가 자연스러운 일상생활의 장면들을 화면에 담고자 하였다.[9] 즉, 미국 고전주의 영화에 대한 전복이라는 목적을 달성하기 위해 과도한 형식적 실험을 행한 표현주의 영화 운동에 대하여 염증을 표현한 것이 슈트라센슈필 영화였던 것이다. 1930년대 프랑스의 시적 리얼리즘 영화는 이러한 슈트라센슈필 영화를 모방했기 때문에 작품의 배경으로 '거리'를 선택하고 거기에서 벌어지는 서민들의 삶을 주된 내용으로 삼게 된다.[10]

---

8) 정태수, 「현실과 감성을 넘어 : 1930년대 프랑스 시적 리얼리즘 영화」, 『영화연구』 26호, 한국영화학회, 2005, 357~359쪽.
9) 김호영, 『프랑스 영화의 이해』, 앞의 책, 25쪽.
10) 슈트라센슈필에 못지않게 나치 정권의 등장 이후 프랑스로 이주한 영화 전문인들도 시적 리얼리즘 영화에 많은 영향을 미쳤다. 이들 중에는 세트 디자이너 트로네,

그런데 독일과 군비 경쟁을 하며 얼마 후에 전쟁까지 치르게 되는 프랑스의 영화감독들이 그처럼 독일의 영화에서 직접적인 영향을 받게 된 원인은 무엇일까. 그 해답의 실마리는 1930년대 프랑스 영화의 제작 환경에서 찾을 수 있다. 주지하다시피 시적 리얼리즘 영화들은 프랑스적 분위기와 정취를 짙게 드리우고 있지만, 놀랍게도 영화 제작을 위한 비용은 독일과 영국 등 외국에서 온 경우가 많았다. 이 시기에 활동한 유명 배우 가운데 베를린에서 활동하지 않은 배우가 드물 정도로 영화 부문에서 프랑스와 독일의 유대는 끈끈했으며, 이런 상황은 히틀러가 정권을 잡은 이후에도 계속된다. 그리하여 프랑스인 감독에 의해 만들어진 영화 가운데 몇몇은 프랑스어와 독일어로 된 두 개의 버전이 독일에서 제작되기도 하고, 독일 우파(UFA)의 자회사인 ACE (Alliance Cinématographique Européenne)가 프랑스에서 다수의 작품을 제작하는 일이 벌어지기도 한다.[11] 이와 같이 독일의 자본으로 베를린의 스튜디오에서 영화를 찍는 일이 적지 않게 벌어지기도 하던 시대적 상황을 감안하다면, 프랑스 영화인들이 독일의 영화에서 직접적으로 영향을 받은 사실 자체는 그다지 이상할 것도 없는 일이라고 할 수 있다.

이제까지 살펴본 것처럼 독일 영화계와의 강한 유대 관계를 바탕으로 하여 탄생한 시적 리얼리즘 영화는 '시적'과 '리얼리즘'이라는 어울리지 않는 두 단어의 결합이 암시하듯이, 이중적인 성격을 지닌 영화

감독 빌리 와일더와 프리츠 랑, 촬영 감독 쿠르트 쿠란트 등도 포함되어 있었다. 또한 영화 산업에서 대기업이 도산하고 소규모 영화사가 난립한 것도 상업성의 굴레에서 벗어나게 해주었고 영화 창작의 민첩성과 다양화의 계기를 제공하였다. 정태수, 「현실과 감성을 넘어 : 1930년대 프랑스 시적 리얼리즘 영화」, 앞의 글, 356쪽.

11) Roy Armes, *French Cinema*, New York, NY : Oxford University Press, 1985, p.87.

로 평가되고 있다. 구체적으로 살펴보면, 일상적인 삶을 그려낸다는 점에서 리얼리즘에 접근하였지만 그것을 시적인 감성으로 그려내기 위해 인위적인 미장센을 강조하였던 일면이 드러난다.12) 말하자면 시적 리얼리즘 작가들은 거리를 카메라에 담기는 하되, 그 거리를 사람들이 살아가고 있는 현장에서 구하지 않고 희미한 조명과 인공적인 안개 효과 등을 동원하여 스튜디오에서 재창조하였던 것이다. 그래서 "고난으로 점철된 일상적 삶을 다루면서도, 그것 자체를 정면으로 응시하기보다 영화적 언어의 시적 감수성을 통해 일상적 삶을 변형시키는 특성"을 지니고 있다고 평가되기도 하였다.13) 인공적인 무대 위에서 길거리의 궁핍한 삶을 아름답게만 형상화하려 한 이와 같은 '사회적 판타지'의 모순적 상황은 제2차 세계대전 이후의 영화인들로부터 호된 비판을 받게 된다. 특히 시적 리얼리즘의 계승자로 평가받는 1940년대 후반의 이탈리아 네오리얼리즘 영화인들은 '거리'라는 소재는 수용하면서도 인공적 분위기는 정면으로 거부한다. 그리하여 그들은 아마추어 배우들을 거리로 데리고 나가 어두운 현실 상황을 현장감 있게 그려내는 데 관심을 집중하였던 것이다.

그럼에도 불구하고 시적 리얼리즘 영화는 미래에 대한 희망을 갖지 못한 채 막연한 불안감에 싸여 있던 프랑스 사회의 분위기를 적절하게 반영했다는 평가를 받고 있다.14) 카르네의 많은 영화들이 보여주고 있는 것처럼 시적 리얼리즘 영화의 등장인물들은 대부분 숙명적으로

---

12) 시적 리얼리즘 영화가 사용한 기술적 요소는 정확한 구성, 인상주의적 조명, 정적인 쇼트 등이다. 김광철 · 장병원 편, 『영화사전』, media2.0, 2004, 227쪽.
13) 제라르 베통, 유지나 역, 『영화의 역사』, 앞의 책, 105쪽
14) 제프리 노웰-스미스 편, 이순호 외 역, 『옥스포드 세계영화사』, 앞의 책, 416쪽.

패배주의에 물들어 있다. 이들은 위험한 상황에 놓여 있으면서도 그 위험을 극복하려는 노력을 하지 않을 뿐만 아니라, 오히려 그와 같은 위험한 상황에 체념하는 자세를 보여주는 경우가 많다. 이 글에서 다루고자 하는 뒤비비에의 영화 「페페 르 모코」의 주인공 역시 자신의 목숨을 담보로 이룰 수 없는 사랑을 추구하는데, 이러한 비관주의는 불안한 현실을 외면하고 싶은 당시 프랑스 대중들의 내면을 상징적으로 보여주는 것이다. 다시 말해 시적 리얼리즘 영화들은 당시 시민들이 가졌던 제2차 세계대전 직전의 우울하고 어두운 분위기를 잠깐만이라도 망각하게 함으로써 현실 도피의 욕망을 대리 충족시키는 데 어느 정도 성공하였던 것이다. 물론 식민지 조선에 수입되어 대단한 호응을 얻은 것도 같은 맥락에서 이해할 수 있을 것이다. 한편 밤이라는 시간대를 통해 그려진 시적 리얼리즘의 비관주의는 미국의 필름 누아르에도 많은 영향을 끼친 바 있다.

프랑스의 시적 리얼리즘 영화감독 가운데 프랑스는 물론이고 식민지 조선에서도 흥행에 성공한 감독으로는 단연 뒤비비에를 꼽을 수 있다. 처음에 배우로 출발하여 무성영화로 연출을 시작한 뒤비비에는 동 시대에 활약한 르네 클레르, 장 르누아르, 자크 페데, 마르셀 카르네, 장 비고 등과는 달리 일관된 양식을 보여준 것으로 기억되고 있다. 그는 1935년부터 1940년까지 무려 열한 편에 이르는 영화를 정열적으로 만들었는데, 이 가운데 그의 대표작이라고 할 수 있는 「페페 르 모코」, 「뛰어난 패거리(La belle équipe)」, 「무도회의 수첩」은 대체로 '도피'라는 주제를 다루고 있다.15) 현실적 삶의 고통을 이루어질 수 없는 사

---

15) 잭 엘리스, 변재란 역, 『세계 영화사』, 앞의 책, 191쪽.

랑으로 보상하고자 하는 도피주의적이고 허무주의적인 세계관을 드러내었던 것이다. 하지만 상업적 성공에도 불구하고, 그는 영화를 잘 만드는 장인이었을 뿐 진정한 의미에서의 위대한 작가가 되지는 못한 것으로 평가된다. 고도로 숙련된 연출 솜씨를 선보였지만, 카르네나 르누아르의 걸작에 버금갈 정도로 놓은 수준의 '감정의 깊이'를 보여주는 데는 실패하고 말았기 때문이다.[16] 다른 감독에게서 찾아보기 힘든 그만의 탁월한 능력, 즉 패배의 서사를 형상화하는 뛰어난 연출 감각은 한편으로 감독으로서 그의 명성을 높여주고 상업적 성공을 보장해 주었지만 다른 한편으로는 그로 하여금 명장의 반열에 오르는 것을 가로막기도 했던 것이다.

비록 예술적 성취의 면에서는 높은 수준에 오르지는 못했지만, 뒤비비에 특유의 연출 감각은 조선 관객들의 마음을 사로잡기에 충분하였다. 무엇보다도 그의 대표작들은 문학가이자 시나리오 작가인 스파크와의 공동 작업에서 나온 것이기에 감성적 대사가 많이 사용된다. 또한 극도의 비관주의를 드러내었기 때문에 불안 사조가 유행하던 프랑스에서와 마찬가지로 중일전쟁(1937)의 발발 이후 국가 총동원법이 실시되던 식민지 조선에서도 쉽게 받아들여진다. 적극적으로 현실과 대결하지 못하는 주인공의 도피 정서가 프랑스와 조선의 관객들에게 공통적으로 동일시 효과를 불러일으켰던 것이다. 그리고 주인공의 우수에 젖은 연기를 통해 드러나는 '인생무상' 또는 '비극적 사랑'이라는 주제 역시 신파극에서 쉽게 찾아볼 수 있는 숙명론적 인생관[17]과 유

---

16) Roy Armes, *op. cit.,* p.100.
17) 신파극 양식의 기본 구조는 '자극-고통-패배'로 이루어져 있으며, 이러한 구조는 절망과 눈물의 정치학이라는 효과를 낳게 된다. 김익두, 「신파극의 '시학'과 '정치

사한 것이어서 조선 관객들에게는 그리 낯설지 않았던 것으로 보인다. 이를 통해서 보면, 프랑스 시적 리얼리즘 영화는 스타를 내세운 오락 위주의 할리우드 영화와는 전혀 다른 측면에서 수용되었음을 알 수 있다.

한편 뒤비비에의 대표작으로 평가받는 「페페 르 모코」는 1937년 초에 프랑스에서 개봉되었지만, 조선에서는 1938년에 이르러 소개된다. 당시의 서구 영화가 일본을 거쳐 수입되었던 점을 감안하면, 그렇게 늦게 소개되었다고 볼 수 없을 것이다. 영화의 개봉에 앞서 『여성』 1938년 8월호에 소설의 형식을 빌려 내용이 소개되었고, 이듬해 2월에 접어들어 비로소 스카라 극장의 전신인 약초(若草) 극장에서 「망향」이라는 제목으로 상영된다.[18] 이 영화는 한국전쟁이 끝난 후인 1955년에 다시 개봉되는 바, 그 비극적 내용은 전후의 허무주의 정서와 결합하여 관객들의 심금을 다시 한 번 울리게 된다. 뿐만 아니라 「카스바의 여인」이라는 노래까지 유행시키기에 이른다.

「페페 르 모코」가 이처럼 커다란 흥행 기록을 남기게 된 것은 사랑을 위해 자신의 목숨까지 바치는 주인공의 비극적 운명에 힘입은 바 크다. 뒤비비에의 연기 지도를 통해 선 굵은 연기자로 거듭난 장 가뱅이 주인공 역을 맡았는데, 그는 이 영화로 일약 스타가 된다. 우수 어린 얼굴의 장 가뱅이 연기하는 페페 르 모코는 프랑스의 수도인 파리 출신이다. 그는 범죄를 저지른 뒤 경찰의 체포망을 피해 당시 프랑스

학' : 신파극의 한 양식적 특징과 그 정치·사회적 의미」, 『공연문화연구』 11, 한국공연문화학회, 2005, 148쪽.

18) 「완성에 급한 조선 영화 연극만은 아직도 다난(多難) 양화 진영은 이채를 띠였다」, 『조선일보』, 1939. 2. 1.

의 식민지였던 알제리의 카스바 지역으로 숨어들게 된다. 경찰은 카스바 지역에서 활개 치고 다니는 페페를 체포하려고 백방으로 노력하지만, 번번이 카스바의 미로를 요리조리 잘도 빠져나가는 그를 체포하는 데 실패한다. 때때로 자신을 쫓는 경찰을 조롱하기도 하지만, 그는 카스바를 한 발자국도 벗어날 수 없는 자신의 운명에 괴로워한다. 카스바를 벗어나는 즉시 기다리고 있는 경찰에 체포되기 때문이다. 이러한 페페의 처지는 시적 리얼리즘 영화의 주인공들이 전형적으로 보여주는 패배할 수밖에 없는 운명을 암시하는 것으로 볼 수 있다.

이러한 운명을 더욱 재촉하는 것은 파리 출신의 아름다운 여인 가비와의 만남이다. 페페는 이미 정부(情婦)인 이네스가 있음에도 불구하고, 어느 날 카스바를 방문한 가비를 만나면서 사랑에 빠지는데, 그녀가 풍기는 고향 파리의 분위기는 그로 하여금 이성을 잃게 만든다. 고향에 대한 그리움으로 몸부림치는 그의 모습은 다시는 빠져나갈 수 없는 덫에 걸린 짐승을 연상케 한다. 남은 것은 비극적 결말뿐인데, 이것이 완결되는 것은 고전적인 삼각관계를 통해서이다. 페페와 가비의 관계를 알게 된 정부 이네스가 질투심에 사로잡혀 페페가 숨은 곳을 밀고하자, 알제리 출신의 형사 슬리만은 페페가 죽었다고 거짓말을 하여 가비로 하여금 파리로 돌아가게 만든다. 페페의 사망 소식에 실망한 가비가 프랑스로 가는 여객선을 타러 가는 사이, 그녀를 잊지 못한 페페는 위험천만하게도 카스바를 벗어나 부두의 여객선에 오른다. 하지만 그를 기다리는 것은 가비가 아니라 경찰이었다. 체포되어 배에서 끌어내려오는 동안에 페페 가비의 이름을 애타게 부르지만, 가비는 비탄에 젖은 채 고동 소리를 듣지 않으려 귀를 막을 뿐이다. 사랑하는 여인과 이별하게 된 페페는 자살로써 자신의 삶을 마감하는데, 이는 비극의 주인공들이 택하는 전형적인 결말이다.

다분히 신파조의 내용을 지닌 「페페 르 모코」에서 주목해야 할 것은 주인공 페페의 비관주의적 인생관이다. 이와 관련하여 이 영화가 페시미즘이 상당히 침투되어 있는 프랑스 문학과 궤를 같이한다는 지적19)도 있다. 죽음이라는 커다란 위협 앞에서도 잃어버린 연인과 고향을 그리워하는 마음을 끝내 떨치지 못하는 그의 마음은 애초부터 비극을 잉태한 것이라고 할 수 있다. 앞에서 언급한 적이 있듯이, 이와 같이 이루어질 수 없는 사랑에 대하여 집착하는 그의 태도는 개화기부터 신파극에 익숙해진 식민지 조선의 관객들에게는 낯선 것이 아니었다. 신파극을 보면서 그랬던 것처럼 이 영화 속의 슬프고 안타까운 사랑을 보면서도 조선의 관객의 눈물을 흘릴 수 있었던 것이다.

공교롭게도 「페페 르 모코」가 흥행면에서 성공을 거둔 직후인 1940년 1월에 조선총독부는 사상 통제를 강화하기 위해 조선영화령을 공포한다. 이 법령으로 인해 각본의 사전 검열과 영화의 사후 검열이 행해짐으로써 식민지 조선에서의 영화 제작은 크게 위축된다. 뿐만 아니라 외국 영화의 수입과 상영 횟수에 제한을 두었기 때문에 할리우드 영화나 프랑스 영화의 수입은 대폭 줄어들 수밖에 없는 처지에 놓인다. 또 전쟁 선전을 위한 국책 영화를 만들 수 있는 법적 근거가 마련됨으로써 몇 편의 선전 영화가 제작되었는데, 징병 대상이 되는 적령기의 학생들은 이 영화들을 보기 위해 강제로 동원되기도 한다. 이러한 전후 사정을 고려할 때 1930년대 말에 수많은 대중의 발길을 극장

---

19) 이헌구, 「영화의 불란서적 성격」, 『인문평론』, 1939. 11, 70쪽.

으로 이끈 뒤비비에의 「페페 르 모코」는 영화의 암흑기가 도래하기 직전에 타오른 마지막 불꽃과도 같은 것이었다고 할 수 있다.

3. 김남천에 의한 뒤비비에 영화의 수용 양상

식민지 시대 말기의 최대 흥행작 「페페 르 모코」를 관람하면서 콧등이 시큰해지는 것을 느꼈던 관객 중에는 소설가이자 평론가인 김남천도 끼어 있었다. 주지하다시피 박태원과 이상으로 대표되는 구인회 작가들 중 일부는 영화에 지대한 관심을 가지고 있어서 그들의 작품 속에 영화에 대한 언급이 자주 등장한다. 그들에 못지않게 평소 영화에 관심이 많았던 김남천 역시 이타미 만사쿠(伊丹萬作)나 도요다 시로(豊田四郎), 우치다 도무(內田吐夢) 등이 제작한 일본 영화뿐만 아니라 뒤비비에 페데 등의 시적 리얼리즘 영화까지 관람한 일종의 준영화광이었던 것으로 알려져 있다. 그런 그였기에 아래와 같이 소설을 창작하면서 문학과 영화의 교섭에 대해 관심을 기울이기도 한다.

> 영국서는 헉슬리 같은 분이 곧잘 영화적 수법을 문학 속에 도입하였다고 합니다. 나 자신으로 말하면, 신여성과의 접촉이 없는 신세인지라 가끔 여성의 기질이나 풍속이나 심리를 배워올 뿐, 「안티클라이막스」의 방법과 「몽타쥬」론과 「무도회의 수첩」의 수법 등을 잠시 고려해 보았을 정도입니다.[20]

---

20) 김남천, 「영화인에게 보내는 글」, 『문장』, 1940. 6, 226쪽.

1930년대 후반에 김남천은 소시민적 관조주의에 머무르거나 작가의 사상을 공식주의적으로 표출함으로써 난국에 빠진 소설의 위기를 타개하기 위해서 '로만 개조론'을 주장하였다. 이 시기에 그는 '성격과 환경의 분리'라는 창작의 위기를 극복하기 위해 "작자의 사상이나 주관 여하에 불구하고 나타날 수 있는 단 하나의 길, 리얼리즘"[21]을 배우자고 하면서 전환기가 가진 모든 감정, 생활, 성격을 그려나가야 한다고 주장한 바 있다. 김남천은 이러한 리얼리즘을 배우기 위해서는 사상가를 주인공으로 하여야만 한다는 원시적 사상주의를 버리고 악당이나 편집광 등 비속한 인간들을 적극적으로 그려야 할 필요가 있다고 보았다.[22] 이와 같은 성격 묘사에 대한 주장은 발자크에 대한 연구 결과에 힘입은 바 크다고 할 수 있다. 하지만 그가 즐겨본 영화, 즉 비관주의적 운명과 밤의 어두운 세계를 특징으로 하는 프랑스 시적 리얼리즘 영화가 끼친 영향도 무시할 수 없을 것이다. 위의 인용문에서 드러나듯이, 그는 침체의 늪에 빠진 소설을 구할 새로운 방안으로서 영화적 수법의 도입을 고려하고 있기 때문이다.

영화적 수법의 도입에 대한 김남천의 적극적인 대응을 보여주는 작품으로 단편 「이리」를 들 수 있다. 이 작품은 뒤비비에의 영화 「페페르 모코」를 보고 난 뒤의 감흥을 토대로 창작한 것이어서 주목된다. 소설의 내용은 시골서 상경한 처녀들을 유괴하여 술집이나 유곽으로 팔아넘기는 인신 매매단 사건의 전모를 소설가의 분신으로 보이는 '나'가 친구한테서 전해 듣는 것으로 채워져 있는데, 아래의 인용문에서 볼 수 있는 것처럼 맨 앞부분에는 '나'가 영화의 주인공 흉내를 내

---

21) 김남천, 「소설의 운명」, 『인문평론』, 1940. 11, 14쪽.
22) 김남천, 「관찰문학소론」, 『인문평론』, 1940. 4, 17쪽.

는 장면이 들어 있다. 식민지 시대의 소설 중에는 때때로 영화의 제목이 거론되거나 영화배우의 이름이 거론되기도 하였지만 영화의 내용이 소설 속에 그대로 녹아든 것은 보기 드문 경우라고 할 수 있다.

> 어떤 날 오후, 봄이라지만, 아직도 치위가 완전히 대기 속에서 가시어 버리지 않은 날, 나는 영화 상설관에서 「페페 르 모코」를 구경하고 일곱 시경에 거리에 나섰다. 저녁을 먹어야 할 끼니때가 이미 지났으나, 곧 뻐스에 시달리면서 집으로 향할 생각을 먹지 않고, 어데 그늘진 거리나 거닐면서 지금 보고 나오는 토키가 주는 아름다운 흥분을, 고지낙하니 향락하고 싶어서, 나는 발을 뒷골목으로 돌려놓았다.
>
> 서울의 빈약한 거리를 걸으면서도, 나의 상념의 촉수는 「카즈바」의 소란하고 수상스러운 세계를 헤매고 있었다. 「페페 르 모코」가 소프트의 뒷전을 추켜서 머리에 올려놓고, 줄이 반듯한 양복에 색 구두를 신고, 목에는 흰 명주 수건을 얌전히 둘러 감고서, 「카즈바」의 소굴을 탈출하야 계집을 찾어 부두로 향하던 그림이, 나의 머리를 떠나지 않는 것이다.23)

주인공은 영화가 준 감동과 흥분 때문에 집으로 곧장 향하지 않고 서울의 뒷골목을 어슬렁거리며 자신이 걷고 있는 길과 자기 자신을 카스바와 페페 르모코인 양 여기고 있다. 그런데 영화의 어떤 힘이 주인공으로 하여금 그 동안 전혀 관심을 두지 않던 서울의 뒷골목으로 향하게 하였을까. 단순히 감정이입과 동일시라는 말로 그 이유를 설명하기에는 뭔가 모자라는 부분이 있다는 것을 느끼지 않을 수 없다. 일

---

23) 김남천, 「이리」, 『삼일운동』, 아문각, 1947, 62~63쪽.

반적으로 영화는 인간 지각의 심화를 가져다 준 것으로 이야기된다. 카메라 렌즈를 통해 촬영된 영화의 이미지는 회화나 무대에서 촬영되는 것보다 훨씬 더 정확하고 다양한데, 이와 같은 카메라의 뛰어난 사물 파악 능력은 때때로 진부한 주위 환경을 천착함으로써 익숙한 사물의 숨은 면까지 볼 수 있게 해준다. 카메라에 찍힌 것은 육안으로 보는 것과는 다르기 때문에 평소에 우리가 생각하지도 못했던 엄청난 공간을 확보하도록 해주는 것이다.[24] 그러므로 「이리」의 '나'가 평소 눈여겨보지 않던 경성의 빈민촌을 특별한 공간으로 재발견하고 거닐게 된 것은 영화 주인공 및 공간에 대한 동일시 효과 이외에 영화를 관람하면서 발견한 이러한 영화의 특징이 더해졌기 때문이라고 할 수 있다.

　공간의 재발견이라는 측면과 더불어 「페페 르 모코」와 「이리」의 영향 관계를 보여주는 것은 서울 빈민촌과 페페가 숨어 사는 '카스바'의 공간적 유사성이다. 「이리」에서는 인왕산 아래로부터 독립문을 굽어보는 곳에 이르는 현저동과 향촌동 일대의 슬럼 지대를 '대경성의 특수 구역'으로 규정하고 있다. 그 곳은 수레 하나 굴러다닐 길이 없고 하수도 시설도 엉망이며, 우물과 공설 수통을 에워싸고 동네 사람들이 추악한 싸움을 벌이는 범죄 구역이다. 작가는 이처럼 열악한 조건을 가진 슬럼 지대가 법의 손길이 미치지 않는 범죄 지대일 뿐만 아니라 익숙하지 않은 사람은 길을 잃기 십상인 미로로 구성되어 있다는 공통점에 근거하여 영화 속 카스바와 유사한 지역으로 묘사하고 있다.

　「페페 르 모코」와 소설 「이리」의 유사성은 등장인물이 처한 상황의

---

24) 발터 벤야민, 반성완 편역, 『발터 벤야민의 문예이론』, 민음사, 1990, 222~223쪽.

설정에서도 찾아볼 수 있다. 이 소설의 제재는 어두운 현실이다. 카스바라는 창살 없는 감옥에 갇힌 페페처럼 이 소설에 등장하는 유괴된 여섯 명의 처녀들 역시 경성의 특수 구역에 갇힌 채 살아가고 있다. 물론 그들은 페페와는 달리 시간이 지나면 다른 곳을 팔려가겠지만, 그 곳에서의 삶 역시 자유로운 삶과는 거리가 먼 삶이 될 것이다. 김남천은 영화 속의 암울한 분위기를 자신의 작품 속으로 이식하여 작중의 인물들 역시 어두운 세계에서 살아가는 인물들로 묘사하고 있다. 이는 이 소설을 창작하던 시기에 더 이상 이념적 주제를 취급하지 않고 생활의 현상에 대한 풍부한 묘사를 중심적 문제로 다루었던 작가의 창작 방법론, 즉 관찰문학론의 핵심적 내용과도 일맥상통하는 것이라고 하겠다.

하지만 위에서 언급한 공간이나 등장인물이 처한 상황이라는 측면보다 더욱 뚜렷하게 「페페 르 모코」가 「이리」에 끼친 영향은 등장인물의 성격 면에서 찾아볼 수 있을 것이다. 김남천은 소설의 인물이란 성격의 전형성을 드러내어야 한다고 하면서 악당과 편집광에 대한 연구를 깊이 있게 진행한 바 있다. 그의 주장에 따르면, 인물이 충분한 형상을 갖추기 위해서는 계급적 특징, 습관, 취미 등을 한 몸에 갖춤과 동시에 성격적 특이성을 가져야 한다. 이는 각종 악당과 모노매니아를 묘출한 셰익스피어나 발자크 등도 관심을 기울였던 점이다. 김남천이 대표적인 악당으로 꼽은 것은 교제 사회의 악당, 부랑자배의 악당, 도형장의 악당, 스파이 직업의 악당, 은행계와 정치계의 악당 등이다.[25] 이 가운데 부랑자패의 악당에 가까운 인물로 그가 뒤비비에의 영화에

---

25) 김남천, 「성격과 편집광의 문제-발자크 연구 노트2」, 정호웅·손정수 편, 『김남천 전집』 1, 박이정, 2000, 549쪽.

서 발견한 인물이 바로 페페였다고 할 수 있다. 영화를 관람한 직후 김남천은 페페와 비슷한 인물을 창조하기 위하여 '카스바'와 여러 가지 면에서 유사성을 지닌 서울의 슬럼 지대를 작품의 공간으로 재발견하였으며, 그 곳을 무대로 나쁜 짓을 일삼는 전형적인 악당으로 「이리」의 중심인물인 인신 매매범 서상호와 권명보를 창조해 내었던 것이다. 김남천이 작품의 말미에 덧붙여 놓은 "카즈바, 페페 르 모코, 악에의 매력, 강렬한 성격……"26)라는 등장인물의 독백은 이러한 점을 뒷받침하고도 남음이 있다고 할 것이다.

한편 「페페 르 모코」 이외에 작가 김남천이 주목한 또 하나의 프랑스 시적 리얼리즘 영화는 「무도회의 수첩」이다. 무도회의 수첩은 쥘리앙 뒤비비에의 또 다른 대표작으로 1937년에 프랑스에서 제작되었으며, 우리나라에서는 1939년에 개봉되고 1956년에 재개봉되었다. 이 영화는 첫 번째 인용문 속에 드러난 김남천의 고백에서 알 수 있듯이 특이한 내러티브 구조로 인해 이목을 끌었던 작품이다. 영화의 주제는 우리에게 익숙한 '인생무상'인데, 뒤비비에는 이를 중년의 미망인을 통해 형상화한다. 그녀는 20년 전의 첫 무도회에서 같이 춤을 췄던 남자들을 차례차례 방문하지만, 그녀를 맞는 것은 오직 환멸뿐이다. 짙은 우수와 허무주의적 색채와 낭만주의적 분위기가 물씬 풍기는 이 영화는 남자들의 이름이 적힌 수첩을 매개로 주인공이 옛 남자들을 만나러 다니는 에피소드 구조를 취하고 있다. 플래시백과 로드무비적 성격까지 적절하게 더해진 이 영화의 독특한 내러티브 구조는 이후 미국뿐만 아니라 우리나라의 몇몇 영화에도 영향을 끼치게 된다.27) 김

---

26) 김남천, 「이리」, 『삼일운동』, 앞의 책, 89쪽.
27) 이 영화의 내러티브 구조 및 후대 영화에 끼친 영향에 대해서는 김외곤, 「1930년

남천의 경우에는 「장날」 같은 작품에 약간의 편린이 보일 뿐이고 그 구조를 전폭적으로 수용한 작품은 발견되지 않지만, 그 구조를 잠시 고려해 보았다는 언급을 통해 간접적인 영향을 받았음을 짐작할 수 있다.

4. 남는 문제들

1930년대 말의 신문이나 잡지에 실린 글 가운데는 소설가이자 평론가인 김남천뿐만 아니라 동 시대에 문학과 예술 분야에 종사하던 많은 사람들이 프랑스 시적 리얼리즘 영화의 관람객이었음을 말해 주는 글이 적지 않다. 워낙 전염성이 강한 주제와 분위기를 담고 있는 영화였기에 아마도 그러한 관객들 가운데 그 경향의 영화에서 아무런 영향을 받지 않은 사람을 찾기란 힘들 것이다. 특히 한국의 영화인들을 비롯하여 영화와 공통점을 많이 가지고 있는 연극, 소설, 시 분야의 문학 예술인들이 더욱 큰 영향을 받았으리라는 것은 쉽게 짐작이 가능하다. 그럼에도 불구하고 이들 분야에서 이루어진 영향 관계는 그다지 자세하게 규명되어 있지 않은 실정이다. 이러한 연구는 외국 영화의 수용이 우리 근대 문학 예술의 시각적 근대성 확립에 어떤 역할을 했는지를 밝혀내는 데 매우 중요한 기여를 할 것이므로 앞으로 더욱 활성화되기를 기대한다. 물론 이 때 학제 간 공동 연구가 이루어진다면

대 프랑스 영화 「무도회의 수첩」의 수입과 그 영향」, 앞의 글에서 자세하게 다루고 있다.

더욱 풍성한 결과를 거둘 수 있을 것이다.

　한편 지금도 나이가 지긋한 사람들 가운데는 가난했던 자신의 청춘을 회고할 때마다 뒤비비에의 영화를 떠올리는 사람들이 있다.「페페르 모코」와「무도회의 수첩」이 한국전쟁 직후에 재개봉되어 인기를 끌었기 때문인데, 그만큼 뒤비비에의 작품들은 어려움에 처한 사람들에게 적지 않은 위안을 주었다. 모두가 아는 바와 같이 일본 제국주의의 식민지 지배로부터 해방 이후의 좌우 대립을 거쳐 한국전쟁과 그 이후의 독재 정치에 이르는 우리의 근현대사는 정의로운 세력이 오히려 패배하고 부도덕한 세력이 지배하는 역사이다. 이 어려운 시기를 살아가던 일반 대중들로서는 자신들이 살아가는 현실과 비슷하게 패배하는 주인공이 등장하는 시적 리얼리즘 영화를 통해서나마 동병상련의 연민과 함께 일말의 안도감을 느낄 수밖에 없었던 것이다. 이처럼 1930년대 프랑스 시적 리얼리즘 영화는 수용자의 내면과 관련하여 좀 더 천착할 필요가 있다. 1930년대에 이루어진 시적 리얼리즘의 수용 양상을 설명하면서 잠깐 언급한 것처럼, 그 과정에서 관객의 위안을 주요한 특징의 하나로 삼았던 신파극 장르도 연구 대상에 포함되어야 할 것으로 판단된다.

방송 광고와 문학 비평

방송 광고와 문학 비평의 관계에 대해서는 지금까지 거의 논의된 바가 없다. 그 이유는 영상 매체를 통해 전달되는 방송 광고와 글자를 통해 전달되는 문학의 양식적(樣式的) 차이 때문일 것이다. 그런데 오래 전부터 영상 매체를 이용한 영화만 하더라도 이야기를 전달하는 플롯이나 대사 등에 문학적 요소가 뚜렷하게 들어 있어 문학 연구자와 문학 평론가들이 영화에 적지 않은 관심을 기울이고 있으며, 영화와 문학에 관한 다수의 저서와 논문이 발표되고 있다. 방송 광고 역시 그 속에 스토리텔링이나 카피와 같은 문학적 요소를 포함하고 있기에 문학과의 관련성이 전혀 없다고는 단정할 수 없을 것이다.

학문적 영역에서 문학 비평은 그 대상인 문학만큼은 아니지만 나름대로 상당히 오래된 역사를 갖고 있다. 서구에서 인상주의 비평이나 원본 주석 비평을 제외하고 전문적 직업의 일종으로 문학 비평이 태동할 조건이 갖춰지기 시작한 것은 1830년대이다.[1] 이후 근대 문학 비평을 확립한 사람으로 인정받는 텐느가 콩트의 실증주의에 바탕을 둔 과학적 연구방법으로 문학을 연구하여 『영국 문학사』를 펴낸 시기는 1864년이다. 그 때부터 무려 150년 가까운 기간 동안 문학 비평 분야에서는 주로 문학의 형식과 내용과 본질에 대한 인문학적 연구가 진행되어 왔다. 그렇기 때문에 광고학을 위시하여 사람 사이의 소통을 중심적 연구 대상의 하나로 삼고 있는 사회과학과 문학 비평의 사이에는 일정한 거리가 생길 수밖에 없었던 것이다.

하지만 오늘날에는 문학을 포함한 문화에 대한 인문학적 연구와 사회과학적 연구 사이의 경계가 거의 해소되고 있다. 모든 문화는 사회적 산물이기 때문에 사람과 사람 사이의 소통을 매개하는 동시에 그 소통에 의해 매개되기 때문이다.[2] 더 이상 형식과 내용과 본질이 우수한(?) 고급문화만을 연구하면서 대중들에게 널리 확산되고 실질적인 영향을 미치는 저급문화를 배척하는 문학 비평가는 찾아보기 힘들게 되었다. 이와 같은 최근의 경향을 고려할 때, 방송 광고와 문학 비평의 관련성을 고찰하는 것은 문학 비평의 분야에서 소통의 방식에 대한 이해를 높이는 계기가 될 수 있고 방송 광고의 분야에서 광고물의 내용과 형식에 대한 이해를 제고하는 하나의 계기가 될 수 있을 것이다. 이 장에서는 먼저 문학 비평 이론을 고찰한 다음 방송 광고 및 광고비평과의 접점을 시론적(試論的) 맥락에서 모색해 보고자 한다.

---

1) 제라르 델포·안느 로슈, 심민화 역. 『비평의 역사와 역사적 비평』, 문학과지성사, 1993, 15~19쪽.
2) 더글라스 켈너, 김수정 역, 『미디어 문화』, 새물결, 1997, 72쪽.

1. 문학 비평의 고유한 기능과 유형

문학 비평은 다른 비평과 마찬가지로 단순히 대상에 대하여 평가를 내리는 데 그치는 것이 아니라 그러한 평가를 하게 된 논리적 근거를 제시하는 행위이다. 수준 높은 독자로서 문학 비평가가 행하는 비평은 행위는 한편으로는 작품을 창작한 작가에게 영향을 미치고 다른 한편으로는 작품을 읽는 독자에게 영향을 미친다. 그 영향은 작가와 독자 간에 이루어지는 정신적 교류를 고무하는 조언자 역할을 할 뿐만 아니라 냉정하게 꾸짖는 비판자의 역할을 함으로써 이루어지는 것이다.

이처럼 중간자적 입장에 서있는 문학 비평가가 수행하는 작업의 내용을 구체적으로 살펴보면 크게 감상, 해석, 평가의 세 가지 영역으로 나누어진다. 독자로서 문학작품을 읽는 동안 일정한 감상을 가져야 하고 그 의미를 객관적으로 해명해야 하며, 가치 판단까지 해야 하는 것이다. 다시 말해 문학 비평가는 주관적 감동에서 객관적 해석과 가치 평가에 이르는 작업을 진행해야 한다. 이 과정에서 그는 자신이 다루고 있는 문학이 예술의 일종이기 때문에 심미적 안목을 갖추지 않으면 안 된다. 바로 이 대목에서 문학 비평가는 사회 현상을 분석하는 사회과학자와 뚜렷하게 구분된다고 할 수 있다. 물론 방송 광고의 경우 영상미라는 예술적 요소를 포함하고 있기 때문에 광고비평가 역시 일정한 예술적 안목을 가지지 않을 수 없을 터인데, 이러한 점은 문학 비평가와 광고비평가의 접점이라고 할 수 있을 것이다.

문학 비평의 유형은 그 대상에 따라 이론 비평(theoretical criticism)과 실천 비평(practical criticism)의 두 종류로 나누어진다. 전자는 문학 작품을 감상하고 해석하고 평가하는 데 기준이 될 용어나 범주, 미학적 기준 등과 같은 원리를 깊이 있게 연구하는 비평이다. 이런 이유로 이론 비평에서는 실제로 작품에 대한 분석 대신 이론적이고 메타적인 성격의 작업이 중심을 차지하게 된다. 이에 비할 때 실천 비평 이론 비평에서 확립한 이론을 근거로 개개의 문학 작품이나 그 작품을 창작한 작가를 연구하는 비평이다. 그렇기 때문에 이론 비평에 비해 상대적으로 훨씬 구체적이고 개별적인 성격을 지니고 있다.

위에서는 대상에 따른 문학 비평에 대해 살펴보았거니와, 이와 같은 문학 비평이 방송 광고를 대상으로 하는 광고비평과 분명하게 구별되는 지점은 다름 아닌 이론 비평의 측면이라고 할 수 있다. 오랜 세월 동안 문학 비평은 미술이나 영화 등 다른 분야의 비평에 이론적 근거를 제공해 왔으며, 문학의 죽음이 말해진 지 이미 오래인 오늘날에도 이러한 역할은 여전히 지속되고 있다. 때로는 문학 이론이라는 이름으로, 때로는 비평 이론이라는 이름으로, 때로는 문예 미학으로 소개된 수많은 이론들은 문학 비평으로 하여금 적어도 예술이라는 명칭을 달고 있는 학문 분야 중에서는 어떤 분야에도 뒤지지 않을 풍부함을 지닐 수 있게 해주었던 것이다. 우리가 도서관이나 서점의 서가에서 쉽게 접할 수 있는 다양한 종류의 문학 원론과 문학 개론을 비롯하여 시론, 소설론, 희곡론, 시나리오론, 비평론이라는 이름을 가진 책들이 그 뚜렷한 증거이다.

한편 문학 비평은 대상이 아니라 방법론에 따라 여러 가지 유형으로 나누어진다. 널리 알려진 것으로는 에이브럼스의 유형론을 들 수 있다. 그는 문학 작품과 작품의 배경인 현실, 작품의 창조자인 작가,

작품의 수용자인 독자의 관계를 중심으로 비평을 네 가지로 나누었다. 첫째 유형은 작품이 사회 현실과 인간의 삶을 반영한다고 보는 모방 이론으로 문학사회학과 리얼리즘론으로 대표된다. 둘째 유형은 작품과 수용자인 독자의 관계에 주목하는 실용적 이론으로 수용 미학 등을 꼽을 수 있다. 셋째 유형은 작가의 의도가 작품에 제대로 스며들었는지를 고찰하는 표현론인데, 이에는 낭만주의와 심리주의, 제네바 학파 중 일부 이론가의 주장 등이 속한다. 마지막 유형은 작가와 현실, 독자를 배제한 채 작품 자체만을 분석하는 객관적 이론이다. 작품의 내재적 요소에 주목하는 러시아 형식주의와 뉴 크리티시즘(신비평) 이론 등을 꼽을 수 있다.[3] 이와 같은 에이브럼스의 유형 나누기는 매우 기본적인 것이어서 방송 광고를 포함한 다른 예술 분야에도 적용할 수 있을 것이다.

2. 전통적 문학 비평 이론과 방송 광고

한국의 문학 비평에만 한정지어 말하자면 에이브럼스보다 더 커다란 영향을 끼친 것은 그렙스타인(Grebstein)의 유형론이다. 그 동안 국내에서 출간된 많은 문학 비평서가 대체로 그의 구분을 따랐다. 그렙스타인의 유형론을 구체적으로 살펴보면, 그는 문학 비평가를 역사주의 비평가(historical critic), 형식주의 비평가(formalist critic), 사회 문화적 비평가

---

3) Abrams, Meyer, *The Mirror and the Lamp*, New york: Oxford University Press, 1971, pp. 8~29.

(sociocultural critic), 심리주의 비평가(psychological critic), 신화형성 비평가(mythopoeic critic)의 다섯 가지로 나누었다.[4]. 이 다섯 가지 문학 비평가의 종류는 그대로 문학 비평의 종류로 받아들여졌는데, 그 동안 각각의 한계가 어느 정도 부각되면서 적지 않은 비판을 받았음에도 불구하고 여전히 문학 비평의 기본적 방법으로 널리 이용되고 있다. 아래에서는 이 다섯 가지에 구조주의를 더하여 각 이론의 특성과 한계, 변화 과정을 간략하게 살펴보고자 한다.

1) 역사주의 비평

역사주의 비평에서는 작가와 그가 속한 민족의 성격, 작품이 나오게 된 역사적 시대, 작품이 산출된 사회적 환경에 의하여 문학 작품이 생산되었다고 본다. 그래서 작가의 전기(傳記)에 지대한 관심을 기울이는데, 생트 뵈브는 "나무를 보면 열매를 알 수 있다"는 말로써 이를 표현했다. 문학 전기의 방법에는 포괄적 연대기, 문학적 초상화, 유기적(有機的) 전기 등이 있다. 포괄적 연대기란 자료를 시간 순서로 배열하여 해설을 붙이는 방식이고 문학적 초상화는 배경보다는 작가의 성격을 묘사하는 방식이며, 유기적 전기는 자료를 통해 작가의 정신세계를 재구성하는 방식이다.[5] 역사주의 비평에서는 작가와 독자 또는 선후배 동료와의 영향 관계도 중시한다.

역사주의 비평의 한계로는 작가의 의도가 작품 속에 그대로 전달될 수 없는데도 작가를 연구하면 작품을 제대로 해석할 수 있다고 믿은

---

4) Sheldon Grebstein (Ed.), *Perspective in Contemporary Criticism,* New york: Harper & Row, 1968.
5) 레온 에델, 김윤식 역, 『작가론의 방법』, 삼영사, 1997, 187~197쪽.

'의도적 오류(intentional fallacy)', 작품과 창작 과정의 소홀한 취급, 작품의 현재성에 대한 경시, 독자의 능동적 역할 무시 등이 있다.6) 이러한 한계에도 불구하고 문학의 역사성은 무시할 수 없는 요소이기 때문에 역사주의 비평의 방법은 문학 연구의 기초적 방법으로 여전히 이용되고 있다.

2) 형식주의 비평

형식주의 비평가들은 작품의 참된 의미란 작가의 의도와 구별되는 것으로 오직 작품 그 자체만을 분석할 때 드러난다고 하면서 작품을 감정과 개성에서 탈피한 '객관적 상관물'로 인식한다. 또 그들은 작품에 씌어진 언어를 자족적(自足的)인 것으로 파악하고 그 의미보다 형식적 요소에 많은 관심을 기울여 문학의 '정서적' 언어는 비문학적인 영역의 '지시적' 언어와 다르다는 결론에 도달하였다. 그리하여 일상 언어와 구별되는 문학 언어의 특수성을 분명히 밝히는 작업이 이루어진다. 러시아 형식주의의 대표적 이론가인 슈클로프스키는 '낯설게 하기(defamiliarization)'라는 용어를 통해 문학의 언어가 의사를 전달하는 것보다 사물을 낯설게 보이게 하여 정서적 반응을 불러일으키는 데 그 목적이 있다고 보았다.7) 형식주의 비평가들에 따르면 이와 같은 낯설게 하기를 통해 만들어내는 문학 언어가 일상 언어가 구별되는 것은 그 구조적 특성에서이다. 시에서는 리듬과 운율 등이, 소설에서는 플롯이 이러한 특성을 만들어낸다. 한편 무카로프스키 등의 프라하 구조

---

6) 이선영 편, 『문학 비평의 방법과 실제』, 동천사, 1983, 34쪽.
7) 빅토르 어얼리치, 박거용 역, 『러시아 형식주의』, 문학과지성사, 1989, 226쪽.

주의에 커다란 영향을 끼친 로만 야콥슨은 사회의 영향을 반영하는 '지배적 요소(the dominant)'를 통해 나머지 구성 요소를 결정하고 변형시킨다는 견해를 내세웠다. 또한, 미국의 뉴 크리티시즘 비평에서는 작품의 언어적 요소인 이미지, 상징, 은유, 비유 등이 어떻게 유기적으로 종합되는가를 밝히는 데 치중하였다.

물론 형식주의 비평도 내용적 측면에 대한 경시, 작가와 사회와 독자의 역할 무시 등의 한계를 가지고 있지만, 작품 분석의 객관적 기준을 마련한 점은 높이 평가되어야 한다. 형식주의의 한계를 극복하려한 '사회적 형식주의(social formalism)'의 바흐친 학파는 러시아 형식주의자들과 마찬가지로 문학 작품의 언어적 구조에 관심을 기울였다. 그러면서도 언어를 이데올로기와 분리시키지 않고 사회의 계급투쟁을 반영하는 장치로 여기고, 그 언어가 권위를 해체하고 저항적 목소리들을 해방시키는 방식에 주목하였다. 즉, 문학 텍스트를 하나의 목소리를 가진 것으로 보지 않고 다양한 목소리를 지닌 개방적이고 불완전한 것으로 인식하였던 것이다.

3) 구조주의 이론

구조주의 비평(structuralist criticism)은 문학 작품을 여러 구성 요소들의 유기적 결합체로 보고 그 의미보다는 의미를 생성하는 내재적 법칙과 체계에 주목한다. 1950년대에 프랑스에서 시작된 구조주의의 이론적 토대가 된 것은 소쉬르의 언어학이다. 소쉬르는 언어를 개인들이 실제로 발음하는 '파롤(parole)'과 개인 머릿속의 사회적 언어 체계인 '랑그(langue)'로 구분하였다. 소쉬르 이후 구조주의자들은 이와 같은 대립적 요소를 중심으로 사회와 문화의 근저에 있는 체계나 규칙을 찾아내려고 노력하게 된다. 그 결과 구조는 여러 가지 요소들의 체계이고 그 체계는 변화하는 면과 불변하는 면을 갖고 있음이 밝혀진다.

구조에 대한 이러한 인식을 바탕으로 토도로프, 그레마스, 쥬네트 등의 구조주의자들은 형식주의나 뉴 크리티시즘과 유사하게 작품의 각 구성 요소들을 파악하고 그것들이 어떤 법칙에 의해 의미를 만들어내는지 규명한다. 또 인물의 성격이나 플롯의 유형, 운율 등 특정한 구조주의적 용어를 이용하여 개개의 문학 작품이 어떤 계열에 속하는지를 밝혀내며, 한 작품의 서사 구조를 알아낸 뒤 다른 작품의 서사 구조와 어떤 관계를 맺고 있는지도 밝힌다. 끝으로 주어진 작품이 독자의 문학적 능력에 기여하는 바도 드러낸다. 구조주의 비평은 작품 이면의 체계와 법칙을 파악하려 했기 때문에 과학성과 합리성을 띨 수 있었지만, 분석이 용이한 완성된 작품을 중시하고 작가와 작품의 배경을 무시하는 부작용을 낳았다. 작가의 사상과 세계관과 고민 등을 주목하지 않았고 작품의 역사적 의미 등을 등한히 했던 것이다.

4) 사회 문화적 비평

사회 문화적 비평은 문학 작품을 사회적 산물이라고 보기 때문에 문학과 사회의 상호 관계를 분석한다. 구체적으로 문학을 산출한 환경과 문화에 대한 연구, 작품 속의 사상과 도덕과 사회성에 대한 연구 등을 수행한다. 대표적인 사회 문화적 비평으로는 마르크스와 엥겔스의 학설에 바탕을 둔 마르크스주의 비평이 있다. 이 비평은 문학 작품이 궁극적으로 사회적 계급 관계를 복잡한 예술적 과정을 거쳐 반영하는 것으로 간주하기 때문에 때때로 반영 이론으로 불리며 리얼리즘(사실주의)을 주요한 예술 방법으로 선호한다. 대표적 이론가인 루카치는 현실의 총체적 반영을 강조하였고, 브레히트는 이와 반대로 파편적 묘사를 통해 현실의 모순을 보여줄 것을 강조하였다. 또 구소련에서는 당파성, 민중성, 계급성이라는 개념을 중심으로 사회주의 리얼리즘이론이 발전하였다. 이 밖에 예술의 비판적 기능을 강조한 마르쿠제, 아도르노, 벤야민 등의 프랑크푸르트 학파, 문학이 특수한 이데올로기를 생산한다고 주장한 테리 이글턴, 후기 자본주의 사회를 조명하는 문학적 형식을 찾으려 한 프레드릭 제임슨 등도 사회 문화적 비평가에 속한다.

5) 심리주의 비평

심리주의 비평은 정신분석학을 이론적 토대로 하고 있기 때문에 정신분석 비평(psychoanalytic criticism)이라고도 불린다. 이 비평은 작가의 정신세계, 콤플렉스를 비롯한 등장인물의 심리, 작품이 독자의 심리에 끼치는 영향 등을 연구한다. 정신분석학의 창시자 프로이트의 개념 가운데 문학 비평에 널리 원용되는 것은 오이디푸스(Oedipus) 콤플렉스, 엘렉트라(Electra) 콤플렉스이다. 프로이트 이외의 이론가로는 집단 무의식을 중심으로 정신분석학을 새로운 차원으로 발전시킨 융과 프랑스의 정신분석학자 라캉, 들뢰즈, 가타리 등이 있다. 이 가운데 라캉의 탈구조주의 정신분석학은 욕망 개념과 언어학의 이론을 결합시켜 우리가 자기 자신이라고 여기는 주체가 우리의 이미지에 불과한 것임을 밝혀냄으로써 오랫동안 하나의 통합된 '주체(identity)' 개념을 상정해 온 서구의 근대 사상 전체를 전복시켰다.[8] 한편 라캉의 이론을 수용하면서 동시에 극복하려 했던 들뢰즈와 가타리의 '정신분열 분석(schizoanalysis)' 이론 역시 총체적 주체성 개념을 거부한다. 두 사람은 편집증적이고 무의식적인 욕망이 국가, 가족, 학교 등의 측면을 '영토화(territorialize)' 함으로써 무의식을 흉하게 만드는 자본주의의 기제인 데 반해, 분열증적인 욕망은 이러한 자본주의의 총체성을 전복하는 '탈영토화(deterritorialize)' 작업을 한다고 여겼다. 그들은 자본주의에 의해 억눌린 욕망을 해방시켜 리비도적 흐름을 자유롭게 방출함으로써 주체를 억압하는, 총체성을 지향하는 가족과 국가의 담론을 해체하는 데 주요한 목적을 두었던 것이다. 이처럼 다채롭게 발전해 온 심리주의 비평은 문학 작품이 인간의 내면을 다루는 한 계속될 수밖에 없을 것이다.

6) 신화형성 비평

신화형성 비평은 신화를 통해 정립된 원형(archetype)을 작품 속에서 찾아내고 작가들이 그것을 어떻게 재창조하는가를 탐구하는 비평이기 때문에 원형 비평이라고도 한다. 그 목적은 작품 속의 신화적 원형의 패턴을 규명한 뒤에 이 패턴들이 문학 작품의 형태, 본체, 효과에 관계하는 양상을 밝히는 데 있다. 이처럼 신화 비평에서는 기본적으로 문학을 신화 체계에 따라 존재하면서 인류의 기본 신화를 되풀이하는 것으로 보기 때문에 신화와 원형의 역할을 강조한다. 이 비평은 신화 속의 시대를 초월한 정신적 내용을 통해 인류의 보편적 정신 구조를 발견한 『황금 가지』의 저자 프레이저로부터 시작되었고, 신화 속에서

---

8) 자크 라캉, 권택영 외 역, 『욕망이론』, 민음사, 1994, 36쪽.

집단 무의식으로 드러나는 정신적 흐름을 원형이라는 개념으로 정리한 정신분석학자 융의 이론에서 큰 영향을 받는다. 이후 보드킨, 나이트, 오든 등을 거쳐 프라이에 이르러 집대성된다.

프라이는 저서 『비평의 해부(Anatomy of Criticism)』에서 고대부터 현대까지 반복적으로 사용되는 우주의 4원소인 땅, 물, 불, 바람과 그것의 변화된 형태인 바다, 산 등의 상징이 원형이라고 보았다. 또 이러한 원형은 고대의 제사 의식에서 볼 수 있는 죽음과 재생, 구약성서에 등장하는 낙원 등의 관념에서도 찾을 수 있다고 생각했다. 그에 따르면 낙원의 행복이란 자기와 외부 세계와의 조화, 즉 주객 통일성의 성취를 의미하는 데 비해, 낙원 상실은 주객 통일성의 상실을 의미한다. 이와 같은 주객 통일성의 성취와 상실이라는 양극단 사이에서 주인공이 걸어가는 운명의 길에 따라 문학의 장르는 사계절의 순환에 대응하는 희극(봄), 로망스(여름), 비극(가을), 아이러니와 풍자(겨울)의 네 가지 유형으로 구분된다.9) 끝으로 신화형성 비평의 한계로는 작가적 개성과 훈련의 무시, 작품의 예술적 가치 평가 경시, 작품 속의 사상과 이념에 대한 몰이해 등이 지적되고 있다.

7) 방송 광고에 대한 적용

방송 광고의 경우 가장 중요한 요소 중 하나는 소비자의 반응이라고 할 수 있을 것이다. 하지만 방송 광고도 하나의 작품인 이상 그것을 만든 제작자나 사회적 환경으로부터 자유로울 수 없으며, 포스트모더니즘 광고가 아닌 이상 정확한 의미 전달을 목적으로 하려면 어느

---

9) 노드롭 프라이, 임철규 역, 『비평의 해부』, 한길사, 1982, 228쪽.

정도 완결된 형식을 갖추어야만 한다. 물론 시청자에게 익숙한 상징 등을 이용한다면 전달의 효과는 더욱 높아질 것이다. 이런 점을 고려하면 전통적 문학 비평의 이론은 대체로 방송 광고에 적용이 가능할 것으로 보인다.

먼저 역사주의 비평의 경우 이미 한국 방송 광고의 역사가 오래되어 이제 광고인에 대한 작가론 성격의 비평이 본격적으로 등장할 것이므로 원용될 가능성이 결코 적다고 할 수 없다. 이와 관련하여 최근 광고감독 윤석태론[10] 등이 발표되고 있다는 점에서, 역사주의 비평은 광고 작가론의 활성화에 시사하는 바가 크다.

형식주의 비평과 구조주의 비평은 전통적 문학 비평 가운데 방송 광고에 가장 유용할 것이다. 위에서 말한 것처럼 일부러 시청자의 반응을 지연시키면서 궁금증을 유발시키는 티저 광고까지 포함하여 모든 광고는 결국 시청자에게 수용되어야 그 효과를 발휘할 수 있다. 물론 그 효과는 광고가 시청자에게 신선함을 던져주는 요소를 포함하고 있을 때 배가(倍加)되는데, 이는 문학에서 낯설기 하기가 발휘하는 기능과 일맥상통하는 바가 있다. 모든 광고는 시리즈물이든 일회성 광고이든 간에 의미 전달을 위해 어느 정도 자체 완결적 구조를 가져야 하는데, 작품을 구성하는 플롯, 운율 등의 요소들이 의미를 구성하는 방식을 연구하는 구조주의 비평 방법은 방송 광고가 유기적 구조를 마련하는 데 밝은 빛을 던져줄 수 있을 것이다.

한편 미국 등의 국가에 비해 훨씬 짧은 시간 안에 이루어지기 때문에 긴 플롯을 적용할 수 없는 우리나라 방송 광고의 특성상 시청자에

---

10) 김병희, 「광고감독 윤석태 연구」, 『호서문화논총』 18, 서원대학교 호서문화연구소, 2004, 1~39쪽.

게 쉽게 수용되도록 하기 위해서는 사회적 흐름이나 한국인의 집단적 무의식, 특정 사물에 대한 관념 등에 대한 철저한 사전 조사가 필요하다. 이러한 조사 과정에서는 사회 구조에 관심을 기울이는 사회 문화적 비평과 공동체의 집단적 기억을 탐구하는 심리주의 비평, 사물에 대해 오래 전부터 형성된 공통된 관념을 연구하는 신화형성 비평 등이 원용될 수 있을 것이다.

〈그림 1〉 오리온 초코파이 TV 광고 '수험생' 편.
작은 것도 나누어 먹는 한국인의 공동체적 의식을 형상화하였다.

3. 현대의 문학 비평 이론과 방송 광고

1960년대 이후의 문학 비평 이론은 작가와 독자와 문학 작품에 대한 새로운 인식을 바탕으로 하고 있다. 이 시기에 이르면 작가는 더 이상 단일한 주체로서 인식되지 않고 독자 역시 수동적 존재로만 인식되지는 않는다. 문학 작품 역시 자체의 완결성을 지닌 유기체라기보다 여러 군데에 빈 곳을 가진 불완전한 존재로 받아들여진다. 전통적인 '작가-독자' 관계에 균열이 생기면서 두 요소뿐만 아니라 작품에 대한 인식까지도 급격한 전환이 일어나게 되었던 것이다. 1960년대 이후 등장한 현대의 문학 비평 이론은 새로운 세기에 접어들면서 일부 진부한 측면이 없지는 않지만, 여전히 그 유용성을 인정받고 있다.

1) 독자반응 비평

독자반응 비평(reader-response criticism)은 문자 그대로 독자의 반응을 중심으로 하는 비평이다. 구체적으로 개별 독자 또는 특정한 계급, 종족, 연령, 성(性)에 속한 독자층이 문학을 수용하는 방식을 연구한다. 이런 까닭에 수용미학, 수용이론, 수용자 반응 비평이라고 일컬어지기도 한다. 이 비평에서는 문학 작품을 일정한 의미를 지닌 완성된 구조물로 취급하지 않기에 작품 대신 텍스트라는 용어를 사용하며, 게슈탈트 심리학과 유사하게 독자를 수동적 존재가 아니라 나름대로 의미를 생산하는 능동적 존재로 인식한다.

외부의 사물이 아닌 우리 의식 속의 사물을 통해 세계를 인식한다고 보는 현상학은 독자반응 비평에 커다란 영향을 끼쳤는데, 이러한 현상학을 문학 이론으로 끌어들인 사람이 바로 인가르덴이다. 그는 문학 작품이 독자들의 경험을 통하여 비로소 역사적 성격을 가질 수 있다고 보았다. 이후 이 비평 이론은 독자의 의식 속에서 작품 창작 당시의 역사적 지평과 독자의 역사적 지평 사이에 융합이 일어난다고 보았던 가다머를 거쳐 '기대 지평'이라는 개념을 도입한 야우스에 의해 본격적으로 확립된다. 야우스는 과학의 패러다임 개념처럼 독자들이 특정 시기의 문학 텍스트를 읽고 평가하는 데 사용하는 기준을 기대 지평이라는 개념으로 정리하였다. 기대 지평은 문학 바깥의 가치관이나 역사적 경험 등과 관련되어 있어서 시대와 문화에 따라 바뀌기 때문에 문학 텍스트가 씌어진 시대의 기대 지평과 그것을 읽는 독자의 기대 지평은 시대 차이에 따라 달라진다. 독자는 이처럼 서로 다른 기대 지평의 상호 작용 속에서 문학 텍스트를 수용하는데, 이 과정에서 기대 지평들 간에는 일종의 지평 융합이 일어나게 된다. 특히 새로운 문학 텍스트는 기존의 기대 지평과 구별되는 새로운 기대 지평을 제시하여 독자들로 하여금 기대 지평의 변화를 요구하기도 한다.

볼프강 이저의 경우에는 비평가의 임무가 독자에게 끼친 텍스트의 영향을 해석하는 것에 있다고 보았다. 그에 의하면, 독자는 직접 텍스트를 읽는 '실제 독자'와 작가가 텍스트를 창작할 때 실제 독자에게 일정한 반응을 유도하기 위해 가상으로 설정하는 '내포(implied) 독자'로 구분된다. 실제 독자는 독서 과정에서 내포 독자가 유도하는 대로 나아가기도 하지만 결국 자신의 경험에 기초하여 작품을 읽게 된다. 그리고 문학 텍스트는 결코 완성된 구조가 아니라 여러 곳에 빈자리가 있는 미완성의 구조로 되어 있다. 독자는 자신의 머릿속에 들어 있는 직, 간접 경험을 가져와 텍스트의 빈자리를 채우면서 의미를 구성하게 되는데, 그 경험의 종류와 양에 따라 텍스트의 의미도 변화하게 된다.

그밖에 문장을 중심으로 독서 과정을 규명하고 나아가 해석 공동체라는 개념을 도입한 피쉬, 문학적 능력을 중심으로 해석의 다양성을 규명하려 한 프랑스 기호학자 리파테르, 주관적 비평을 주장한 블레이치 등도 독자반응 비평의 이론을 확립한 사람으로 꼽힌다. 이론가에 따라 약간의 차이는 있지만, 독자반응 비평가들은 문학 텍스트의 예술성과 역사성이 독자의 독서 행위에 내재하고 있다는 것을 공통적으로 인정한다. 즉, 문학 텍스트와 독자가 상호 작용을 하면서 텍스트의 의미를 생산한다고 보았던 것이다. 이로써 문학은 작가로부터 해방되어 다양한 해석의 가능성을 가질 수 있게 되었다.

2) 페미니즘 비평

페미니즘 비평(feminist criticism)은 문학 작품을 통해 여성을 억압하는 상황과 원인을 파악하고 나아가 여성의 해방을 목표로 하는 비평 이론이다. 페미니스트들은 남녀가 평등하다는 전제 아래 생물학적 차이로 인한 차별을 거부하고 불평등한 대우를 받는 여성의 지위와 권리의 회복에 힘쓴다. 초기의 자유주의 페니미즘은 여성의 사회적 능력이 열등하지 않음에도 불구하고 관습과 제도가 여성을 종속적 존재로 만들고 있으므로 남성과 동등한 권리와 기회를 갖도록 제도를 개선해야 한다고 주장했다. 이에 비해 마르크스주의 페미니즘은 여성 억압의 원인이 자본주의의 사적(私的) 소유에 있다고 보았는데, 여성성을 간과했다는 비판을 받기도 했다.

페미니즘 문학 이론에 공헌한 버지니아 울프는 『자기만의 방(A Room Of One's Own)』(1929) 등을 통해 여성의 사회적 성장을 방해하는 요소를 분석하면서, 여성의 정체성이 선천적인 것이 아니라 사회적으로 구성된 것이라고 주장했다. 그래서 여성의 정체성은 위협받을 가능성이 크지만 변화될 수도 있다고 보았다. 『제2의 성(The Second Sex)』(1949)을 쓴 보부아르의 경우에도 남자와 여자가 정체성을 규정할 때 근본적으로 불균형이 있다는 것을 밝혀내었으며, 천부적인 것처럼 강요되어 왔고 여성들에 의해 내면화되어 온 여성의 순종을 비판하였다. 그리하여 그는 '여자는 태어난 것이 아니라 만들어지는 것'임을 천명하게 된다.

1960년대 후반에는 『성의 정치학(Sexual Politics)』의 저자 밀레트와 같은 페미니스트들이 여성을 사회나 가정에서 종속적 존재나 열등한 남성으로 다루는 정치적 제도이자 이념인 가부장제를 적극적으로 비판하게 된다. 또한, 로버트 스톨러 등은 생물학적으로 결정된 '성(sex)'과 문화적으로 획득된 성적 정체성인 '젠더(gender)'를 구분한 뒤에 문화적으로 구성된 여성성을 자연적인 것이라고 주장하는 사람들을 공격하였다. 한편 밀레트 이후의 문화적 페미니즘(cultural feminism)은 점차 여성적 글쓰기의 특수성과 여성 작가 중심의 문학사적 전통, 여성만의 문화 등에 대해 검토하기 시작한다.

일반적으로 현대의 페미니즘은 영미 비평과 프랑스 비평으로 나누어진다. 영미 페미니즘의 대표자는 『그들만의 문학(A Literature of Their Own)』을 펴낸 쇼월터이다. 그는 남성 비평가에 의해 무시되어 온 여성 작가들의 문학사를 복원했으며, 여성다움을 거부하는 과거의 페미니스트들을 비판하고 여성성을 긍정적이고 우월한 것으로 평가했다. 백인 중산층 여성 중심이라는 비판을 받은 쇼월터에 이어 여성적 글쓰기의 전통 확립을 위해 노력한 사람은 『다락방의 미친 여자(The Madwoman in the Attic)』의 저자 길버트와 구바이다. 두 사람은 제인 오스턴(Jane Austen) 이후 여성 작가들이 가부장제적 문학에 부응하면서도 그것을 전복시킬 수 있는 여성적 목소리를 획득했다고 보았다. 한편 식수, 이리가라이 등 프랑스의 페미니스트들은 여성의 속성을 상대적으로 덜 부각시키고 그 대신 언어에 초점을 맞추었다. 그들은 불안정하고 유동적이며 촉각 중심의 여성적인 글쓰기가 예측 불가능한 면을 지니고 있지만, 이와 같은 개방성이 가부장적 언어 체계로 복귀하는 것을 막아준다고 여겼다.

이제까지 살펴본 페미니즘 비평은 실제 비평 과정에서 작품 속의 가부장제가 어떻게 작용하고 있는가를 파악하고 여성들이 묘사되는 방식을 분석한다. 또 저항적 요소로서 여성성이 어떤 가능성을 가지고 있는지, 여성의 창조성이 어떻게 평가되고 있는지, 작가의 방법적 실험이 여성적 글쓰기의 형식을 정립하는 데 어떤 공헌을 하는지, 대상 작품이 여성 중심의 문학사 전통에서 어떤 의의를 지니고 있는지 등도 밝히고 있다.[11]

3) 탈구조주의와 해체주의 비평

탈구조주의(post-structuralism)는 '포스트(post)'라는 수식어의 번역 문제 때문에 후기구조주의나 포스트구조주의라고 불리기도 한다. 어떤 사람들은 넓은 의미의 탈구조주의에 프랑스의 기호학자 롤랑 바르트를 위시하여 철학자 데리다, 그의 영향을 받은 미국의 폴 드 만과 블룸 등의 해체주의(deconstruction), 라캉 및 그와 관련된 크리스테바의 정신분석학에서 발전한 페미니즘 이론, 미시 권력을 파헤친 푸코의 이론과 이에 기반을 둔 신역사주의까지 포함하기도 한다.

---

11) Lois Tyson, *Critical Theory Today*, New york & London : Garland Publishing, 1999, p.110.

  탈구조주의는 기본적으로 문학을 닫힌 형식의 완성품으로 보지 않으면서 개방적이고 비고정적인 자기 반영적 글쓰기로 본다. 이를 뒷받침하는 것은 독특한 언어 의식이다. 탈구조주의자들은 소쉬르의 생각대로 시니피에와 시니피앙이 불완전하다는 것에 주목하면서도, 다른 한편으로 하나의 시니피앙이 하나의 시니피에하고만 결합하지 않고 다른 시니피에와도 결합할 수 있기 때문에 언어의 의미는 고정되지 않고 변화할 수 있다고 생각했다.12) 그리고 이러한 의미의 다양성을 문학을 포함한 글쓰기 전반으로 확대하였다.

  바르트의 경우 저자가 문학의 의미를 생산한다는 전통적 견해를 거부하면서, 텍스트를 구성하는 각각의 시니피앙이 정해진 시니피에와 대응하지 않으므로 텍스트의 의미는 저자의 의도와 무관하게 독자들에 의해 통일성이 전혀 없는 파편들 속에서 생산된다고 보았다. 그는 이를 두고 '저자의 죽음'이라고 불렀다. 데리다와 미국의 해체주의자들 역시 텍스트를 읽는 과정에서 확정된 의미를 발견할 수 있다고 믿지 않았다. 반대로 그들은 의미의 증폭이나 흩뿌림을 추구하는 접근 방법을 선호했다. 특히 데리다는 구조주의처럼 어떤 중심을 설정하고 나머지를 주변화 시키는, 차이에 근거한 서양의 인식 방법 자체를 비판하고 선과 악 등의 이원론 대신 다원성을 추구하였다. 또한, 발음하는 사람 때문에 그 의미를 보증해 주는 원천이 있을 것으로 생각하는 말씀 중심주의(logocentrism)를 비판하고 자의적으로 해석할 수 있는 텍스트를 중시하였다. 다시 말해서 그는 니체와 마찬가지로 합리성이 존재한다고 믿는 태도를 비판하고 열린 태도를 옹호했던 것이다. 이러한

---

12) Margaret Drabble (Ed.), *The Oxford Companion to English Literature*(6th Ed.), New York : Oxford University Press, 2000, p.979.

그의 이론은 미국의 낭만주의자들이 계승하였는데, 언어란 원래부터 지시적이거나 표현적이지 않으며 비유적이라고 하면서 모든 읽기는 언제나 오독(misreading)이라고 주장한 폴 드 만, 새로운 해석을 위해서는 앞서간 대가들을 오독하는 일이 필요하다고 본 블룸, 비평적 읽기의 목적이 일관된 의미의 생산이 아니라 애매성을 드러내는 데 있다고 여겼던 하트만 등이 그 대표자들이다.

끝으로 해체주의적 텍스트 접근 방법에서는 특정 텍스트를 대상으로 한 여러 가지 모순적인 해석과 그 해석의 이용 방법을 알아보고, 텍스트의 이념과 한계까지 파악하는 것을 주된 내용으로 한다. 즉, 텍스트의 주제를 구성하는 이항 대립을 찾아내어 그 이데올로기적 지향을 규명하고 비판하는 데까지 나아가는 것이다.

4) 포스트모더니즘

포스트모더니즘(postmodernism)은 1960년대 이후 문학뿐만 아니라 정치, 경제, 사회 등 거의 모든 영역에 영향을 끼친 시대적 조류이다. 리오타르는 그 뿌리가 "근대적 거대 서사(敍事)에 대한 불신과 회의"에 있다고 보았다.[13] 포스트모더니즘은 탈구조주의와 해체주의 등으로부터 시작된 것으로 특히 모더니즘의 계승과 극복이라는 면을 중심으로 발전하였다. 포스트모더니즘은 모더니즘에서 반리얼리즘, 전위적 실험성, 비역사성, 전통과의 단절 등의 유산을 물려받았지만, 다른 한편으로 자아와 주관성에 대해 모더니즘과 다른 입장을 보인다. 무엇보다도 '질서의 회복'이나 '총체성의 회복'을 추구하지 않고 자기 반영성, 행

---

13) 장-프랑수아 리오타르, 유정환 외 역, 『포스트모던의 조건』, 민음사, 1995, 6쪽.

위와 참여, 임의성과 우연성 등의 새로운 면모를 드러낸다.

문학적 측면에서 포스트모더니즘은 탈정전화(脫正典化) 혹은 탈중심화 현상으로 그 특징이 요약된다. 작품의 우열을 구분하거나 문학사적으로 중요한 작품과 그렇지 않은 작품으로 위계질서를 세우는 것을 거부하며, 중심적 주제 이외의 부분을 경시하는 독서 행위도 비판한다. 또한 통일된 자아보다 자아의 분산이나 상실의 문제에 관심을 기울인다. 이를 위해 기법적으로는 패러디(parody)나 패스티시(pastiche), 즉 여러 작품에서 모방한 부분을 모아 하나의 작품으로 짜깁는 혼성 모방(混成模倣)을 옹호한다. 두 기법은 원작의 의미를 비꼬거나 분산시키는 방법인데, 포스트모더니즘에서는 이를 부정적으로 보지 않고 가치 중립적인 것으로 본다. 한편 포스트모더니즘은 독자나 관객의 행위와 참여를 추구한다. 모든 예술은 일회성의 해프닝으로 간주하고 임의성, 우연성, 유희성을 예술의 중요한 요소로 여기는 것이다. 그리고 탈장르화나 장르 확산, 텍스트의 창작 과정을 텍스트가 다루는 자기 반영성 등도 중요시된다.

사회적 측면에서 포스트모더니즘은 전통적 질서를 무너뜨리고 억압된 것의 복귀를 옹호한다. 그 결과 가부장제에 억압당해 온 여성, 강한 민족에 억눌렸던 소수 민족, 백인에 의해 착취당해 온 흑인, 어른들의 문화에 의해 억압받은 청년 문화, 고급문화에 의해 저평가된 대중 문화, 양성 중심의 일부일처제에 억눌렸던 게이와 레즈비언 등의 성(性) 문제 등이 전면에 부각되었다. 이상의 논의를 종합하면, 포스트모더니즘은 반형식, 분열성, 개방성, 유희, 우연, 무질서, 과정, 참여, 해프닝, 탈창조, 해체, 부재, 텍스트, 상호 텍스트성, 계열이 아닌 병렬,

조합, 반해석, 오독, 시니피앙, 쓸 수 있는, 사소한 사건, 개인 방언, 욕망, 돌연변이, 다양한, 남성 위주가 아닌 양성의, 정신 분열증, 아이러니, 초월이 아닌 내재성, 불확정성 등을 중시한다고 할 수 있다.14) 물론 이러한 포스트모더니즘에 대해 보드리야르처럼 후기 산업사회의 문화 논리에 불과하다고 보는 비판적 시각도 없지 않다.

5) 신역사주의와 문화적 유물론

스티븐 그린블랫 등 미국 이론가 중심의 신역사주의(new historicism)에 가장 중요한 이론적 근거를 제시한 사람은 탈구조주의 역사학자이자 철학자인 푸코이다. 그는 『광기와 문명(Folie et Deraison)』 및 『감시와 처벌(Discipline and Punish)』 등의 저작을 통해 정신병원·병원·감옥 등 제도적 장치의 탄생과정을 역사적으로 연구하면서, 이들 제도적 장치가 정상과 비정상을 구분하는 방식 및 그 과정에 개입하는 권력의 작용을 집중적으로 분석하였다. 이러한 푸코의 이론을 바탕으로 신역사주의는 역사란 보편적인 정신이 지배하는 완결된 과정이 아니라 권력의 의지가 관철되는 과정에 불과하다고 전제한다. 그리고 그 연장선상에서 다음의 몇 가지 주장을 펼친다. 우선 과거 사건의 해석과 그것을 통한 해석자의 파악이 중요하다. 역사는 인과율에 의한 사건들의 연속이나 발전이 아니라 일종의 이야기(narrative)이기에 해석하는 일만이 가능하기 때문이다. 또 어떤 시대의 보편적이고 통일적인 정신 따위는 존재하지 않고 단지 담론들 사이에서 역동적인 상호 작용이 있을 뿐이며, 권력은 이 과정에 나타나는 사상의 변화 속에서 순환된다. 한편

---

14) 김욱동 편저, 『포스트모더니즘의 이해』, 문학과지성사, 1990, 69~71쪽.

개인의 정체성은 문화에 의해 형성되며, 문화는 개인의 정체성에 의해 영향을 받는다. 그러므로 '정상 / 비정상'과 같은 범주는 개념 정의(定義)의 문제에 불과하다.

이러한 주장에 근거하여 신역사주의자들은 문학 텍스트를 그것이 씌어진 시간과 공간 속에서 작동하는 담론들의 상호 작용과 사회적 의미망에 대해 뭔가를 알려 주는 문화적 가공품으로 생각한다. 문학 텍스트를 분석하면 그 사회에 어떤 종류의 담론들이 경쟁하고 있고 어떤 권력 관계가 존재하고 있는지를 알게 된다고 믿었던 것이다.[15] 한편, 신역사주의자들은 문학 텍스트만큼이나 그것이 등장하게 된 역사적 상황도 똑같이 중요하게 여기는데, 문학 텍스트와 그것을 생산한 사회적 콘텍스트는 서로를 규정하고 서로를 생산하기 때문이다. 즉, 문학 텍스트는 역사적 콘텍스트에 의해 형성되지만, 동시에 역사적 콘텍스트 역시 문학 텍스트에 의해 형성된다고 생각했던 것이다.

레이몬드 윌리엄스의 이론에 바탕을 둔 영국의 문화적 유물론(cultural materialism)은 많은 부분에서 신역사주의와 이론적 전제를 공유한다. 다만 문화적 유물론 이론은 보다 정치적이어서 이데올로기에 집중하고 억압받는 집단을 옹호하며, 제도적 측면과 대중문화에 깊은 관심을 나타낸다. 조나단 돌리모어, 앨런 신필드 등의 문화적 유물론자들이 문학 텍스트를 분석할 때 중점을 둔 것은 다음과 같은 사항이다. 첫째, 텍스트에 의해 행해지는 문화적 작업이 강요하는 행동과 실천의 종류를 파악하고, 둘째, 특정 시공간의 독자들이 그 문화적 작업이 강제하는 바를 어떻게 발견하게 되는지를 설명하고, 셋째, 텍스트가 바탕을

---

15) Hans Bertens, *Literary Theory: The Basics*, London : Routledge, 2001, p.179.

둔 사회적 합의를 파악하고, 넷째, 텍스트에 연결된 사상과 행동의 자유가 누구의 자유인지에 대하여 파악하고, 다섯째, 텍스트의 윤리적 지향이 어떠한 사회적 구조와 연결되었는지를 규명하는 것 등이다.[16]

6) 탈식민주의 비평

'포스트(post)'의 번역어에 따라 후기 식민주의나 포스트식민주의로 불리기도 하는 탈식민주의(postcolonialism) 비평은 식민주의 이데올로기가 피식민지인에게 가한 억압을 분석하고, 그것을 극복하기 위해 반식민주의 이데올로기가 작동하는 방식을 규명한다. 탈식민주의 이론을 최초로 확립한 이론가는 프랑스령 마르티니크 섬 출신의 혁명가 프란츠 파농(Frantz Fanon)이다. 그가 쓴 『검은 피부, 흰 가면(Peau noire, masques blancs)』 및 『대지의 저주받은 자들(The Wretched of the Earth)』(1961)에 따르면, 피식민지인은 식민주의자들이 강요한 서구의 언어 때문에 자신들의 언어를 잃어버린다. 이후 지배자의 언어를 익힌 그들은 지배자와 동등한 대우를 받을 수 있을 것이라고 착각하게 된다. 피식민지인들 스스로 주체성을 상실한 채 서구인의 언어를 배워 그들의 노예가 되고자 하는 것이다. 때때로 피식민지인은 자신들의 고유한 문화가 존재한다는 것을 보이려고 하지만, 거의가 퇴영적인 과거를 찬양하거나 현재의 상태를 부정하는 것으로 끝난다. 파농이 고민한 것은 이처럼 주체성을 상실한 피식민지인의 존재 방식이었다.

파농의 뒤를 이어탈식민주의 이론을 발전시킨 사람은 팔레스타인

---

16) Stephen Greenblatt, "Culture", in F. Lentricchia & T. McLauglin (Ed.), *Critical Terms for Literary Study*(2nd Ed.), Chicago : University of Chicago Press, 1995, p.226.

출신의 에드워드 사이드이다. 그는 『오리엔탈리즘(Orientalism)』과 『문화와 제국주의(Culture and Imperialism)』 같은 저서를 통하여 동양인에 대한 서구인의 인식과 시각을 비판하였다. 그는 서양(occident)에 대비되는 지역적 개념으로 예루살렘의 동쪽 지역을 가리키던 동양이라는 말을 서구인들이 사용할 때 뒤따르는 관념과 표상을 분석하였다. 그러면서 동양이라는 말이 지역적인 차원보다 서구적 정체성을 형성하는 데 더욱 중요한 역할을 하고 있음을 밝혀낸다. 서구인들은 자신들의 우월한 정체성을 획득하는 과정에서 동양을 미개하고 암흑이 지배하는 곳으로 인식해 왔음을 규명해 내었던 것이다. 이후 서구인들은 '지리상의 발견'이나 '동양의 근대화 원조' 등의 미명 아래 동양과 기타 지역에 대한 침략을 정당화하고 황인종과 흑인종에 대한 인종 차별을 합리화하였는데, 이보다 더 심각한 것은 이 과정에서 동양인 스스로 동양적 가치를 열등한 것으로 여기게 된 사실이었다.

또 다른 이론가인 가야트리 스피박은 제3세계 여성의 문제에 관심을 기울이는 과정에서 백인 중산층과 양성(兩性) 중심의 서구의 페미니즘이 스스로의 정체성을 확립하기 위해 유색 인종, 하층, 동성애 중심의 제3세계 여성 등을 타자로 다루었음을 밝혀낸다. 물론 제3세계 여성들은 서구의 담론뿐만 아니라 가부장제를 통해 남성으로부터도 억압당했는데, 스피박은 이런 상황에서 침묵하고 있는 그들의 목소리를 복원해야 한다고 보았다. 피식민지 문화의 잡종성(hybridity) 개념을 정립한 호미 바바의 경우에는 식민지에서 발견되는 주변부의 경험에 초점을 맞추고 있다. 역사적으로 식민주의자에 의해 강요된 피식민지인의 서구 문화 모방과 그것을 통한 개화의 기획은 피식민지인으로 하여금 지배자인 식민주의자의 문화와 거의 동일하지만 다른 요소가 필연적으로 섞인 잡종 문화를 형성하게 함으로써 서구 문화의 권위를 훼손시키는 결과를 가져온다. 호미 바바는 이처럼 유동적인 식민지 문화의 잡종성이 저항의 가능성을 내포하고 있다고 보았다. 오늘날의 탈식민주의 이론은 서구 내에서의 이민이나 이산(離散), 유민(流民) 쪽으로도 확장되어 서구에 살고 있는 유태인, 흑인, 황인종, 혼혈과 호주의 원주민 등의 문화를 설명하는 이론으로까지 발전하고 있다.

위에서 살펴본 탈식민주의 비평 이론은 문학 텍스트를 분석할 때 식민지적 억압의 다양한 측면들이 재현되는 양상을 분석하고, 이중적 의식이나 잡종성과 같은 탈식민주의적 정체성의 문제가 다루어지는 방식도 고찰한다. 그리고 피지배자들의 반식민주의적 저항의 종류와 그것을 형상화하는 방식을 포함하여 문화적 차이가 인물들에게 미치는 영향까지 밝혀내며, 식민주의자에 의해 고평 받은 작품이 강요하는 이데올로기와 식민지 경험이 다른 민족 간에 존재하는 유사성도 분석한다.

7) 게이-레즈비언-퀴어 비평

세 비평 가운데 게이 비평(gay criticism)과 레즈비언 비평(lesbian criticism)은 젠더(gender) 비평으로 불리며, 퀴어(queer) 비평은 트랜스젠더(transgender) 비평으로도 불리기도 한다. 좁은 의미의 게이 비평 이론은 문학과 문화적 텍스트에 그려진 남성의 동성애적(同性愛的) 욕망을 대상으로 하지만 넓은 의미에서는 성적인 것(sexuality)의 역사적 생산 과정과 재생산 방식까지 대상으로 삼는다. 이 비평은 프로이트와 푸코에게서 지대한 영향을 받았는데, 전자는 남성이 여성한테서 성적 호기심을 느끼는 것은 불변의 진리가 아니며 성생활은 육체적 쾌락 이외의 목적을 가지기도 한다는 서술을 통해 서구의 기독교적 이성애(異性愛)에 대해 근본적인 회의를 드러낸 바 있다. 한편 푸코는 『성의 역사(The History of Sexuality)』를 통해 남성의 동성애에 대한 권력의 금지와 제재 방식을 고찰함으로써 성욕을 생산하고 통제하는 양상을 분석하였다. 오늘날 게이 비평은 남성과 여성이라는 이분법, 그것을 통제하는 가족이라는 제도의 역사적 의의를 분석하는 데 초점을 맞추고 있다. 또 동성애적 주제나 동성애를 혐오하는 주제들이 문학 텍스트에 어떻게 형상화되어 있는지를 분석하는 일에도 특별한 관심을 쏟는다.

레즈비언 비평은 이성애를 주류로 인정하는 사회적 흐름과 여성 차별적인 게이 해방 운동에 반발하여 여성의 동성애를 중심 주제로 다룬다. 이 비평 역시 게이 비평과 유사하게 이성간의 사랑이 생물학적 요구가 아니라 사회적으로 강요된 제도의 일종이라고 전제한다. 그리고 시대적 상황이 성적 역할과 성적 욕망을 확립하는 과정에 주목하여, 이성간의 사랑을 바탕으로 여성다움을 정의하는 관습 때문에 레즈비언들이 여성으로서 또는 '비정상적' 성욕자로서 받는 억압과 차별을 폭로한다. 1970년대 이후의 비평가들은 레즈비언 문학의 전통을 확립하기 위해 수많은 문학 텍스트들을 분석하였다. 이 과정에서 그들은 레즈비언적 주제를 공공연하게 취급했다는 이유로 문학사에서 주목받지 못한 문학 텍스트, 비난으로 인해 그러한 주제를 일부러 숨긴 문학 텍스트 등을 새롭게 조명하였다. 최근 들어서는 문학 텍스트가 이성애주의라는 규범을 내면화하는 방식과 그 규범을 전복시킬 방법도 모색되고 있다.

퀴어 비평은 원래 게이 비평가나 레즈비언 비평가들이 문화적 주변성을 설명할 때 사용되었으나, 요즘에는 성적 욕망과 정체성에 대한 급진적 성향을 의미하는 용어로 사용되고 있다.[17] 그렇기 때문에 퀴어 이론에서는 비고정적이고 유동적인 성욕들의 범주를 다루고 있다. 다시 말해 게이 비평과 레즈비언 비평 역시 동성애와 이성애의 이분법에 기초하고 있어서 일정한 한계를 지닐 수밖에 없으므로, 퀴어 이론은 이러한 구분마저도 해체하는 방향으로 나아가고자 한다. 그리하여 섹슈얼리티는 주체성의 문제가 아니라 수행(performance)의 문제라는 주장까지 제기되고 있다.[18]

위에서 살펴본 게이, 레즈비언, 퀴어 이론은 실제로 개별적인 문학 작품을 분석하는 과정에서 주제와 인물, 문학적 장치와 전략을 분석하고 그 작품이 게이, 레즈비언, 퀴어적 경험과 역사를 어떻게 숨기고 있는지를 분석한다. 또 이성애를 지지하는 작가의 작품이 무의식적으로 게이, 레즈비언, 퀴어적 욕망을 표현하고 있는지, 아니면 그 작품이 어떻게 이성애주의를 보여주는지를 밝힌다. 그밖에 대상 작품이 동성애와 이성애로 명확히 구분되지 않는 성 정체성의 문제를 어떻게 설명하고 있는지에 관해서도 관심을 기울인다.

8) 생태 비평과 사이버 비평

1970년대 말에 생태학을 문학 연구에 적용하기 위한 시도를 통해

---

17) 레먼 셀던 외, 정정호 외 역, 『현대 문학 이론 개관』, 한신문화사, 1998, 313쪽.
18) Judith Butler, *Gender Trouble*, London : Routledge, 1990, pp.24~25.

처음으로 등장한 생태 비평(ecocriticism)은 환경 비평으로도 불린다. 이 비평은 1996년에 『생태 비평 논집(The Ecocriticism Reader)』과 『환경적 상상력(The Environmental Imagination)』이 출간되면서 문학과 물리적 환경 사이의 관련성에 대한 연구로 확장되어 왔다. 인간의 문화가 자연 세계와 깊이 관련되어 있다는 사실을 전제로 하고 있기 때문에 생태학적 주제를 다룬 모든 문학이 그 대상이 될 수 있을 것으로 생각되지만, 최근 들어서는 단순히 자연이나 자연적인 것을 다룬 문학에 대한 연구를 넘어서서 자연 환경의 사회적, 역사적 기능 등을 분석하는 데까지 나아가고 있다.

한편 사이버 비평(cybercriticism)은 좁은 의미로는 사이버 문학이라는 이름으로 발표되는 문학 텍스트의 분석을 주된 목적으로 하지만 넓은 의미에서는 사이버 세계에서 벌어지는 각종 현상을 분석하는 비평 이론이다. 일반적으로 사이버 세계에서 작가와 독자는 각각 자신들의 에이전트를 통해 교섭하면서 실제 자신들과는 다른 자기 정체성(identity)을 형성하게 되는데, 이러한 것은 이제까지와는 전혀 다른 경험이라고 할 수 있다. 사이버 비평에서는 이와 같이 에이전트를 통해 사이버 세계에서 구현되는 자기 정체성의 문제를 집중적으로 분석한다. 한편 사이버 세계가 아닌 오프라인에서도 사이보그가 등장하는 문학과 영화가 많이 등장하고 있는데, 사이버 비평은 이러한 작품까지도 자신의 분석 대상에 포함시킨다. 앞으로 인터넷 문화가 발전하면 발전할수록 사이버 비평의 역할과 범위는 확대될 것으로 예상된다.

9) 방송 광고에 대한 적용

독자반응 비평은 수용자 반응 비평이라는 이름으로 광고비평에서
이미 이용되고 있다.[19] 수용자인 시청자의 역할이 매우 중요한 방송
광고의 특성상 수용자와 텍스트 사이의 상호 작용을 중시하는 독자반
응 비평의 유용함은 따로 설명할 필요가 없을 것이다. 한편 전통 사회
에 비해 남녀의 성 역할이 급격하게 변화하고 성에 대한 담론이 활발
하게 교환되는 요즘의 세태를 고려할 때 여성다움에 대한 새로운 인
식을 담고 있는 페미니즘과 오랫동안 문명사회를 지탱해 온 양성 중
심주의를 전복하려는 게이-레즈비언-퀴어 비평의 이론은 나름대로 효
과적인 방송 광고의 이론으로 자리 잡을 수 있을 것으로 생각된다.

〈그림 2〉 유에프티 생리대 '나는 꼭 해보고 싶은 게 있다' 편.
트랜스젠더 하리수를 등장시켜 여성성을 높이 평가하고 우리 사회의 보편적 성 관념에 도전한다.

---

19) 김병희, 『광고 하나가 세상을 바꾼다』, 황금가지, 1997, 340-349쪽.

　탈구조주의와 해체주의, 포스트모더니즘은 단일하고 총체적인 의미 구성을 거부하고 다양한 의미 구성을 지향하는 비평 이론이기 때문에 시청자 내지 소비자의 개성이 강조되고 있는 오늘날에 일정한 의의를 지닐 수 있을 것으로 생각된다. 특히 포스트모더니즘의 패스티쉬 기법은 이미 광고에서도 이용되고 있거니와, 단순한 모방보다 포스트모더니즘이 추구하는 정신적 지향을 살리는 방향으로 나아가면 더욱 효과적인 방법이 될 수 있을 것이다.

　신역사주의와 문화적 유물론, 탈식민주의 비평은 사회적으로 억압된 것의 복귀를 추구하는 공통점이 있다. 방송 광고가 시민 교육이라는 공익성을 한 부분으로 안고 있음을 고려할 때, 이 비평 이론들은 단순히 효과적인 방송 광고를 만드는 데 이용할 수 있을 뿐만 아니라 방송 광고의 올바른 진로 설정을 위한 비판적 지침으로도 이용할 수 있지 않을까 한다.

　끝으로 생태 비평과 사이버 비평은 새로운 세상을 분석하려는 최신의 비평 이론인 만큼, 방송 광고가 나아가야 할 방향을 모색하는 데 일정한 도움을 줄 수 있을 것으로 기대된다. 한정된 자원을 이용하여 지속 가능한 발전을 추구해야 하는 전 지구적 과제 앞에서 생태 비평은 자연이 우리에게 행하는 기능을 탐구하고 있으며, 사이버 비평은 유비쿼터스 시대의 도래와 더불어 더욱 진전될 지식 정보화 사회에서 현실 속의 자아와 사이버 세계 속의 자아는 어떻게 관계를 맺어야 하는지, 사이버 시대의 바람직한 인간관계란 어떤 것인지를 고민하고 있기 때문이다.

4. 문학 비평과 방송 광고의 교차점

주지하는 바와 같이 방송 광고라는 매체는 영상과 음성을 바탕으로 하고 있다. 이에 비할 때 문학은 문자라는 매체를 이용하고 있어서 둘의 접점을 찾기란 쉽지 않아 보인다. 하지만 문학이 오랫동안 인간의 꿈을 창조해 온 공장이었음을 감안하면 둘의 교차점이 전혀 없는 것도 아니다. 문학은 그 꿈을 독자들에게 최대한도의 정서적 울림과 함께 전달하기 위해 여러 가지 방법을 고안하였는데, 그 방법들은 방송 광고와 상호 교섭하는 과정에도 일정한 역할을 할 것이다. 아래에서는 문학의 여러 방법 가운데 스토리텔링과 시적 표현을 중심으로 방송 광고와의 관련을 알아보고자 한다.

오늘날 방송 광고는 15초 정도의 짧은 시간 안에서도 어떤 이야기에 메시지를 담아 시청자에게 전달하려고 한다. 이러한 스토리텔링은 수메르인들이 지은 최초의 서사시 「길가메시」 이래로 문학이 수천 년 동안 담당해온 기능이기도 하다. 최초의 이야기 이후 독창적인 것은 더 이상 없다는 자조 섞인 한탄도 있었지만, 문학은 그래도 그 내용이 항상 새롭게 보이도록 하는 장치를 창조해 왔다. 이른바 형식주의의 낯설기 하기도 그러한 장치 중의 하나이다. 스토리텔링에서 낯설게 하기의 방법은 구조주의 비평 이론의 힘을 빌려야만 하는데, 구조주의에서는 이야기의 내용인 스토리와 그것을 재배치한 결과로서의 플롯을 구분한다. 이 두 가지 가운데 플롯은 내용이 뻔한 이야기를 신선한 이야기로 바꾸어주는 중요한 역할을 한다. 가령 아버지 때문에 고생하는 딸 이야기는 프랑스의 「미녀와 야수」를 비롯하여 세계 도처에서 발견할 수 있는 이야기이다. 하지만 아버지에 대한 딸의 효성이라는 지배적 요소는 그대로 둔 채 그 아버지를 눈먼 봉사로 만들고 딸을 바닷물에 뛰어들게 하는 등 몇 가지 요소를 변형시킨 우리의 「심청전」은 다른 나라의 비슷한 이야기와 비교할 때 뚜렷하게 구별되고 있다.

이야기를 방송 광고로 바꾸어도 시간적 분량만 차이가 날 뿐, 본질적 요소는 변하지 않는다. 짧은 이야기라도 긴 이야기와 마찬가지로 기본적 요소를 갖추어야 하기 때문이다. 예를 들어, 심청이가 인당수에 뛰어들거나 연꽃 속에서 피어 나오듯이 짧은 이야기 중에라도 일정한 플롯의 전환은 반드시 일어나야만 한다.

〈그림 3〉 라이스버거 TV 광고 '배고플 땐' 편.
스토리텔링의 끝부분에 약간의 플롯 전환을 함으로써 내용을 강조한다.

다시 말해서, 굳이 '발단-전개-위기-절정-결말'의 플롯 구조를 따를 필요까지는 없지만, 소설이라면 첫 부분과 끝부분에 두 번씩이나 일어나는 전환이 어딘가 한 군데에서 일어나야만 시청자는 뜻하지 않은 사건 전개에 긴장을 하게 되고 그 내용은 뇌리 속에 오래도록 남게 되는 것이다. 이렇게 되면 시청자에게 널리 알려진, 그래서 시청자들이 호감을 가진 유명인을 모델로 쓰지 않더라도 광고의 효과는 이야기의 힘에 의해 더욱 높아지게 될 것이다.

한편, 방송 광고에서 문학과 가장 깊은 관련을 맺고 있는 요소의 하나가 광고 카피이다. 카피와 시의 관련성은 이미 많은 사람들에 의해 논의되었는데, 특히 형식주의와 구조주의에서 논의하는 시의 형식 조건에 논의가 집중된 바 있었다. 일반적으로 우리의 감정에 작용하는 서정시는 행과 연으로 구분되고 그 시어들은 일정한 리듬을 갖고 있다. 이 때 리듬은 동일하거나 비슷한 음의 반복을 통해 이루어진다. 우리에게 익숙한 "OK! SK!(오 케이 에스 케이)" 같은 대부분의 카피가 이 규칙을 따르고 있다. 리듬감을 지닌 말이 그렇지 못한 말보다 훨씬 쉽게 기억되고 오래 기억될 수 있다는 사실은 새삼 강조할 필요도 없을 것이다.

한편 시는 인간의 복잡한 감정을 표현하기 위한 언어의 부족을 메우기 위해 비유를 이용한다. 비유란 겉으로 보기에 무관한 두 개의 사물에서 그 유사성의 최대와 차이의 최대를 발견하여 한 순간에 결합시킴으로써 생동감을 갖게 하는 문학적 방법이다.[20] 예전에 한창 유명세를 떨쳤던 화장품 광고 카피 중에 '산소 같은 여자'라 카피가 있었는데, 이 역시 산소와 여자의 유사성과 차이를 이용하여 신선함을 불

---

20) 김윤식, 『한국 근대 문학의 이해』, 일지사, 1973, 66~67쪽.

러일으킨 것이라고 할 수 있다. 눈에 보이지 않는 산소와 눈에 보이는 여자의 얼굴은 비가시성과 가시성이라는 엄청난 차이를 지니고 있지만, 맑고 깨끗한 느낌에서 공통적이다. 산소와 여자의 거리에 비례하여 신선함이 증대되는 효과를 가져다 준 좋은 표현이다. 이처럼 카피와 시의 방법적 관련성은 이미 오래 전에 증명된 바 있다.

위에서는 스토리텔링과 시적 표현을 중심으로 방송 광고와 문학 비평이 교차하는 지점을 살펴보았는데, 앞으로 두 분야의 관련성은 단지 이러한 부분에만 머무를 것 같지는 않다. 이미 중·고등학교의 국어나 문학 교과서 등에 매체 교육이 포함되어 있고, 광고와 광고 비평문을 수록한 교과서도 존재한다. 이와 같은 현상은 방송 광고와 문학 비평이 형식적인 학제간 교류가 아닌 서로에게 도움을 주는 유익한 학제간 교류로 나아가고 있다는 좋은 징조라고 할 수 있을 것이다.

한국 문화유산의 스토리텔링 적용
― 에듀테인먼트 만화 시나리오를 중심으로

1. 정보통신 혁명 시대와 스토리텔링의 변화

오래 전에 우리나라에서 『포스트모던인가 새로운 중세인가』라는 제목으로 출간된 이탈리아 석학 움베르토 에코(Umberto Eco)의 책에는 우리 시대가 '새로운 중세'로 나아가고 있다는 진단이 들어 있었다. 에코는 근대 이후 계속된 자유와 평등의 확산에도 불구하고 현대인들이 빈부의 격차에 따라 사는 지역을 분명하게 구분하는 경향이 있으며, 특히 부유층들은 다른 계층의 사람들이 섞이지 못하도록 삼엄한 경계를 펼치고 있는 것으로 보았다. 이러한 행태는 외부 세력의 공격을 막기 위해 자신의 영지 한가운데에 견고한 성곽을 쌓고 외부와의 교섭을 자제했던 중세 봉건 영주들의 행태와 크게 다르지 않다. 아닌 게 아니라 에코가 말한 사회 경제적 변화를 비롯하여 요즘 학계에서 한창 논의되고 있는 유목주의(nomadism)와 『반지의 제왕』, 『해리 포터』 등 영화와 출판계에서 유행하고 있는 영웅 이야기는 엄청난 기마 병력으로 중세 유럽을 휩쓸었던 몽골 기병들의 모습이나 용감무쌍한 기사들의 이야기인 로망스를 떠올리기에 조금도 부족함이 없다. 이 가운데 특히 영웅 서사는 최근에 텔레비전 드라마, 영화, 애니메이션, 오페라, 뮤지컬 등 거의 모든 문화산업으로 확산되어 강력한 힘을 발휘하고 있다.

그렇다면 왜 자본주의 사회의 파편화된 개인이 등장하는 소설 같은 장르가 점차 퇴조하고 집단을 이끄는 영웅이 주인공으로 등장하는 이야기 양식이 유행을 하는 것일까? 이에 대한 대답을 하기 위해서는 문화산업의 근간을 변화시킨 정보통신 혁명에 대해서 살펴보지 않을 수 없다. 인터넷 등의 디지털 미디어 기술을 중심으로 전개되고 있는 21세기 정보통신 혁명은 현대 사회를 살아가는 개인의 삶을 송두리째 바꾸어 놓고 있다. 오늘날 우리는 누구나 사이버 공간 속에서 여러 개의 아이디(ID=Identity)를 만들어 소유하고 있으며, 심지어 아바타 등의 이름으로 자기 자신을 대신하는 육체적 형상의 사이버 에이전트(agent)를 창조하여 소유하고 있기도 하다. 이와 같은 경험은 사이버 세계를 통해 "자신을 대체할 수 있고 또 더 자신을 잘 나타낼 수 있는 다양한 자신의 매개물을 창조하는 경험"[1]이다. 말하자면 우리는 비대한 산업 사회 속에서 자신의 정체성 문제에 몰두했던 근대적 개인과 달리, 현실 속의 자기 정체성과 자신이 창조한 사이버 공간 속의 자기 정체성을 통합해야 하는 복잡한 주체 구성의 단계를 거치고 있는 것이다. 이 경우 사이버 공간 속의 자기 정체성, 즉 가상적 주체는 다른 사람이 사이버 공간 속에서 창조한 아이디 내지 에이전트와 상호 작용을 하

---

1) 황상민, 「디지털 시대의 사이버 인간 : 창조와 영성의 체험」, 『인문과학연구』 4집, 서울시립대학교 인문과학연구소, 1999, 59쪽.

며 형성된다.

정보통신 혁명은 글쓰기 분야에서도 새로운 환경을 제공하였다. 전문 작가가 아니더라도 누구나 워드 프로세서와 양방향성 또는 상호작용성(interactivity)으로 일컫는 사이버 매체의 특징을 이용하여 자신이 원하는 글을 창작하는 시대가 도래하게 된 것이다. 컴퓨터 모니터의 화면을 통해 글을 쓰는 현대인들의 디지털적 사고는 선형적(linear)이지 않고 단편적이기 때문에 인과 관계를 중시하는 소설적 구성이 배척되고 대신에 이야기를 쓰고(말하고) 읽는(듣는) 고대와 중세의 이야기 장르적 재미가 회복되기에 이른다. 다시 말해 글쓰기의 패러다임이 커다란 변화를 겪게 된 것이다. 이러한 패러다임의 전환은 데이터가 넘쳐나는 사이버 공간에서 서핑 하는 사용자에게 유용한 정보를 제대로 전달하고 그것을 오랫동안 기억하도록 하는 새로운 형식을 요구했는데, 그 결과 등장한 것이 바로 새로운 개념의 스토리텔링이다.

스토리텔링의 역사는 인류의 역사만큼이나 오래되었다고 할 수 있다. 문자가 발견되기 전에도 인류는 얼굴을 마주보며 입에서 입으로 이야기를 전했고 그 중의 일부는 문자로 옮겨져 지금까지 남아 있기도 하다. 하지만 문자가 발명되고 인쇄술이 발달하면서 스토리텔링은 커다란 변화를 겪었다. 이야기를 듣는 사람이 없는 상황에서도 개인적 생각을 글로 적어 퍼뜨리는 것이 가능했기 때문이다. 정보통신 혁명은 문자와 책을 통해 이루어지던 스토리텔링을 뒤엎는 또 다른 변화를 가져왔다. 디지털 미디어에서는 마치 책이 발명되기 이전처럼 사이버 공간을 통해 작가와 독자가 만나는 것이 가능해졌을 뿐만 아니라, 독자가 자신의 에이전트를 통해 나름대로 해석하고 변형하고 창작하는 일이 가능하다.[2] 그리고 문자와 영상과 소리를 동시에 이용할 수 있는 멀티미디어적 복합성, 비록 사이버 공간이지만 현실에서 불가능한 자유로운 공간 이동을 통해 이야기를 창조할 수 있는 플롯 확장성, 인터넷 등의 연결망을 통해 전 지구적 차원으로 이어져 있는 네트워크성 등을 최대한 활용할 수 있다. 하지만 지금까지 문화산업 분야에서 이루어지고 있는 디지털 스토리텔링은 컴퓨터 게임 같은 일부 분야를 제외하면 여전히 높은 수준에 도달하지 못하고 있는 실정이다. 이렇게 된 가장 커다란 이유는 스토리텔링의 역사가 시작될 때부터 지금까지 가장 중요한 요소로 자리 잡고 있는, '상상력에 의한 독창적 이야기의 창조'라는 요소를 중요하게 생각하지 않았기 때문이다.

이와 같은 스토리텔링의 특징과 한계를 고려하면서, 이 글에서는 한국문화콘텐츠진흥원에서 실시한 2006년도 지역문화산업연구센터(CRC) 사업의 일환으로 창작된 '한국 문화유산 소재 에듀테인먼트[3] 만화 시나리오'(이하 '에듀만화 시나리오'라 한다)를 케이스 스터디 대상으로 하여 실제 학습 만화를 창작하는 과정에 스토리텔링을 적용하는 문제를 고찰해 보고자 한다. 시나리오에서 중심 소재로 삼은 문화유산은 충청북도와 전라북도에 소재한 몇몇 문화유산이었다.

---

2) 이러한 현상은 포스트모더니즘 이론에서 작가의 죽음을 선언하고 독자의 능동적인 독서 행위를 강조한 것과 유사하다. 포스트모더니즘의 이론적 중심을 형성하는 상호 텍스트성(intertextuality)으로 불리는 개념이란 작가가 작품을 발표하는 것으로 창작이 끝나는 것이 아니라, 작품의 빈 곳을 메우려는 독자의 적극적인 독서 행위에 의해 마무리되는 것을 의미하기 때문이다.

3) 에듀테인먼트(edutainment)는 교육(education)과 오락(entertainment)을 결합하여 만든 새로운 단어로, 딱딱한 교육에 재미 중심의 오락을 접목함으로써 지식과 정보를 습득하는 교육 활동에 흥미를 불어 넣고자 하는 생각에서 비롯된 것이다.

2. 대상 분석과 소재 결정, 기본 스토리 차용과 환상성 부여

한국의 문화유산을 소개하는 기존의 에듀테인먼트 제품은 이미지와 그에 따르는 설명을 통해 정보를 직접적으로 전달하는 경우가 대부분을 차지하고 있다. 하지만 이 때 전달되는 정보란 발터 벤야민이 오래 전에 지적한 바대로 '그 자체로서 이해될 수 있는 것'이어야만 하기 때문에 수용자에게 전혀 진귀한 것으로 받아들여지지 않는다.[4] 이에 비해 스토리텔링 기법은 이야기의 내용을 '실질적 관심이나 이해'에 근거하여 전달하기 때문에 쉽게 망각되지 않는다. 독자들에게 이야기의 내용을 강제로 이해시키는 것이 아니라 그들이 축적한 체험과 상호 작용을 하도록 하여 나름대로 이해시키는 것이다. 특히 에듀테인먼트 분야에서 스토리텔링은 복잡한 내용을 쉽고 재미있게 전달할 수 있다는 장점이 있다. 스토리텔링이 가진 이러한 장점을 극대화하기 위해 '에듀만화 시나리오'에서는 기획 단계에서부터 문화유산에 대한 교육 정보라는 내용적 측면보다 그 내용을 자연스럽게 전달할 수 있는 캐릭터와 플롯과 공간의 개발에 역점을 두었다.

한편 이번 프로젝트의 경우 최종 생산물을 학습 만화로 설정하였는데, '만화'라는 매체의 성격이 디지털 스토리텔링의 여러 가지 특성을 살리는 데 상당한 장애 요소가 되었다. 특히 상호 작용성과 네트워크성이 문제가 되는데, 기존에 출간된 만화뿐만 아니라 애니메이션의 경우에도 아직 상호 작용성이 크게 나타나는 작품은 존재하지 않는다. 그래서 멀티미디어적 복합성과 공간의 이동에 따른 플롯 확장성에 초

---

4) 발터 벤야민, 반성완 역, 『발터 벤야민의 문예이론』, 민음사, 1983, 172쪽.

점을 맞출 수밖에 없었다. 하지만 이 콘텐츠가 캐릭터 산업과 같은 다른 산업에 응용되는 것을 염두에 두지 않을 수 없기 때문에 어떤 식으로든지 독자가 참여할 수 방안을 마련해야만 하는 어려움이 있었다. 이에 대해서는 이 글의 뒷부분에서 따로 다루기로 한다.

일반적으로 학습 만화를 제작하는 절차는 '기획 단계 → 제작 준비 단계 → 제작 단계 → 인쇄 단계 → 배본 단계'로 나누어진다. 제작 단계는 다시 '스토리 구성과 캐릭터 설정 → 시나리오 작업 → 콘티, 데생, 터치, 배경, 수정 → 원고 완성 → 교정과 보완'의 과정을 거친다. 이 글에서 다루고 있는 '에듀만화 시나리오'의 완성은 기획 단계와 제작 준비 단계를 거쳐 제작 단계 가운데 스토리 구성과 캐릭터 설정, 시나리오 작업에 이르는 프로세스에 해당된다고 할 수 있다.

학습 만화의 기획 단계에서 가장 중요하게 고려해야 하는 것은 대상, 즉 독자이다. 예전에는 학습 만화를 펴낸 출판사들이 불특정한 대상을 상대로 상품을 개발했다가 실패한 사례가 많았다. 대상에 대한 정확한 개념이 없다면 상품의 성공은 기대할 수 없다고 말할 정도로 상품의 주요 구매자에 대한 분석은 중요하다. '에듀만화 시나리오'의 경우 학습 만화를 표방한 이상 학생을 대상으로 삼을 수 밖에 없다. 그렇다고 해서 초등학교부터 대학교에 이르는 학생 집단이 모두 대상이 되는 것은 아니다. 한국의 문화유산을 만화로 이해할 수 있으려면 적어도 학교에서 문화유산에 대해 한 번 이상의 세례를 받은 학생들이어야 한다. 초등학교 4~6학년의 경우 사회과 교과서에 자기 고장의 문화유산에 대한 설명이 실려 있고, 특히 6학년은 국사에 대해 본격적으로 배우게 되는 학년임을 감안하여 그들을 주요 대상으로 삼았다.

그렇다고 해서 어른들을 일방적으로 무시해서는 곤란하다. 만화를 구매할 때 돈을 내는 사람이 다름 아닌 학부모이기 때문이다. 대부분의 경우 일차적으로 책을 고르는 학생들은 흥미 요소에 이끌리고 돈을 내는 학부모들은 교육 내용을 우선적으로 고려한다. 그렇기 때문에 순전히 마케팅 차원에서만 본다면 일차적 대상인 학생들에게 설득력을 가질 수 있는 스토리텔링을 충실히 이행하고, 이차적 대상인 학부모를 설득하기 위해 참신하고 충실한 교육 내용을 설정하는 일이 필요하다고 할 수 있다.

한국의 문화유산 중에서 1차적으로 선택된 것은 충청북도와 전라북도의 문화유산이었다. 구체적으로 충청북도 보은군의 삼년산성과 말티 고개, 법주사 등과 전라북도 고창군의 선운사, 진흥 동굴, 마애불 등을 선택하였다. 이 문화유산들은 언론 등을 통해 일반인에게 많이 노출된 것들이라 비록 학생들과 학부모들이 전문적 지식을 가지고 있지는 않을지라도 기초 지식 정도는 알고 있는 익숙한 유산들이다. 흔히 작품을 감상할 때 독자나 관객들은 자신이 예상한 내용이 나올 때 어느 정도 흐뭇함을 느끼게 되고 예상하지 않았던 내용이 나올 때 불쾌감을 갖게 된다. 하지만 계속 흐뭇함만 느끼면 지루해지고 계속 불쾌감만 가지게 되면 흥미를 잃어 더 이상 읽거나 보지 않게 된다. 흐뭇함과 불쾌감을 되풀이 하며 궁금증을 유발함으로써 독자를 학습 만화에서 눈을 떼지 못 하도록 하는 일이 필요한 것은 이런 이유 때문이다.5) 이와 관련하여 위에 열거한 문화유산들은 귀에 익숙한 유산이어

---

5) 연극을 보는 동안 관객은 연극의 정보를 확인해 나가는데, 자신의 기대가 어긋나는 좌절과 적중하는 만족을 맛보면서 주어진 정보에 의해 그 다음 정보를 알고 싶어 하는 욕구를 가지게 된다. 이러한 긴장의 형식은 연극의 본질인 '극적'이라는 개념의

서 흐뭇함을 주는 데는 큰 문제가 없으므로 불쾌감을 줄 수 있는 새로운 내용만 덧보태면 독자들의 충분히 주의를 붙잡아둘 수 있는 소재들로 생각되었다.

이러한 소재들을 바탕으로 학습 만화를 그리기 위해 두 번째로 고려해야 하는 것은 이야기를 이끌어나가기 위해 차용할 기본 스토리를 찾는 일이다. 최근 학습 만화 분야에서 베스트셀러로 자리 잡은『마법천자문』은 중국의 고전인『서유기』에 기대었다. 이 경우에는 전체 20권이라는 방대한 양을 관통할 수 있는 커다란 서사적 이야기가 필요하였기 때문에 중국의 고전을 빌려온 것으로 볼 수 있다. 고전을 차용할 때 얻을 수 있는 가장 커다란 장점은 무엇보다도 탄탄한 스토리와 널리 알려진 캐릭터를 활용할 수 있다는 점이다. '에듀만화 시나리오'에서도 스토리텔링에서 차용할 이야기를 옛것에서 찾으려고 노력하였는데, 그 결과 채택된 것이 남매 성 쌓기 설화, 장화 홍련 설화, 인도 베다에 등장하는 찬미와 주문(呪文)에 관한 설화, 선운산 마애불에 얽힌 동학교도 설화 등이다. 장대한 서사 구조를 가진 이야기를 차용하지 않고 작은 이야기 몇 개를 차용한 것은 '에듀만화 시나리오'가 한 권 분량의 시험적 성격을 지닌 시나리오였기 때문이다. 또 장편의 서사 구조를 통째로 빌려올 경우 스토리텔링의 가장 중요한 요소인 창의성을 가로막을 가능성도 커지기 때문이다.

세 번째로 고려해야 할 사항은 어떻게 환상적 요소를 부여할 것인가 하는 점이다. 조금 나이가 든 사람들은 만화라고 하면 현실에서 일

가장 중요한 내용을 이루거니와, 이것은 갈등을 담고 있는 대부분의 서사 장르에 공통된 요소라고 할 수 있다. 이에 대한 자세한 내용은 양승국,『연극의 이해』, 연극과인간, 2000, 51~54쪽 참조.

어날 수 없는 허무맹랑한 내용부터 먼저 떠올린다. 하지만 그 허무맹랑함은 현실과 전혀 관계가 없는 황당한 것을 의미하는 것은 아니다. 그것은 마치 미(美)라는 개념이 인간의 이상(ideal)에 뿌리를 두고 있는 것과 마찬가지로, 이루지 못한 것을 이루고자 하는 인간의 욕망과 관련되어 있다. 이러한 환상성과 관련하여 캐스린 흄은 그의 저서『환상과 미메시스』에서 환상의 종류를 행동, 인물, 아이디어의 환상이라는 세 가지로 구분하였다. 행동의 환상이란 상식적이고 합리적으로 생각했을 때 나오는 행동을 하지 않는 것이고 인물의 환상은 일상 세계에서 볼 수 없는 캐릭터를 창조하는 것이며, 아이디어의 환상은 이상적이고 미래 지향적인 의미를 창조하는 것이다.6) 애니메이션을 예로 들면 디즈니가 익숙한 캐릭터를 변화시키거나 지브리가 토토로 같은 캐릭터를 탁월하게 생산해 내는 것은 인물의 환상에 해당하고, 지브리가 갈등 없는 휴머니즘을 주로 추구하는 것은 아이디어의 환상에 해당한다. 또 드림웍스가 우리가 알고 있는 상식적 내용을 뒤엎는 행위를 보여 주는 것은 행동의 환상에 해당한다. 하지만 이것은 어디까지나 상대적인 비중일 뿐이고 만화나 애니메이션은 기본적으로 이 세 가지 환상을 어느 정도는 다 가지고 있는 것으로 보아야 한다. 한편 '에듀만화 시나리오'에서는 새로운 캐릭터를 창조하는 데 중점을 두고 그들이 일상적이지 않은 일을 겪도록 하였다. 즉, 인물의 환상을 주로 하고 부차적으로 행동의 환상을 곁들였다고 할 수 있다. 옛날 설화를 기본 스토리로 빌려왔음에도 불구하고 그 스토리가 작품을 일관되게 관통하지 않았기 때문에 새로운 캐릭터의 창조가 불가피했고, 내용도 궁극

---

6) 배주영, 「애니메이션 스토리텔링의 창작 방법론」, 이인화 외, 『디지털 스토리텔링』, 황금가지, 2003, 113~114쪽.

적으로 문화유산의 소개에 있기 때문에 아이디어의 환상을 적용하기
에는 약간의 어려움이 있었기 때문이다.

3. 창의적 플롯, 허구적 공간, 개성적 캐릭터의 창조

기획 단계에 해당하는 대상 분석과 제작 준비 단계에 해당하는 중
심 소재의 발굴 및 그것에 대한 자료 조사가 완료되면, 플롯 구조를
결정하고 개성적인 캐릭터와 그가 활동할 허구적 공간과 그 공간에서
그가 행할 사건을 창조하는 작업이 진행되어야 한다. 스토리의 핵심
요소인 이 세 가지를 제대로 창조하기 전에 먼저 해야 할 일은 전체
이야기의 얼개를 짜는 것이다. 할리우드에서는 전통적으로 영화를 제
작할 때 3장 구조를 전제로 한다. '시작 또는 이야기의 설정', '중간 또
는 대립', '결말 또는 해결'이 그것이다. 이를 각각 한 줄 정도로 짤막
하게 써보는 것으로 스토리를 구성하는 일이 시작된다. 세 줄짜리로
된 '에듀만화 시나리오'의 최초 구상은 다음과 같다.

1. 조상으로부터 독특한 보물을 물려받았으나 그것의 기능을 모르는
   소년이 있다.
2. 보물을 뺏으려는 악당에 의해 엉뚱하게도 피해를 입은 친구 때문
   에 모험을 한다.
3. 악당을 물리치자 친구는 본 모습으로 돌아오고, 주인공은 보물의
   의미를 깨닫는다.

이렇게 기본적인 얼개가 짜지면, 그 다음에 진행해야 할 것은 스토리 유형을 결정하는 일이다. 흔히 에듀테인먼트 스토리텔링에서 이용할 수 있는 유형으로 게임 스토리텔링, 퀘스트(quest)적 스토리텔링, 공간석 스토리텔링, 시뮬레이션(simulation) 스토리텔링을 꼽는다.[7] 게임 스토리텔링은 도전 정신을 부추겨 문제를 풀게 하는 방식인데, 승부욕을 자극할 수 있기 때문에 대상의 흥미를 쉽게 끌 수 있다는 것이 장점이다. 그래서 초등학교 고학년을 대상으로 하는 '에듀만화 시나리오'에 부분적으로 원용하였다. 퀘스트적 스토리텔링은 어떤 문제를 해결하기 위해 일정한 여로를 탐색하는 방식이다. 소년 주인공이 모험을 하면서 성숙해가는 성장 소설 형식의 이 시나리오에서 중심 스토리텔링 유형의 하나로 채택하기에 적합한 것으로 생각되었다. 공간적 스토리텔링 역시 일정한 공간에서 여러 가지 체험을 하는 방식이어서 흔히 퀘스트적 스토리텔링과 결합되는데, 이 시나리오에서도 여러 문화 유적지를 돌면서 문화유산에 대해 학습하는 방식을 취하기 때문에 역시 중심 스토리텔링 유형의 하나로 선정하였다. 그리하여 결국 퀘스트적 스토리텔링과 공간적 스토리텔링을 중심 스토리텔링 유형으로, 게임 스토리텔링을 부차적 스토리텔링 유형으로 결정하였다.

퀘스트적 스토리텔링과 공간적 스토리텔링을 중심 유형으로 한다는 것은 「이상한 나라의 앨리스」, 「오즈의 마법사」, 「센과 치히로의 행방불명」 등이 취한 모험과 성장의 서사를 기본으로 하여 공간에 대한 교육 내용을 학습시킨다는 것을 의미한다. 모험의 서사는 대개 다음과 같은 플롯으로 이루어져 있다. 우선 일상의 세계에서 평화롭게

---

7) 최예정 · 김성룡, 『스토리텔링과 내러티브』, 글누림, 2005, 196쪽.

지내던 주인공이 그의 세계가 지닌 평온함을 깨뜨리는 사건을 당하면서 모험을 떠나야 하는 소명을 부여받는다. 처음에는 소명의 참된 의미를 인식하지 못한 채 머뭇거리던 주인공은 정신적 스승을 만나면서 모험을 첫 관문을 통과한다. 계속되는 시련을 겪는 동안 협력자도 만나고 적대자도 만나게 되며, 어느 정도 고생에 대한 보상도 받는다. 그러나 보상의 기쁨도 잠시 그가 가야 하는 마지막 여정은 결코 만만치가 않다. 마지막 재앙이 기다리고 있기 때문이다. 희생과 노력 끝에 온갖 위험을 극복하고 귀환함으로써 모험은 끝난다.[8]

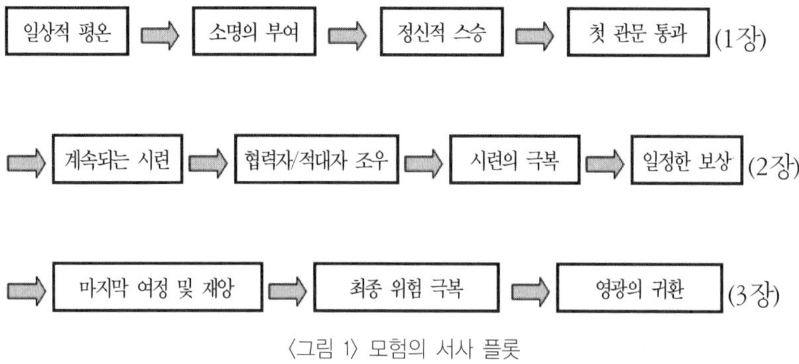

〈그림 1〉 모험의 서사 플롯

모험의 플롯에서 주인공은 많은 사람과 장소를 만날 수밖에 없다. 그리하여 자연스럽게 공간적 스토리텔링과 결합된다. 세 줄짜리 최초의 구상에서 한 줄씩으로만 이루어져 있던 각 장은 이제 <그림 1>에서 볼 수 있는 것처럼 각각 3~4개의 사각형으로 확장되었다. 그런데

---

8) 고대 신화를 바탕으로 하여 이루어지는 영웅의 여행에 관해서는 크리스토프 보글러, 함춘성 역, 『신화, 영웅 그리고 시나리오 쓰기』, 무우수, 2005, 52~71쪽 참조. 이 글에서 제시한 모험의 서사는 이 책의 내용과 우리 고전 소설의 '영웅의 일대기'를 바탕으로 작성한 것이다.

문화유산을 배경으로 한 모험의 서사만으로는 이야기의 흥미를 이끌어내기에 부족하여 '에듀만화 시나리오'에서는 구출의 플롯을 원용하였다. 구출의 플롯에서 주인공은 모험의 서사와 마찬가지로 자신이 살던 곳을 떠나야 한다는 특징을 지니고 있다. 그리고 주인공은 행동을 통해 희생자를 구출해야 하기에 심리적 묘사가 상대적으로 약화되며, 주인공이 가는 길을 끊임없이 방해하는 적대자가 존재한다.9) '에듀만화 시나리오'에서는 이러한 구출의 플롯을 그대로 따르지 않고, 주인공이 이별한 희생자를 찾기 위해 추적을 벌이는 대신 적대자의 저주를 받은 희생자를 원상태로 회복시키기 위해 여행을 하는 것으로 변형을 하였다.

한편 앞에서 언급한 것처럼, 이 시나리오에서는 학습 만화의 가장 중요한 요소 중 하나인 교육 내용의 효과적 학습을 위해 공간적 스토리텔링을 또 하나의 중심 스토리텔링으로 설정하였다. 소설과 같은 전통적인 서사에서는 사건이 과거에 발생하였기 때문에 과거형으로 서술되고 사건의 흐름이 고정된다. 그리고 사건의 의미에 대한 서술이 행동의 묘사보다 더 우위를 점하게 된다. 이에 반해 디지털 스토리텔링은 기본적으로 멀티미디어적 복합성이나 자유로운 공간 이동을 통한 플롯 확장성 등의 특징을 가진다. 특히 공간의 경우 실제 세계에서 존재하지 않는 사이버 공간이 만들어져 주인공은 그 공간 속에서 활동을 하게 된다. 학습 만화의 경우 컴퓨터 게임처럼 대상(이용자)이 직접 공간을 자유롭게 배회하여 사건을 만들어낼 수는 없지만, 현실에서는 찾아볼 수 없고 상상속에서만 존재하는 환상적 공간을 만들어내고

---

9) 로널드 토비아스, 김석만 역, 『인간의 마음을 사로잡는 스무 가지 플롯』, 풀빛, 1997, 157~163쪽.

게임에서 아이템을 획득하듯이 각각의 공간에서 아이템을 획득하도록 할 수는 있다. 그리고 마치 게임처럼 행동의 묘사를 중심으로 사건을 이끌어나가는 것도 부분적으로 가능하다. '에듀만화 시나리오'에서도 이런 점을 최대한 살리려 하였다.

이 시나리오에서 캐릭터들이 여행하게 될 공간은 충청북도의 법주사와 전라북도의 선운사를 중심으로 한 문화유산이다. 이 가운데 법주사 입구의 말티 고개를 주요 캐릭터가 등장하고 사건의 실마리가 제시되는 첫 번째 단계의 공간적 배경으로 설정하였다. 고개가 주는 상징성도 있고, 또 실제로 대한불교조계종의 충청북도 지역 본사인 법주사를 가기 위한 길목에 해당하기에 적절한 공간으로 판단하였다. 두 번째 단계는 격렬한 갈등이 벌어져야 하고 가장 분량도 많은 부분이므로 하나의 공간이 아니라 여러 공간을 설정하였다. 앞서 언급한 법주사 뿐만 아니라 많은 문화유산을 소유하고 있으면서 전라북도 지역에 소재한 대한불교조계종의 두 본산 가운데 하나인 고창군의 선운사 및 그 부속 암자인 도솔암의 마애불도 배경으로 설정하였다. 한편 마지막 단계는 가장 극적인 사건이 벌어져야 하는 부분인 까닭에 실제 존재하지 않는 공간을 만들기로 하였다. 그리하여 설정된 것이 도솔암 마애불 가슴 부위의 가상 동굴이다. 마지막 공간적 배경인 가상 동굴은 물론이고 말티 고개나 법주사, 선운사 등 실제 세계를 작품 속에 끌어들일 때에도 환상성을 극대화하기 위해 교육 내용을 크게 왜곡하거나 손상시키지 않는 범위에서 적절한 변형을 가할 수밖에 없었다.

캐릭터의 창조와 관련하여 디지털 스토리텔링에서는 일정한 상황에서 출발한 캐릭터가 중간과 끝을 통해 필연적 결말에 이르도록 복선을 깐다거나 객관성을 강조하지는 않는다. 대신 캐릭터 자체를 우연성이 창출될 수 있도록 설정된 공간의 한 구성 요소가 되도록 한다.10) 컴퓨터 게임처럼 공간의 이동이 새로운 이야기의 창출을 보장하지는 않을지라도 학습 만화 역시 부분적으로 이야기의 요소들을 횡적(橫的)으로 병렬시킬 수 있다. 그것은 캐릭터로 하여금 특정한 성격의 허구적 공간을 필연성에 따르지 않고 자유로이 이동하게 하면서 아이템을 획득하거나 정보를 획득하게 함으로써 가능하다. 그럼에도 불구하고 아무리 퀘스트적 스토리텔링과 공간적 스토리텔링을 강화하고 하이퍼텍스트적 요소를 가미한다 하더라도 학습 만화라는 오프라인 매체 자체가 가진 뚜렷한 한계를 인정하지 않을 수는 없다.

학습 만화의 캐릭터는 과거나 현재 등의 시간에 구애받지 않는 상상 속의 존재로 창조될 수 있다. 그런데 환상적 존재라 할지라도 캐릭터를 창조할 때 가장 유의해야 할 사항은 욕망을 가진 존재로 만들어야 한다는 점이다.11) 그가 원하는 무언가가 분명하게 드러나지 않으면 학습 만화의 스토리는 김이 빠지고 말아 아무도 거들떠보지 않는 작품이 되고 말 것이다. 다음으로 왜 캐릭터가 그러한 욕망을 가지게 되었고, 그 욕망을 충족시키기 위해 어떤 행동을 해야 하는가를 묘사할 필요가 있다. 또 그들의 욕망 충족 행위를 가로막는 적대자도 반드시 설정되어야 한다. 물론 성공한 작품일수록 적대자가 평면적 인물 대신

---

10) 이인화, 「디지털 스토리텔링 창작론」, 이인화 외, 『디지털 스토리텔링』, 앞의 책, 113~114쪽.

11) 주인공의 욕망이 향하는 대상은 외향적인 것일 수도 있고 내향적인 것일 수도 있다. 때때로 그 욕망은 자기 모순적인 무의식적 욕망일 때도 있지만, 어떤 경우에도 주인공은 그 욕망을 끝까지 추구해 나갈 의지와 능력을 가지고 있어야 한다. 이야기 주인공에 대한 자세한 설명은 로버트 맥기, 고영범·이승민 공역, 『시나리오 어떻게 쓸 것인가』, 황금가지, 2002, 209~217쪽 참조.

사건의 진행에 따라 성격이 변화하는 입체적 인물로 등장하는 경우가 많다는 것은 고려해야 할 요소이다. '에듀만화 시나리오'에서 주인공은 악당들의 공격을 받아 쥐로 변해 버린 여자 친구의 본 모습을 되찾기 위해서 세 가지 소원을 들어준다는 칠지도(七支刀)를 찾아 기나긴 여행을 하게 된다. 주인공인 장난꾸러기 소년과 그를 돕는 캐릭터들을 한쪽에 설정하고, 칠지도의 행방을 알려 주는 소년의 목걸이를 빼앗아 칠지도를 먼저 차지하려는 악당들을 반대쪽에 설정하였다. 주인공 쪽에는 주인공과 쥐로 변한 여자 친구, 그리고 주인공이 위기에 처할 때마다 지혜를 전수하는 '정신적 스승' 별애기와 장소를 옮길 때마다 이들을 돕는 또 다른 협력자들을 창조하였다. 가장 특징적인 조력자로는 법주사의 쌍사자를 꼽을 수 있다. 국보 5호인 법주사 쌍사자 석등에서 아이디어를 얻은 이 캐릭터는 괴물로 변한 마애여래에 맞서 주인공과 함께 싸우다가 나중에는 마애여래의 봉인이 풀리지 않도록 지키는 역할도 한다. 이 쌍사자의 형상과 그들이 외치는 '아훔'이라는 주문은 인도의 베다에 수록된 설화에서 따온 것이다.[12) 한편 선운사의 꼬마도 처음에는 주인공을 괴롭히다가 나중에는 주인공을 돕게 되는, 이른바 변화하는 캐릭터로 창조된 협력자이다.

한편 캐릭터들이 획득하거나 소유한 아이템으로는 먼저 세 가지 소원을 들어준다는 칠지도를 들 수 있다. 칠지도는 쥐로 변한 여자 친구를 사람으로 되돌리기 위해 반드시 필요한 것인데, 그 획득 과정이 이

---

12) 한 마리는 입을 벌리고 있고 한 마리는 입을 다문 사자의 형상은 찬미와 주문의 신성한 언어인 'AUM'(아우훔)을 표현한 것이다. 'AUM'의 발성 과정은 은 현실적 경험과 의식 상태(A), 미묘한 꿈의 의식 상태(U), 미분화된 의식의 자연적 상태(M), 법성과 일체된 자아의 상태(발음 뒤의 침묵) 등 법성 진리를 터득하는 단계를 보여 준다. 허균, 『사찰 장식, 그 빛나는 상징의 세계』, 돌베개, 2000, 199~200쪽.

시나리오의 중심 이야기에 해당한다. 일곱 개의 가지가 달린 칠지도는 백제인이 만든 것이지만 현재는 일본 국보로 지정되어 있는 유물이다. 백제왕이 일본의 왕에게 바친 것이라는 일본인들의 주장을 둘러싸고 논란이 있지만, 이 유물을 만든 우리 조상들의 얼을 기리고 우리 문화의 우수성을 알리기 위해 중심 아이템으로 차용하였다. 또 하나의 중요 아이템으로는 주인공이 아버지에게서 물려받은 집안의 보물, 즉 북두칠성이 새겨져 있는 목걸이를 들 수 있다. 이 목걸이는 궁극적으로 주인공을 칠지도로 이끌어 주는 나침반 역할을 담당한다. 이 밖에 보은의 삼년산성에서 획득한 점프 신발도 있는데, 남매 성 쌓기 설화와 장화 홍련 설화를 혼합하여 만든 보은의 삼년산성 에피소드 속 인물이 주인공에게 선물한 것이다. 한편 악당들은 웬만한 공격은 손쉽게 막아내는 쉴드를, 별애기씨는 주문을 외우며 던지면 폭발하는 귀걸이를, 선운사의 꼬마는 동백꽃 폭탄을 각각 아이템으로 소유하고 있다.

4. 남는 문제들과 나아가야 할 방향

‘에듀만화 시나리오’를 창작하는 과정 내내 염두에 두었던 것은 ‘원 소스 멀티 유즈(OSMU)’의 가능성이었다. ‘원 소스 멀티 유즈’라는 말뜻대로 한 가지 소스를 여러 분야에 응용하여 파생 상품을 만들어낸다는 것은 참으로 이상적인 일이 아닐 수 없다. 하지만 관건은 그 한 가지 소스가 과연 다양하게 응용될 수 있는 성질의 것인가 하는 점이다. 단순히 캐릭터의 멋진 모습만으로 독특한 아이템만으로 OSMU은 이루어지지 않기 때문이다. 이 지점에서 역시 가장 중요한 요소로 떠오르는 것은 이야기 자체의 탄탄함이다. 이 글에서 케이스 스터디의 대상으로 삼은 '에듀테인먼트 시나리오'가 과연 OSMU를 가능케 할 정도로 탄탄한지는 논외로 하고, 다만 그 스토리텔링 유형만 두고 본다면 다음과 같은 OSMU의 가능성을 타진해 볼 수 있을 것이다. 먼저, 이 시나리오는 선악 대립의 구조를 갖고 있으므로, 전략 시뮬레이션 게임이나 영화, 장편 애니메이션 등으로 확장될 수 있을 것으로 생각된다. 다음으로 모험의 서사를 바탕으로 하면서 보조자와 아이템을 획득하고 있으므로 캐릭터 산업 혹은 파생 상품 산업에서 응용할 수 있을 것이다. 어떤 경우에도 탄탄한 이야기 구조 속에 개성을 지닌 캐릭터가 있어야 OSMU의 가능성이 커진다는 것은 불변의 진리이다.

끝으로 에듀테인먼트 스토리텔링의 미래와 관련하여 오프라인 출판물로서 학습 만화가 지닌 한계를 돌파하기 위해서는 온라인을 활용하는 e-러닝 또는 u-러닝 쪽의 활성화가 이루어져야 할 것으로 보인다. 주지하다시피 인터넷으로 촉발된 사이버 현실과 사이버 공간을 통해 접하게 되는 멀티미디어적 환경은 학교에서 이루어지는 지식 교육의 한계를 분명하게 드러내 주었다. 주체 또는 에이전트를 통한 경험은 단순한 정보 전달보다 훨씬 의미 있는 학습을 가능케 하였던 것이다. 에듀테인먼트 스토리텔링은 바로 이러한 사회적 환경 변화에 맞추어 등장한 산물이라고 할 수 있다. 이와 같이 탄생한 에듀테인먼트 스토리텔링이 오감을 최대한 활용하는 멀티미디어적 복합성을 비롯하여 실제 세계에서 이루어질 수 없는 공간 이동을 통해 이야기를 무궁무진하게 창조할 수 있는 확장성, 전 지구적 차원으로 확장되는 네트워

크성, 누구나 능동적으로 창작의 세계에 참여할 수 있도록 하는 상호
작용성 등 디지털 스토리텔링의 장점을 최대한 살리기 위해서는 매체
의 한계가 뚜렷한 오프라인 학습 만화가 아니라 사이버 공간을 이용
하는 일이 필요한 것이다.

물론 디지털 스토리텔링을 도입하는 것만으로 모든 것이 해결되는
것은 아니다. 무엇보다도 디지털 미디어 기술로 인해 표현의 한계가
거의 없고 상상력의 한계도 거의 없어진 만큼, 무한히 확장이 가능한
인간 정신을 현실과 사이버 세계를 깊이 있게 통찰할 수 있는 방향으
로 이끌어가는 일이 필요하다. 이것이야말로 에듀테인먼트 스토리텔
링이 궁극적으로 지향하는 참된 교육이라는 목표와 통하는 길이 아닐
까 한다.

한국 문화유산을 소재로 한 에듀테인먼트 만화 시놉시스

— 충청북도와 전라북도의 문화유산을 중심으로 -

소원을 이루어준다는 전설의 칠지도(七支刀). 사람들 사이에서 그다지 알려지지 않은 채 막연한 소문으로만 돌고 있다. 어느 날 주인공(12세)은 여자 친구와 함께 말썽 많은 하루를 보내고 있다가 악당들과 마주친다. 악당들은 다짜고짜 주인공이 가지고 있는 북두칠성 모양의 목걸이를 요구하며 위협한다. 주인공은 이를 거부하고 싸움이 벌어지다가 악당의 공격에 여자 친구가 당해버린다. 여자 친구는 쥐로 변하고, 악당들은 일단 물러간다. 변해 버린 여자 친구를 원래대로 되돌리기 위해 주인공은 만방으로 애쓰지만 아무런 소용이 없다. 그러다가 떠도는 소문을 접한 주인공은 전설을 많이 알고 있는 곶감 할매를 찾아간다. 그는 칠지도에 대한 이야기를 듣고 고민하며 길을 걷다 별애기씨라는 소녀와 마주친다. 별애기씨는 자신을 하늘에 올라갈 수 있게 도와주면 주인공의 여행에 협조하겠다고 제안한다. 주인공이 가지고 있는 목걸이와 칠지도에 대해 잘 알고 있는 듯한 별애기씨. 주인공의 목걸이에서 뻗어나간 별자리 모양의 빛을 칠지도를 가리키는 지도라고 말하는 별애기씨의 말을 좇아 주인공과 리리와 별애기씨는 모험의 길을 떠난다.

목걸이의 빛을 따라 충청북도 보은을 지나다가 커다란 산성에 다다른 주인공들. 산성은 완성되지 않은 상태다. 지진이 나는 듯 쿵쿵거리는 소리와 함께 땅이 울려서 주인공들이 그 쪽을 바라본다. 덩치가 커다란 여자가 자기보다 큰 바위를 나르고 있다. 그 여자는 집안의 재산을 물려받기 위해 언니와 힘겨루기를 하고 있는 중이다. 동생이 집 뒷산 둘레에 성을 쌓는 동안 언니는 소를 끌고 백두산에 갔다 오는 내기를 하는 중인데, 지금까지 3년째 하고 있다고 한다. 언니는 엄청난 반발력을 지닌 점프 신발을 신고 소를 몰고 백두산을 다녀오고 있는 중이지만, 동생은 이 자리의 관문만 완성하면 자신이 이길 것이라고 믿는다. 주인공은 시큰둥하게 동생의 이야기를 들으며 그 자리를 떠나려고 하는데, 별애기씨는 내기가 곧 끝날 것 같으니 구경이나 하고 가자며 주인공을 붙든다. 주인공은 시간 낭비라며 투덜댄다. 그러다가 둘은 우연히 여자의 계모가 자신의 친 딸인 언니를 위해 산성이 완성되는 걸 막으려는 속셈을 엿듣게 된다. 동생은 먼저 바깥쪽 주춧돌을 놓고 담을 쌓은 뒤 안쪽 담을 쌓아 그 사이에 흙을 채웠는데, 계모는 주춧돌을 뽑아버리려 했던 것이다. 주인공은 동생에게 이 사실을 알려

주어 결국 동생이 내기에서 이기게 된다. 내기에 이긴 동생은 원래 착한 심성이라 계모를 용서하고 뒤늦게 돌아온 언니와도 화해한다. 언니는 돌아오다가 법주사라는 절에 신기한 물건이 숨겨져 있다는 소문을 들었다고 하면서 자기 가족에게 평화를 되찾아 준 주인공에게 점프 신발을 선물한다. 이 이야기를 들은 주인공 일행은 신이 나서 법주사로 길을 떠난다.

법주사 가는 길에 '말티'라는 고개로 접어든 주인공들. 고개의 입구에는 고갯길의 모양과 주변의 지도를 검색할 수 있는 커다란 화면이 있다. 구불구불한 컨베이어 벨트를 타고 올라가던 중, 갑자기 벨트가 거꾸로 돌아가기 시작한다. 일행은 걸음이 빨라져서 헉헉대는데 어디선가 비웃는 목소리들이 들려온다. 소리가 나는 쪽을 찾아 올려다 본 순간 하늘에 떠 있는 세 악당들의 모습이 보인다. 한 명은 킥보드처럼 생긴 비행체를 타고 있고, 다른 하나는 스케이트보드 모양이다. 우두머리인 듯한 마지막 한 명은 좀 더 크고 멋진 오토바이 모양의 비행체를 타고 있다. 이들은 주인공들을 내려다보면서 목걸이를 내놓으라고 한다. 주인공이 화를 내며 절대 안 된다고 말하자 우두머리는 리모컨의 버튼을 누른다. 그러자 벨트의 속도가 더 빨라지게 되고 주인공은 몹시 당황하게 된다. 이때 별애기씨가 귀걸이 하나를 떼어 악당들에게 던지는데, 귀걸이는 '천벌'이라는 주문과 함께 폭죽이 터지듯 화려하게 폭발하면서 악당들을 까맣게 태워버린다. 그 사이에 리모컨을 주워 벨트를 멈추게 하고 일행은 유유히 고개를 넘는다.

법주사에 도착하여 절 안으로 들어서자 갑자기 땅이 흔들림과 동시에 냇가의 큰 바위에 새겨져 있던 마애여래가 서서히 바깥으로 걸어

나온다. 마애여래는 대뜸 아이들을 공격하고, 영문도 모른 채 주인공 일행은 도망을 친다. 그 때 어떤 승려가 나타나 팔상전으로 아이들을 끌어당겨 보호해 준다. 법호(法護) 스님이라고 하는 이 승려는 법주사를 관리하는 일을 해왔다고 한다. 그런데 어느 날부터인가 마애여래가 방문하는 사람들을 공격하고 법주사를 엉망으로 만들고 있어서 그는 하루바삐 마애여래를 바위에 봉인할 수 있는 사람을 기다린다고 했다. 그가 팔상전에 머무는 것은 오직 팔상전만이 마애여래의 공격을 피할 수 있는 장소이기 때문이라고 했다. 그 순간 쥐로 변한 여자 친구가 마애여래의 머리 가운데 빛나는 무언가를 발견하고 주인공과 별애기씨에게 찍찍대며 알린다. 그것이 영험한 물건임을 알아차린 주인공과 별애기씨는 자신들이 마애여래를 봉인하겠다고 한다. 법호 스님은 마애여래와 싸워 이길 수 있게 법주사의 숨은 보물인 석연지의 연꽃 갑옷과 쌍사자를 주겠다고 한다. 연꽃 갑옷을 입고 쌍사자와 함께 주인공은 마애여래와 혈투를 벌이다가, 마애여래의 거대한 손이 주인공을 덮치면서 엄청난 흙먼지가 피어오른다. 별애기씨와 여자친구, 법호 스님은 고개를 돌리며 눈을 감는다.

그들은 망연자실한 채 주저앉아 있다. 이윽고 마애여래가 손을 거두고 일어서자 흙먼지가 걷히는데, 그 자리에는 매우 단단하면서도 유연한 연꽃잎 모양의 여러 겹으로 된 갑옷으로 무장한 주인공이 아무렇지도 않은 듯 씨익 웃으며 서있다. 마애여래가 다시 공격을 하지만 제대로 먹히지 않는다. 주인공은 공격하는 마애여래가 고개를 숙인 틈을 타 그의 머리에 있는 마패 모양의 동을 잡으려 하다가 마애여래의 손아귀에 붙들리게 된다. 마애여래가 주인공을 내동댕이치려는 순간

이번에는 쌍사자가 마애여래를 공격한다. 발에 치명적인 상처를 입은 마애여래는 주저앉게 되고. 그 순간 주인공은 재빨리 마애여래의 머리에서 마패 문양의 돌을 뽑아낸다. 그러자 마애여래는 산산이 부서져 빛나는 모래 모양으로 흘러내리다가 바위 속으로 빨려 들어가면서 원래의 모습인 마애여래상으로 돌아간다. 주인공을 돕던 쌍사자는 마애여래의 봉인이 풀리지 못하게 '아-훔'이라는 주문에 따라 한 마리는 '아'하고 입을 벌리고 다른 한 마리는 '훔' 하고 입을 다문 모습으로 돌이 되어 석등 아래 마주 서 있게 되었다. 주인공의 손에 들린 마패 모양의 돌은 그의 목걸이 속으로 빨려 들어간 뒤에 하나의 점으로 변해 빛을 발한다. 법호(法護) 스님은 법주사에 평화를 가져다 줘서 고맙다며 보답을 하고 싶다고 하면서, 주인공에게 선택받은 자가 된 것 같다는 이야기를 한다. 아이들이 이해를 못 하고 의아해 하자 스님은 더 이상 그 말은 하지 않고 주인공의 목걸이가 여행에 도움이 되는 것이나 소중히 간직하라는 충고를 한다.

법주사를 떠나 또 다시 목걸이의 빛을 따라 선운사 입구에 다다른 이들은 빨간 꽃으로 뒤덮인 동백나무 숲으로 들어가게 된다. 그 때 갑자기 꽃이 머리 위로 떨어지면서 폭발하기 시작한다. 아이들은 당황해서 피하느라 정신이 없는데, 위에서 한 소년이 이것을 보고 놀리고 있다. 그리고 아이들이 정신없는 틈을 타서 재빨리 주인공의 목걸이를 낚아채어 간다. 아이들은 계속해서 터지는 꽃 폭탄 때문에 피하기만 하고 소년을 쫓지는 못한다. 소년은 날쌔게 동백나무 사이를 이동하며 목걸이를 보고 흡족해 하는데, 악당들이 갑자기 공중에서 나타나 목걸이를 요구한다. 소년은 거부하면서 꽃 폭탄을 던지지만 악당들은 쉴드를 작동시켜 간단히 막아낸 뒤, 소년을 공격해서 목걸이를 빼앗는다.
소년이 기절한 사이 아이들이 거의 넝마가 되다시피 한 채로 달려온
다. 소년을 다그치면서 목걸이를 찾지만 이미 목걸이는 악당들이 빼앗
아간 뒤였다. 훌쩍거리며 당황하는 소년과 이야기를 나누다가 주인공
일행은 소년의 사연을 알게 된다. 그리고 소년이 칠지도의 소장처와
꺼내는 방법을 알고 있다는 것도 알게 된다.

목걸이를 빼앗고 날아가면서 좋아하는 악당들. 너무나 기뻐 앞에
커다란 절벽이 있는데도 보지 못하고 날다가 거의 부딪칠 뻔했다. 겨
우 방향을 틀었지만 절벽 근처에 가자마자 엄청난 전기파가 쏟아져
나와 악당들은 모두 감전되어 버린다. 뒤늦게 따라온 아이들은 악당들
이 떨어뜨린 목걸이를 줍고 마애불이 새겨진 커다란 절벽을 쳐다보게
된다. 절벽의 장엄함에 감탄하면서 절벽 가까이 간 주인공이 전기파에
감전돼서 기절하자 별애기씨는 절벽에 엄청난 전기파가 돌고 있다는
사실을 비로소 알게 된다. 전기파를 끄려면 마애불 가슴에 있는 스위
치를 눌러야 한다고 소년이 말한다. 그러나 전기 때문에 올라갈 수는
없다. 이때 별애기씨가 갑자기 주인공이 가진 신발을 가리킨다. 삼년
산성에서 받은 점프 신발로 높은 곳까지 뛰어오를 수 있다는 사실을
뒤늦게 깨달은 주인공은 재빨리 신발을 신고 뛰어오른다. 그 사이 악
당들은 정신을 차리고 다시 목걸이를 빼앗기 위해 주인공을 공격하기
시작하자, 아래에 있는 아이들이 이를 막아준다. 주인공은 실수로 감
전되기도 하는 등 갖은 고생을 한 끝에 간신히 스위치를 누른다. 그러
자 마애불 가슴 부위의 육면체 돌이 쑥 들어가면서 작은 굴이 생긴다.

아이들과 악당들은 아래에서 계속 전투 중인데, 주인공은 굴속으로

기어들어간다. 넓은 공간 속으로 들어가 일어서자 점차 밝아지면서 바위에 꽂혀 있는 칠지도가 보인다. 주인공이 칼을 뽑으러 다가가는데 어디선가 위엄 있는 목소리가 들린다. 목소리에 다가가니 수염을 길게 늘어뜨린 한 남자가 주인공을 바라보며 미소를 짓고 있다. 그 남자는 바로 선운사를 창건했다고 전해지는 신라의 진흥왕이었다. 주인공은 진흥왕에게 그 동안의 사정을 이야기하고 칠지도를 받으려 한다. 하지만 진흥왕은 칠지도가 아무에게나 줄 수 있는 물건이 아니라 말하며, 퀴즈를 내어 맞추게 되면 칠지도를 건네주겠다고 제안한다. 진흥왕이 퀴즈를 내고 주인공은 틀린 답을 말한다. 하지만 주인공이 계속해서 칠지도에 대한 깊은 관심과 애정을 표현하자 진흥왕은 그에 감동하여 칠지도를 주인공에게 주게 된다. 칠지도를 얻고 연신 인사를 하며 감사함을 표시하는 주인공, 정신을 차려 보니 진흥왕은 온데간데없다. 주인공은 다시 마애불상 아래로 내려가 악당들과 싸우는 일행에 합류한다.

일행이 칠지도를 얻은 것에 기뻐하는 사이, 악당들은 주인공을 향해 동시에 달려든다. 악당들과 주인공은 칠지도를 둘러싸고 혈투를 벌이다가 악당 중의 한 명이 주인공을 뒤에서 공격하자 주인공은 바닥에 쓰러진다. 악당이 주인공에게서 칠지도를 빼앗아 들자마자 갑자기 하늘에서 벼락이 치면서 칠지도에 전기가 흐르고 악당은 감전이 되어 쓰러진다. 다시 정신을 차려 칠지도를 집어든 주인공은 그 칼로 악당들을 물리치게 된다. 악당들은 칠지도의 힘으로 쓰러져 가루가 된 뒤에 주인공의 목걸이 속으로 빨려 들어가게 된다. 별애기씨는 주인공의 목걸이 안으로 악당들이 봉인된 것 같다며, 비로소 주인공이 선택받은 자였음을 말한다. 악당들을 없앤 기쁨도 잠시, 칠지도를 가지면 리리가 사람으로 바뀔 줄 알았는데, 그렇게 되지 않자 주인공의 눈에는 눈물이 맺힌다. 그때 갑자기 칠지도가 하늘로 솟아오르며 환한 빛을 내뿜는다. 별애기씨가 어서 세 가지 소원을 빌라며 소리치자, 주인공은 잠시 당황하다 리리를 원래대로 돌려주고 별애기씨를 하늘로 보내주라는 소원을 외친 뒤에 머뭇거린다. 별애기씨가 서두르라며 주인공을 재촉하자 주인공은 잠시 생각을 하다가 마지막 세 번째 소원으로 우리 문화유산이 영원히 환한 빛을 내며 지켜지도록 해달라고 빈다. 말을 마치자 하늘에서 내려온 빛이 칠지도를 비추고 일행은 정신을 잃는다.

주인공이 눈을 떠보니 리리가 원래의 상태로 돌아와 있었다. 주인공과 리리는 서로 부둥켜안으며 뛸 듯이 기뻐한다. 이때 하늘에서 누군가 주인공과 리리를 부른다. 하늘 위에 떠 있는 것은 다름 아닌 별애기씨였다. 별애기씨는 너희들 덕분에 하늘로 다시 무사히 돌아갈 수 있게 되었다며 감사의 말을 전하고 하늘로 올라간다. 주인공과 리리는 손을 흔들며 아쉬운 작별 인사를 나눈다. 주인공과 리리는 이번 여행을 통해 우리나라의 문화유산에 대한 소중함을 깨닫게 되었다며, 앞으로도 계속 문화유산을 사랑하겠다고 다짐하고 집으로 향한다.

저자 **김 외 곤**(kwklch@seowon.ac.kr)

경남 하동에서 태어났으며, 서울대학교 국어국문학과를 졸업하고 동 대학원에서 현대문학 전공으로 문학박사 학위를 받았다. 현재 서원대학교 연극영화과 교수로 재직하면서 문학평론가로 활동하고 있다.

저서로『한국 근대 리얼리즘 문학 비판』,『한국 현대 소설 탐구』,『문학과 문화의 경계선에서』,『하늘에서 본 한국』(공저),『한국 근대 문학과 지역성 - 충청북도의 근대 문학』등이 있고, 편저로『오발탄: 이범선 단편선』,『대하: 김남천 장·단편선』,『임화 전집』,『해방공간의 비평 문학』,『한설야 단편 선집』등이 있다.

한국 문학과 문화의 상상력

초판 1쇄 인쇄 2009년 4월 15일
초판 1쇄 발행 2009년 4월 20일

지 은 이 김외곤
펴 낸 이 최종숙

책임편집 이태곤
편   집 권분옥·이소희·추다영
디 자 인 이홍주·홍동선
영   업 문택주·안현진
관   리 심용창
펴 낸 곳 글누림출판사
주   소 서울 서초구 반포4동 577-25 문창빌딩 2층
전   화 02-3409-2055(편집부), 2058(영업부)
팩   스 02-3409-2059
등   록 제303-2005-000038호(등록일 2005년 10월 5일)
이 메 일 nurim3888@hanmail.net

정   가 18,000원
ISBN 978-89-6327-023-4 93810